うたた寝している間に
運命が変わりました。

CHARACTERS

登場人物紹介

ラーシュ

リーファの通う学園の教師。
一生懸命に自らの助手を務めてくれる
リーファに好感を持っていて……

リーファ

父や義姉に虐げられていた
不幸な侯爵令嬢。
魔力を持たないながらも
謙虚かつ真面目に暮らしていた。

ロザリー
フレディとヒューバートの実母で王妃。権力をほしいままにしている。
ヒューバート
フレディの兄で王太子。リーファを狙っている。
リリア
リーファの侍女兼護衛。
フレディ
リーファの元婚約者の第三王子。女性が苦手でリーファともほぼ交流がなかった。
カミーラ
リーファの義姉で愛人の娘。フレディを寝取った。

1

ここは周辺を他国に囲まれたハイドニア王国。

自然豊かなハイドニア王国は平地が多く、温順な気候で過ごしやすいため多くの人が暮らしている。

神の加護を授かったとされる初代国王が国を興《おこ》してから数百年が過ぎたが、その長い歴史は戦争史とも言えるものだった。

豊かな土地を狙われ常に侵略される危険があったが、先代国王が結んだ周辺国との同盟のおかげでここ四十年ほど戦争は起きていない。

現国王になってからも同盟は維持され、王族と貴族による領地支配にも平民の不満は少なかった。戦争になれば犠牲《ぎせい》になるのは平民だ。貴族の横暴が多少あったにしても、戦争が起きないのであればそれでいい。たとえ国王よりも王妃の力が上らしいと噂《うわさ》されていても、平民には関係のないことだった。

王族の下に貴族がいて、平民とは交わらない。それが絶対だった。

ハイドニア王国の貴族は公爵家と侯爵家が高位貴族とされ、伯爵家までは夜会に出席し国王に謁《えっ》見《けん》することができる。伯爵家以上の貴族に仕える、下位貴族とされる子爵家と男爵家は、夜会に出席することもできず、貴族と言っても高位貴族と同じ扱いをされることはない。

お茶会などの社交でも高位貴族と下位貴族が交わることはないが、例外が一つだけあった。

ハイドニア王国の貴族は、十三歳から十八歳までの令息令嬢を王都にある学園に通わせることが義務付けられている。これは教育を受けさせるためだけではなく、身分制を理解させるためにも重要なことであった。

だが、今の学園ではそれが崩れようとしていた。

◆　◆　◆

ガラゴロと音がうるさい普通の馬車とは違い、真っ白な馬車は静かに走り出した。学園の校舎の前で一人、それが走り去るまで頭を下げたまま見送る。

見慣れた大きな白い馬車には王家の紋章。その中に乗っているのはフレディ・ハイドニア。この国の第三王子だ。

フレディ様が学園から王宮に帰る際にはいつもこのようにして見送っている。それは私、リーファがフレディ様の婚約者であり、フレディ様の母親である王妃様に毎回きちんと見送るように申し付けられているからだ。

王家特有の金髪を耳のあたりで切りそろえ、はっきりとした緑目のフレディ様は整った顔立ちをしているが、男性にしては小柄で身体が弱く、学園を休みがちなため、いつ来るかわからない。

入学当初はお見送りだけでなくお出迎えもするようにと言われていたが、学園が始まって三日後にフレディ様が休みだと知らずに馬車着き場で待たされ、私が授業に出られなかったことで学園長から苦情がいったらしい。それ以降は帰りのお見送りだけでよいとされている。

フレディ様が学園にいる間、一緒にいても会話することはない。幼い頃から婚約者として会う機会はあったものの、仲がいいわけではなかった。

フレディ様はもともと無口なほうだし、何か必要なことがあればいつも一緒にいる侍従のアベルが代わりに伝えてくる。おそらく私と話したくないのだろう。

学園や公式行事以外でお会いすることはなく、婚約者としての贈り物どころか手紙すらもらったことがない。

最初の頃は期待もあったし、フレディ様の態度に傷ついたこともあったが、こんな関係で大丈夫かと悩む時期はもう過ぎている。学園も五年目、最終学年になり三か月が過ぎた。関係の改善は何一つできないまま、あと一年もしないうちに卒業して結婚することになる。

不満があったとしても王家からの申し出を受けた婚約。だから、私が何を言うこともできない。

それなのに、そう思わない人も多いようだ。

「毎日しつこいですわよね、リーファ様。あんなことをしてもフレディ様からは声もかからないのに不憫《ふびん》ですわね」

「本当ですわね。みっともないですこと。でもあんな風にフレディ様におすがりしなければ、すぐにでも捨てられてしまいますもの」

「ふふふ。事実だからといって声が大きいですわよ？」

「聞こえたってかまいませんわ。学園内でフレディ様と話しているのを見たことありませんもの。結婚したからといって相手にされないのはわかりきっています。幼い頃に決められたとはいえ、本当におかわいそうに」

「本当に、ねぇ？　魔力も加護もないのに、家柄だけで選ばれた婚約者ですもの。おかわいそうですわ」

おかわいそうにと言うわりには楽しそうな笑顔でこちらを見ている。

少し離れた場所から悪口を言い続けているのは、フレディ様に群《むら》がる令嬢たちだ。先ほどまでフレディ様の後を追いかけるように一緒にいた。

馬車に乗る際は侍従たちが付き添うので、学園の中では傍若無人《ぼうじゃくぶじん》な令嬢たちもさすがに近寄ることはできない。こうして近くでお見送りする許可が出ているのは婚約者である私だけ。そのため、彼女たちは少し離れたところから見送っていた。

その令嬢たちの中に、リンデルバーグ公爵家の令嬢フェミリア様も交じっているのを見て複雑な気持ちになる。

リンデルバーグ公爵家は隣国の王家の血も引いている、この国でも有数の貴族家。きちんとした令嬢教育を受けているフェミリア様が私に何か言ってくることはない。かといって、こうして他の令嬢が私の悪口を言っているのを止めることもない。

たまに私のほうを見て何か言いたそうにしていることがあるため、不満があるというのはわかる。おそらくフェミリア様はフレディ様と婚約したかったのだろう。身分を考えたら公爵令嬢のフェミリア様のほうが婚約者としてふさわしいのだし。

正直に言えば、侯爵家とはいえ大した家柄でもないのに私が選ばれたのは、私が一人娘でフレディ様の婿《むこ》入り先にちょうどよかったからだろう。

先代国王の第二王子が王弟として王族に残っているため、これ以上王族を増やすと領地が必要になる。だが、王家を守るためにも簡単に王子に王領を渡すわけにはいかない。

一人娘の私と結婚すれば、侯爵領はフレディ様が継いで王領と同じ扱いになる。つまり領地目的で選ばれた婚約だった。

領地目的の婚約だと思うのには他にも理由がある。貴族として当然あるはずの魔力が私にはなかった。ましてや神からの祝福と言われている特別な能力、加護だなんてもちろんあるわけがない。

私が評価されて婚約したのではないことは、はっきりしていた。

かわいそうだと令嬢たちに指摘されるまでもなく、そのことは私自身が一番わかっている。

フレディ様に望まれていない婚約、相手にもされていない私。みじめとしか言いようがないが、だからといって何ができるというのだろう。

悪口を聞いても何一つ言い返すことはなく、聞かなかったふりをして校舎に戻る。楽しそうに話しながら帰る学生たちに逆らうように廊下を奥へと歩いていく。

教員の研究室が並ぶ中、一番奥にある魔術演習研究室のドアを開ける。

魔力がないのに特例で入学した私は、魔術演習の講師を手伝うことで単位をもらえることになっている。他の授業と違い、魔術演習だけは魔力がない私では受けることができない。そのため授業中は見学し、講師の助手として準備や後片付けを手伝う。

研究室での仕事の手伝いは義務ではないが、魔力なしなのに学園に通う後ろめたさもあり、授業後もこうして自主的に通っていた。

「リーファです、失礼します」

ノックをした後、返事を待たずに入室する。これは研究中のラーシュ先生はノックの音が聞こえないことも多いため、返事を待たずに入室していいと先生から許可されているからだ。中に入ると今日は私に気がついたらしく、本を読むのをやめて顔を上げた。

この学園の魔術演習の講師、ラーシュ・ユーミア先生。

まだ若い二十代の男性教師だ。地方男爵家の三男だと聞いている。ボサボサの長い黒髪を雑に一つにまとめて結び、前髪も鬱陶《うっとう》しいほどに長くて顔が見にくい上に、分厚い黒縁《くろぶち》眼鏡をかけているせいで瞳の色もわからない。背は高いが少し猫背なのか、実際より小柄に見える。

服の上から白衣を着ていて、体格もよくわからない先生だった。

若い男性の教師は令嬢たちに騒がれることが多いが、ラーシュ先生は態度が冷たいため、敬遠されているように思う。話せば優しい気遣いのできる先生なのだが、先生自身は騒がれるのが嫌でわざとそうしているそうで、令嬢たちに嫌われても気にならないらしい。

でも、本当の先生を知ったら、みんなが好きになると思う。今も難しい顔で本を読んでいたのに、私が来たのに気がつくと途端に雰囲気が柔らかくなった。微笑みと言うほどではないけれど、ちょっとだけ口の端が上がったのがわかる。

「おう。来たか。今日も王子を見送ってきたんだろう？　大変だな」

「はい。でも私がしているのはお見送りくらいですから、それほど大変でもないです」

「……リーファ。前から聞こうと思っていたんだが、フレディ王子はどうしてお前と一緒に昼食を取らないんだ？　婚約者なんだろう？　確か入学当初は一緒に行動していたよな」

「はい、そうですね。入学してしばらくは一緒に行動していたと思います」

今まであまり個人的な話をしてこなかった先生に、こんなことを聞かれるとは思わなかった。授業で困ったところがあれば聞いていいと言われているし、体調が悪かったりするとすぐに気がついてくれるが、先生自身の話をすることはないし、私について聞いてくることもなかった。だから研究以外にはあまり関心がないのだとばかり思っていた。そんな先生からしても、私とフレディ様の関係はおかしく見えるのかもしれない。

この学園に入学した四年前を思い出すと、確かにあの頃は一緒にいたと思う。フレディ様とは公式行事で顔を合わせる他、たまに王妃様主催のお茶会で一緒になる機会はあったが、ほとんど話すことはなかった。それでも私は学園に通うのなら、婚約者として一緒にいなければならないと思い込んでいた。

「フレディ王子はいつも令嬢たちに囲まれているだろう。自分の婚約者が令嬢たちと一緒に食事をしていて気にならないのか？」

「そうですね、はっきり言えば気になりません」

「……はっきり言うなぁ」

きっぱりと答えたら先生に苦笑いされてしまったが、こんなことで嘘をついても仕方ない。私とフレディ様の仲の悪さというか、関わりのなさは学園内では有名な話だった。きっと先生だって、私に聞かなくてもわかっていると思う。

「……お前がそれでいいと言うのならいいけど、このままで本当にいいのか？」

「先生が何を心配してくれているのかわかりませんが、フレディ様が何をしていても、誰といても私は嫉妬《しっと》したりしません。むしろ……今の状況は私がフレディ様を放置している状態です」

「は？」

「入学当初にフレディ様に頼まれたのです。自分につきまとってくる、ああいう令嬢を代わりに追い払ってほしいと。フレディ様は令嬢に話しかけられるのも近づかれるのも苦手ですから。それで最初は令嬢が近づいてくるたびに私が断っていたのですが……」

「あの令嬢たちの中にリンデルバーグ公爵家の令嬢がいたな。いくら婚約者とはいえ、理由なく断るのは侯爵家のお前では荷が重いのではないか？」

さすがに授業を担当している教室の令嬢は覚えているらしい。

「その通りです。婚約者がいるとはいえ、完全に社交をしないというわけにはいきません。フレディ様とお話ししたいと公爵家の方に言われたら、私が強く断ることは難しいです。そこでフレディ様が断ることができれば問題なかったのですが……。断っていたのはすべて私の意思だという風に片付けられてしまって。それからは助ける気にならなくなりました」

「王子に頼まれて助けていたのに、全部お前のせいにされたのか……そりゃ、もう助ける気もなくなるな」

「で、今に至ります。最近は他の令嬢たちもフレディ様に声をかけるようになり、大変な状態ですね。フレディ様も見るからに嫌そうな顔はしていますが、そのくらいで令嬢たちが止めるわけがありません。フレディ様の性格だとはっきり断ることもできないのでしょう。ものすごく嫌なのか、たまにこちらを見て助けろというような顔をしますが、明確に言われていない以上は私が出しゃばることはできません。まぁ、今さら言われても無理なので断りますけど」

フレディ様の指示なら何か言われても問題はないが、一度指示をしていないと言われた後では、私が断ろうとしても令嬢たちに聞いてもらえないだろう。

それに指示されたとしても、また僕は何も言っていないと見捨てられる可能性が高い。だからもう何があっても令嬢たちを止める気はなかった。

「なるほど……。じゃあ、いいか。あいつの自業自得だな」

「自業自得なのでしょうか？　わかりませんけど、その後は助けを求められていないので大丈夫なのではないでしょうか」

「まぁ、それもそうか。大丈夫だな」

そんなわけはないのをわかっていて言うと、先生もあっさりと納得する。多分、フレディ様が困っていたとしても、私も先生もどうでもいいのだと思う。

「あぁ、その棚に置いてある箱を取ってくれ」

「はい。この箱ですね」

壁際の棚には綺麗に包装された箱が置いてあった。水色の可愛らしい包装紙に包まれている。先生の研究室には似合わないけれど、これはなんだろうか。

持ち上げると重みを感じた。言われた通り、その箱を先生の机まで運ぼうとすると途中で止められる。

「あぁ、違う。俺のところに持ってきてほしいわけじゃない。それはリーファにやるよ。知り合いからもらったものなんだが、俺はいらないから。開けてみな？」

「え？　私にですか？」

包装を解いて箱を開けてみると、ガラスの瓶が一つ入っていた。手のひらより少し大きい瓶の中にはコロンとした丸い赤い飴《あめ》がたくさん詰まっている。

「飴《あめ》、ですよね？」

「ああ。もらったんだが、俺は甘いものはあまり食べない。いつも手伝ってくれているお礼だ。受け取っておけ」

「ええっ⁉　お礼だなんて。先生の手伝いをすることで単位をもらっているんですから……」

「それでも、だよ。お前の手伝いは助かっているからな。授業の手伝いだけでも十分なのに、俺の研究や仕事の手伝いまでしてもらっているんだ。お礼と言ってもただの飴《あめ》で悪いな」

「いえ！　……ありがとうございます。うれしいです」

綺麗なレースの白いリボンが結ばれた透明な瓶にたくさん入った赤い飴《あめ》。中の飴《あめ》が光の反射でキラキラしていて、まるで宝物のように見える。甘いものは好きだけど、口にする機会はそれほどない。こんなに綺麗な贈り物も初めてで、うれしくて顔が緩んでしまう。

「食べてみたら？」

「はいっ」

瓶のコルクを開けて一粒取って口に入れる。コロコロとした飴《あめ》を転がすと甘酸っぱい味が口の中に広がっていく。想像よりもずっと美味《おい》しくて、思わず両手で頬を押さえる。

「気に入ったようだな」

「ふふ。甘くて美味《おい》しいです。先生も一粒いかがですか？」

知り合いからいただいたものだというのなら、甘いものが苦手でも一粒くらい食べておいたほうがいいのではないかと思い、先生に瓶を差し出そうとした。そうしたら先生は本とペンを離さないまま軽く口を開けた。

「そうだな。一粒くらい食べておくか。リーファ、口に入れてくれ」

「え？」

本を離すと読んでいた場所がわからなくなるのはわかる。なら、ペンを離せばいいのにと思うけれど、それすら面倒くさいのだろう。研究中は何一つ他のことをしない先生だから、そういう行動もわかってしまう。

仕方なく先生のそばまで近寄って、瓶から飴《あめ》を一粒取り出す。小さな小さな赤い飴《あめ》。それを先生の口に入れる瞬間、色気がある薄いくちびるに少しだけふれた指が熱を持つ。

先生の助手になって四年も過ぎたけれど、身体にふれるのはこれが初めてだった。心臓がはねるように響く。なのに、先生は何も気がつかずに飴《あめ》を味わっていた。

「たまに食べるとうまいな」

「……そうですね。美味《おい》しいです」

「苺味か。まるでリーファの目を飴《あめ》にしたみたいだな」

「……」

何も言えずに、瓶のコルクを閉めた。大事に鞄にしまい、今日の仕事を始める。

先生の机に出しっぱなしになっていた本をしまい、机を拭いて、ごみを捨てに行く。熱を持ってしまった顔を見られないように、ずっと下を向いたまま作業する。先生も何事もなかったように研究に没頭し始めている。

静かな研究室の中、先生が本をめくる音と私が片付ける音だけが小さく響く。

……この想いには気がつかれなくていい。

こんな気持ちを持っていても仕方ないのだから。

先生の手伝いも終わり、待たせていた侍女のリリアを連れて屋敷へ帰ると、私室に向かう廊下でお義姉《ねえ》様に捕まった。

いつもは顔を合わせないようにしているのについていない。表情にそれが出てしまいそうになるのを抑え、ただいま帰りましたと微笑んだ。

豊かな茶色い髪をゆったりと巻いたお義姉《ねえ》様が、その髪をくるくると指でもてあそびながら近づいてくる。お義姉《ねえ》様はややふっくらした身体を魅力的に見せるように、胸元が少し開いたドレスを着ている。部屋着としてはふさわしくない高価な布地で仕立てられたドレスは、今すぐお茶会にでも行けそうなくらいだ。といっても、お義姉《ねえ》様が質素な格好をしているところは見たことがないけれど。

いつになくご機嫌な様子で近づいてくるお義姉《ねえ》様に、何を企《たくら》んでいるのかと後退《あとずさ》りしたくなる。いつも不機嫌なお義姉《ねえ》様が、こんなにも機嫌がいいだなんて何かあるに違いない。

「リーファ、明日は予定あるの？」

「明日の予定ですか？　明日の午後は王太子妃様主催のお茶会に呼ばれています。王宮で開かれるもので、昼前には出かけます。お茶会には王妃様と第二王子妃様も出席されるそうです」

「ふぅん……そう」

私の予定を知りたかったようだ。明日の予定を聞かれ、何を言われるだろうかと覚悟しながら答える。

王宮に行くと言うとついてきたがるお義姉《ねえ》様に、王妃様方も出席する場だからと告げておく。さすがにそんな場についてこようとはしないだろうから。

お義姉《ねえ》様は私が第三王子の婚約者なのが気に入らないのか、私が王宮へ行くのをよく思っていない。そのため、こんな予定を話した日には嫌味が続くのは間違いなかった。王子妃教育が終わって、しばらく王宮に行く機会はなかったのに、久しぶりに王宮に呼ばれた時に限って聞かれるとは。

何を言われても聞き流そうと覚悟したのに、この日は嫌味を言われず、なぜか一言で終わった。考え込んでいる様子のお義姉様《ねえ》に理由を聞きたくなるが、すぐに思い直す。

静かなお義姉様《ねえ》は不気味だけど、余計なことを言ってものを投げつけられるのも嫌だ。何も言われないのならばこのまま黙っていたほうがいい。そのまま待っていると、お義姉様《ねえ》は私への興味をなくしたように、無言で部屋へと戻っていった。

今のはなんだったのかと思いながらもおとなしく私室に戻り、侍女のリリアがドアを閉めると息をついた。

「リーファ様、お茶をお淹《い》れしましょうか？」

「ええ、お願い」

お義姉様《ねえ》と話したせいで疲れてしまって、ソファに座ると身体が重く感じる。いつものようにリリアにお茶を淹《い》れてもらって一口飲むと、ようやく身体の緊張がとけた気がした。

今年のはじめにお母様が亡くなってすぐ、お父様は長年の愛人と再婚した。結婚していたとはいえ、お父様とお母様が一度も一緒に住んだことがない夫婦だったのは知っている。だからお父様が愛人と再婚したことには驚かなかった。

お父様たちはずっと別邸に住んでいたし、再婚してもそのまま何も変わらないだろうと思っていた。

私自身、一年後にはフレディ様と結婚して王宮に住むことになる。今さらお父様たちに関わっているような暇はなかった。

それなのに、お義姉《ねえ》様は数人の使用人を連れてこの屋敷へと移り住んできた。この屋敷は侯爵家当主であるお父様の持ち物だし、住むというのなら文句を言うわけにもいかない。仕方なく受け入れ、お父様たちが来るのを待っていたが、一向にその気配はない。そうして、なぜかお義姉《ねえ》様だけがこちらの屋敷に住むようになった。

お義姉《ねえ》様とその使用人たちがこの屋敷に来てからは、私室の中だけが私の居場所だった。会えば嫌味を言われるのみでなく、時には叩かれることもある。お義姉《ねえ》様の使用人たちも一緒になって笑っていて、助けてくれることはない。

あまり日当たりのいい部屋とは言えない私室には質素な寝台と机、ソファが一つ。それしかないけれど、お義姉《ねえ》様がここに寄りつかないのであれば安心できる。

「リーファ様、今日はカミーラ様から嫌味を言われませんでしたね？」

やはりリリアから見ても今日のお義姉《ねえ》様はおかしかったらしい。首をかしげているリリアに、私も少し首をかしげて答える。

「そうね……あれはなんだったのかしら。いつもと違って、ちょっと不気味だったわ。お義姉《ねえ》様から何も言われないなんて初めてだもの。何か企《たくら》んでいるのでなければいいのだけど」

「企《たくら》みですか……それは困りますね。明日のお茶会は予定通りに出席でしょうか？」

「ええ。王太子妃様のお誘いだし……気は乗らないけど、行かなかったほうが面倒になるわ。リリアもついてきてくれる？」

「もちろんです」

ただでさえ王太子妃様と顔を合わせるのは苦痛なのに……お義姉《ねえ》様のことまで心配していられない。まさか王宮についてはこないと思うけれど、気をつけていたほうがいいだろうか。

「それにしても。今日は鞄の中を見られなくてよかったわ」

お義姉《ねえ》様に会うと思っていなかったから警戒していなかった。もし鞄の中にこれが入っていたのを見られたら、すぐに取り上げられてしまっていただろう。

「何か鞄の中にあるのですか？」

「ええ。いつも手伝っているお礼だって、先生からいただいたの！」

綺麗な瓶に詰められた赤い飴《あめ》を見せると、自分のことのようにリリアが喜んでくれる。

「まぁ、とても可愛らしいですね！」

「そうなの！　知り合いからのいただきものらしいけど、先生は甘いものがあまり好きじゃないからって。苺味の飴《あめ》なの。とっても美味《おい》しかったわ。リリアも一つ食べない？」

「ふふふ。リーファ様の大事な、大事なものなのでしょう？　私も甘いものは得意じゃありませんから、そのお気持ちだけで十分です」

「嘘よ。リリアだって甘いものが好きでしょう？　ごめんなさい。もっと裕福な貴族だったら、リリアと一緒にカフェに行ってケーキをごちそうしたりできるのに」

普通の貴族令嬢だったらカフェでお茶を楽しみ、付き添いで来ている侍女にごちそうすることもめずらしくない。

通常は屋敷内で一緒に飲食をすることはできない。だが、お出かけの際に令嬢が一人で飲食するのはみっともないからと、そういう時は付き添いの侍女も席につくことが許されている。

飴《あめ》一つ食べるのも遠慮されてしまうほど、この屋敷はというより、私はお金に困っている。お父様が私の分の生活費を一切出してくれないからだ。

幸い、侍女のリリアと執事のユラン、通いで来てくれている料理人のビリーがいるから、なんとか問題なく生活している。

二十代半ばのリリアは薄茶色の髪を一つにまとめていて、男装も似合いそうなほど凛々《りり》しい顔立ちをしている。所作も綺麗なのにきびきびしていて、休んでねと言ってもすぐに仕事をし始めてしまう。他の侍女というか、下働きの使用人が一人もいないせいで、リリアには負担をかけていて申し訳ない。

私も一緒に家のことをやろうとすると止められてしまうけれど、リリアが来るまでは一人でやってきたんだからと手伝うくらいは許してもらっている。

まっすぐな銀色の髪を結び眼鏡をかけているユランは、三十代に見えるが本当にいろんなことを知っていて、学園の勉強でわからないところを教えてくれる。なぜこんな優秀な執事がうちなんかに雇われているのかと思うくらい、なんでもできる執事だ。

ユランにはこの屋敷のお金関係のことをすべて任せ、領地経営の仕事も手伝ってもらっている。

ふわふわな赤髪が目立つ料理人のビリーはまだ十代だと聞いている。私と変わらない年齢だ。王都のお店で料理人見習いをしていて、うちには午後に来て夕食と朝食を作り置きしてくれている。

他の店で働いている隙間の時間にうちに来ているために安く雇われているらしいが、ビリーの作る料理はとても美味《おい》しい。いつか有名な料理人になると思っているけれど、そうしたらうちにはもう来てくれないかもしれない。畑仕事が趣味なんだと言って、うちの畑の世話もしてくれている。

三年と少し前——お母様が病気で倒れてから一年半が過ぎた頃、お父様はやっと使用人を手配してくれた。それまではお母様と二人だけでこの屋敷に住んでいた。私とお母様には使用人を雇うお金もなく、御者《ぎょしゃ》がいなくて馬車も乗れなかった。

幸いにも私がフレディ様の婚約者だから王家の馬車が送り迎えしてくれるし、前侯爵のお祖父《じい》様の頃から付き合いのある商家が、つけで小麦などを買わせてくれるおかげでなんとか生きてこられた。

なんでも自分たちでやり、庭を耕《たがや》して畑を作り野菜を育て、お金は王家から私に支給されるドレスを売って手に入れていた。そんな苦しかった生活も三人が来てくれたおかげで急に楽になった。

お母様が亡くなった時の葬儀もお父様は何もしてくれず、取り仕切ったのはユランだった。泣いている私をリリアが慰《なぐさ》め、ビリーが温かい蜂蜜入りのミルクを持ってきてくれた。三人がうちにいてくれなかったら、一人きりでどうなっていたかわからない。

恩返ししたいけれど、今の私では何一つ返せずに悔しく感じている。

「嘘ではありませんよ。この飴《あめ》はただの飴《あめ》ではないのでしょう？　大事な先生から贈られた貴重な飴《あめ》です。私がいただくわけにはいきません。ですので、お話だけ聞かせてください」

「話を？」

「ええ、その飴《あめ》を贈られた時の話を聞かせてくださいませんか？　リーファ様がうれしかったことを聞くのがリリアの楽しみですから」

　にっこりと笑うリリアが嘘をついているようには見えない。誰よりも私の笑顔を喜んでくれるリリアは姉のように思っていた。血のつながりはあっても、この春まで一度も会ったことがなかったお義姉様《ねえ》よりもよっぽどつながりを感じている。

　今日一日の出来事とともに先生から飴《あめ》を受け取った時のこと、飴《あめ》を私の目の色のようだと言ってくれたことを話すと、本当にうれしそうに笑ってくれた。こんな風に私室でリリアと話す時は何もかも忘れて楽しい時間を過ごせる。もしかしたら、家族ってこんな感じなのだろうか。


　次の日、朝から準備を始めて、昼前に迎えに来た馬車に乗って王宮へと向かう。王宮でのお茶会は王妃様か王太子妃様が主催で行われる。出席者はその時によって違うけれど、私が呼ばれるのは王子妃ばかりを集めるお茶会の時が多い。

　ぼうっと外を眺めているうちに馬車は白い大きな門を通り抜け、王宮の中へと入っていく。昨年までは王子妃教育があったためによく来ていたが、それがなくなってからは王宮に来るのはお茶会の時だけ。王宮に来る回数が減ることを喜んでいたけれど、学園を卒業すればずっと王宮に住むことになる。

　そうしたら、王妃様と王太子妃様と顔を合わせる機会も増えるのだろうか。

用意された部屋でお茶会用のドレスに着替え、会場である中庭へと向かう。

今日のドレスも薄黄色のドレスで、初夏らしく爽《さわ》やかな白いレースが縫い込まれている。第三王子の婚約者として準王族となった時から、こうして王宮の衣装室で仕立てたドレスが支給されている。

王子妃や王子の婚約者は王家の色である金に近い薄黄色のドレスを用意されることが多いのだが、私はこの色をまとうたびに気が重くなる。私のような魔力なしが王族の一員となって本当にやっていけるのだろうか、と。

お茶会の会場に着くと、まだ王妃様も王太子妃様もいらっしゃっていなかった。時間に遅れなかったことにほっとしていたところ、王太子妃様が会場に入ってくるのが見えた。

第一王子ヒューバート様の妃、ミルフェ様も同じように薄黄色のドレスを着ていた。こちらはレースが縫い付けられておらず、身体の線がわかるすっきりとしたデザインで、長身のミルフェ様によく似合っている。

すぐに立ち上がり、ミルフェ様から声をかけられるまで頭を下げ続ける。

「リーファ様、ようこそ。今日のドレスも可愛らしいわね。よく似合っているわ」

「お招きいただきありがとうございます。ミルフェ様のドレスもよくお似合いです」

にこにこと笑って挨拶を交わすが、ミルフェ様は微笑んでいるのに目が笑っていない。もとからこういう笑い方なのかもしれないが、銀色の髪と水色の目から受ける印象もあって冷たく感じられる。

ミルフェ様と初めてお会いしたのは私がフレディ様の婚約者となって数年後、王子妃教育を受ける初日だった。緊張しながら王妃様に挨拶を述べた時に、同席していた王子の婚約者の紹介もされた。

第一王子の妃となるミルフェ様と第二王子の妃となるリリアーナ様、お二人へ挨拶することになったのだが、その時にお二人が会話を交わしていなかったのが気になっていた。

その後お茶会に出席するようになって、リリアーナ様と話さないのはミルフェ様だけでなく、王妃様も同様だということがわかった。

私はリリアーナ様と話すなと指示されたことはないが、話していると異様なほど使用人たちがものを落とす。青ざめて震えていて、わざと落としたのではないとわかるものの、その恐れようにリリアーナ様と話すのはためらうようになってしまった。

リリアーナ様もミルフェ様主催のお茶会には必ず出席するはずなのだが、お会いできるのは半分くらいの確率だった。後からこっそり聞いてみたら、お茶会の場所や時間を教えてもらえなかったり、お茶会の会場に向かう通路が泥で汚されていたり、そもそも招待状が届かなかったりするそうだ。

さすがに気の毒だと思ったが、リリアーナ様は出席しなくて済むからそのほうが楽だわと朗《ほが》らかに笑っていた。

確かに出席した時は嫌味を言われ嫌がらせばかりされている。するのは専《もっぱ》ら王妃様だが、ミルフェ様はそれを見て笑っている。普段は笑っていても目が冷たいのに、その時ばかりは満面の笑みを見せるのが怖かった。

席について王妃様を待っていると、王妃の宮からの通路が騒がしくなった。王妃様はたくさんの侍女たちだけではなく、必ず貴族男性を連れて歩いている。いつも楽しそうにエスコートされていて、不貞の噂《うわさ》が流れているのも、あまり気にしていないように見える。

王妃様自身が王家の血筋で、結婚前は王位継承権があったということもあるのか、今では陛下よりも権力を持っているとも言われている。

私とミルフェ様が立ち上がって出迎えると、王妃様は今日もまた貴族男性にエスコートされていた。確かこの男性はフレディ様の侍従アベルの親戚の方だったような。王子につける侍従は妃と親しい貴族家から選ぶのが習わしなので、この方は王妃様とかなり親しい間柄と言える。

「ミルフェ、リーファ。ごきげんよう。待たせたかしら？」

「ロザリー様、お越しいただきありがとうございます」

「王妃様、ご機嫌麗《うるわ》しゅう」

もうすでに王太子妃となっているミルフェ様と違い、私はまだ婚約者のため正式な王族とは身分が違う。一歩後ろに下がり、深く臣下の礼をする。これが正式な振る舞いなのだが、そうすると必ず王妃様から言われる。

「あら、リーファ。よいのです。あなたも私の娘になるのですから。かしこまる必要はないわ。こちらに来なさい」

「はい、王妃様」

「ふふふ。ロザリー様。リーファ様は礼儀正しい子ですから仕方ありません。でも、もう一年もすればこちら側になりますもの」

「それもそうね。リーファは真面目で優しい子だもの。誰かさんと違って」

「その誰かさんはまだ来ておりませんわ」

「まったく……お茶会の重要さをわかっていないのかしら。結婚して一年も過ぎたというのに。リーファを見習ってほしいものだわ」

「あの方は礼儀知らずですもの。仕方ありませんわ」

にこやかに笑い合う王妃様とミルフェ様に寒気がする。どうして自分たちが意地悪をしておいて、それを笑えるのか理解できない。いや、貴族というものはこういうものなのだとはわかっている。足を引っ張り合い、それを優雅に見せることも貴族令嬢としてのたしなみなのだと。それに馴染《なじ》めない自分のほうがおかしいのかもしれない。

ため息を押し殺して、薄い微笑みを浮かべる。ここで感情を出してはいけない。けっして怒らず、悔しがらず、おごらず。王子妃教育の教師から及第点をいただいた微笑みで、表面的には何も問題なくやり過ごす。ただ、胃のあたりが痛くなりそうだ。

いつものように夕方近くまでお茶会で微笑んでいると、先ほどとは違う貴族男性が王妃様を迎えに来る。王妃様の帰りは夕食を共にする相手が迎えに来るのが常だった。うれしそうに貴族男性の手を取って帰る王妃様を見送り、いつもならここでお茶会はお開きとなる。これで帰れると思った時、後ろから声が聞こえた。

ややかすれた高めの男性の声に、背筋が冷たくなる。あぁ、来る前に帰りたかったのに。

「おや、もう母上は退席してしまったのか。少し遅かったな」

「ヒューバート様。残念でしたわね」

振り向くと王太子であるヒューバート様がこちらに向かってくるところだった。慌てて立ち上がり、ヒューバート様に向かって深く礼をする。顔を上げずにそのまま待っていると、すぐ近くに来たのがわかった。

「リーファは変わらないな。顔を上げていい」

「……はい」

声と同時に肩に手を置かれ、ヒューバート様の手の冷たさが伝わってくる。その冷たさが身体のすみまで届くようで振りほどきたいのを我慢する。ゆっくりと手が離れ、ようやく息ができた。

ミルフェ様主催のお茶会では、終わり際にヒューバート様が顔を出す。ヒューバート様の妃のお茶会なのだから顔を出してもおかしくはないが、いつもなぜか私へと視線が注がれる。じっとりとした目で見られると、自分が獲物になったような気がして怖くなる。

ヒューバート様は王妃様と同じ金髪に琥珀色《こはくいろ》の目をしていることもあって、初めて会った時から苦手だった。視線を感じて、ここから早く逃げたいと思いながらも微笑みを浮かべ、お茶会が終わるのを待つ。どうしても二人の会話が私に向けたものになるのは、ヒューバート様も主催者側なので仕方ないことなのかもしれない。

さすがに日も落ちかけた時にそろそろお開きにしましょうとミルフェ様が言い出し、やっと終わると思いつつも顔には出さないように立ち上がる。ミルフェ様にお礼を言って帰ろうとすると、また微笑まれる。

「リーファ様が王宮に来られる日が楽しみだわ」

それには何も言葉を返せず、微笑んでうなずく。王宮に来る、というのはフレディ様と結婚して私が王宮に住むということだ。

フレディ様がうちの侯爵家に婿《むこ》入りすれば、フレディ様が当主の代だけ公爵家に格上げされ王領扱いとなる。本来なら公爵家で生活するのだが、フレディ様は王太子に次ぐ、王位継承権第二位を持っている。そのためヒューバート様にお子が二人以上産まれるまでは王宮から出ることができないと法で決められていた。

だが、フレディ様は公爵になった後も、王族の籍はそのままにするようにと言われている。きっと身体の弱いフレディ様を王妃様が心配してのことだと思うが、王族である以上は王宮に住む。つまりミルフェ様との関係は一生続くことになる。

リリアーナ様は第二王子のジョージル様が公爵位を賜《たまわ》って臣下になる予定で、ヒューバート様にお子が一人でも産まれれば王族から抜ける。公爵となった後は領地に住むことになるので、王宮に住むミルフェ様とは顔を合わせる機会も少なくなる。

私が表立ってミルフェ様に何かを言っても、きっと何も変わらない。リリアーナ様たちが臣下となれば、共に王宮に暮らす今のような嫌がらせは少なくなるはず。そう思ってこらえている。

毎回帰る頃にはしくしくと痛み出す胃のあたりをそっと撫でながら、王宮を後にした。馬車に乗った瞬間、リリアに大丈夫ですかと心配されるまでがお茶会の行事なのかもしれない。

「ねぇ。今、王宮の馬車とすれ違わなかった？」

王宮でのお茶会の帰り道、もう少しで屋敷に着くところで、一台の馬車とすれ違った。一瞬だったけれど、真っ白な馬車の横に王家の紋章が見えた気がした。

「私もそう思います。今のは王宮の馬車ですよね」

「そうよね。でも、変ねぇ。乗っていたのは誰かしら」

真っ白な馬車は公爵家でも使えるが、王家の紋章が入った馬車を使えるのは王族だけ。うちに来る王族といえばフレディ様くらいしか思い浮かばないけれど、フレディ様が来る予定はなかった。というよりも、婚約者であるのにもかかわらず、フレディ様が屋敷に来たことはない。

うちより先の道に屋敷がある他の貴族となると……王宮の馬車が行くような場所は思い当たらない。おかしいと思いながら屋敷に着いたが、特に何か告げられることはなかった。

もしフレディ様が訪ねてきたのであれば私に言われるはずだけれど、王宮の馬車だと思ったのはただの見間違いだったのだろうか。

その疑問は解決しないまま、なぜかその日からしばらくお義姉《ねえ》様は屋敷に帰ってこなかった。

王宮でのお茶会から二か月が過ぎた頃、普段はここではなく別邸で生活しているお父様が来ていると言われて驚いた。しかも私を呼んでいるという。

お義姉《ねえ》様の使用人から伝言を受け取って応接室に行くと、そこには久しぶりに見るお義姉《ねえ》様もいた。茶髪茶目の恰幅《かっぷく》のいいお父様と茶髪茶目で少しぽっちゃりとしているお義姉《ねえ》様。二人並んでソファに座っているのを見ると、あぁ親子だなと感じる。

私の白髪《しらが》に近い金髪や赤い目はお母様によく似ていて、お父様に似ているところは一つもない。だからこそ、お父様は私を娘だと思っていないのかもしれない。

「お久しぶりです、お父様」

「ああ、久しぶりだな、リーファ」

お父様と最後に会ったのはお母様の葬儀の日だった。その前はお祖父《じい》様の葬儀の時だったと思う。つまり、記憶にある中では二度しか会っていない。貴族は親子の情が薄い家が多いとしても、これほど希薄な家はめずらしいのではないだろうか。

そんなことを考えていたら、どこか落ち着きのないお父様が本題に入ろうとしていた。

「実はな、お前の婚約が解消になった」

「え？　フレディ様との婚約が解消ですか？」

なんの話かと思えば、フレディ様と私の婚約解消の話だった。フレディ様との婚約は王家からの申し出だと聞いていたのに、いったい何があったのだろう。そういえばここ二か月ほどフレディ様が学園に来ていなかった。もしや病気にでもなった？

「フレディ王子は……カミーラと結婚することになった」

「は？　お義姉《ねえ》様と？」

「カミーラは、フレディ王子の子を身ごもっている」

「……はぁ？」

お義姉《ねえ》様がフレディ様の子を身ごもった!?　あまりのことに驚きすぎて返答ができない。

半年前に学園を卒業したお義姉《ねえ》様が、フレディ様とどこで会う機会があったというのだろう。私ですら同じ学園に通っていてもお義姉《ねえ》様とは会ったことがなかったのに。

それに、あの女性が苦手なフレディ様が？　まさか。驚きのあまり、開いた口がふさがらない。

淑女らしからぬ顔をしていたと思うけれど、お父様はこちらを見ようとしないのでそれを咎《とが》められることもなかった。隣に座っているお義姉《ねえ》様はニヤニヤしているが、それはどうでもいい。

「すまないが、これは決定事項だ。先ほど王宮へ行って陛下と話をしてきた。お前は婚約解消されることになり、フレディ王子はカミーラと結婚して侯爵家に婿《むこ》入りすることになった」

「はぁ……そうですか」

王宮へ行って報告……陛下が認めているのなら婚約解消について私が何か言うことはできない。侯爵家はお父様が当主だし、その娘であるお義姉《ねえ》様がフレディ様と結婚して継ぐというのなら問題ないのだろう。

言いたいことがあるかと聞かれたら特に不満はないが、フレディ様とお義姉《ねえ》様の間に何があったのかと疑問は残る。まるで結びつかない関係に首をかしげたくなってしまう。

それが表情に出ていたのか、お父様は私が怒っていると思ったようだ。

「不満に思う気持ちもわからないでもないが、怒らないでやってほしい。カミーラから話を聞いたが、二人は想い合っているそうだ」

「いえ、不満はありません。婚約の解消は承《うけたまわ》りました」

「お前は……婚約解消されてしまえば傷物として扱われるだろう。修道院に入ることになると思うが、学園の卒業までは通うことを許そう」

「わかりました。修道院には侍女のリリアを連れていってもいいでしょうか？」

貴族令嬢が入るような修道院なら侍女を連れていってもいいはず。身の回りの世話をする侍女は修道女になるわけではなく、出入りは自由にできる。外とのつなぎ役として伴《ともな》われることが多い。

「ああ。それなりに待遇のいい修道院を選んでやる。侍女を一人連れていくぐらい問題ないだろう」

「それなら問題ありません。それでは、失礼します」

それ以上の話はなさそうなので応接室から出ると、なぜか私を追うようにお義姉《ねえ》様も部屋から出てくる。

お義姉《ねえ》様もお父様との話が終わったのかと思ったら、私と話すために出てきたようだ。私が歩いていた先に回り込んで足止めされ、急用でもあるのかと首をかしげた。

「どうかしました？　お義姉《ねえ》様、何か御用ですか？」

「御用って、私に何か言うことはないの？」

「あぁ、そうですね、言い忘れていました。お義姉《ねえ》様、ご婚約おめでとうございます」

「っ！　くやしくないの!?」

「え？」

「あなたの婚約者を奪ったのよ？」

なぜか婚約者を奪った側のお義姉《ねえ》様が顔を真っ赤にして怒っている。それは確かに普通なら怒ったり悔しがったりするのかもしれないけれど、幼い頃からの婚約者だったとしてもフレディ様に思い入れはない。婚約解消に不満はなかったから何も言わなかっただけなのに、どうして奪われた側の私が怒られるのだろう。

「いいえ。別に婚約を解消されてもかまいません。フレディ様との婚約は、私が望んだわけでもフレディ様が望んだわけでもありませんでした。それに王子妃になるのはつらいですから。王子妃教育は大変ですし、他の王子妃に気を遣うことも多いです。王妃様も厳しい方ですからね。王宮に住むことになればゆっくりするような時間もありません。あら、お義姉《ねえ》様、顔色が悪いですよ？　大丈夫ですか？」

「うるさい！　なんでもないわよ！」

話しているうちに顔色が変わったと思ったら、お義姉《ねえ》様はどこかに行ってしまった。いったい何を言いたかったのかわからないまま私室に戻ると、リリアがお茶の用意をしてくれていた。

「おかえりなさいませ」

「ただいまぁ。なんだか疲れちゃったわ」

「あら、本当に疲れた顔をされていますね。それではミルクティーにしましょうか？　今日は蜂蜜もお入れしましょう」

「え？　いいの？　うれしい！」

　蜂蜜は高価だからたまにしか口にできないけれど、今日くらいはいいよね。リリアが淹《い》れてくれたミルクティーを冷ましながら飲んでいると、やっと気持ちが落ちついてきた。ふぅふぅするのは行儀が悪いと知っているものの、どうでもいい。もう王子妃にならなくていいのだもの。そう思うとうれしくて笑いが込み上げそうになる。

「侯爵様のお話はなんだったのですか？」

「あぁ、あのね、私とフレディ様の婚約が解消されたらしいわ」

「ええ!?」

「それでね、お義姉《ねえ》様がフレディ様のお子を身ごもっているんですって。フレディ様はお義姉《ねえ》様と結婚して、侯爵家に婿《むこ》入りするそうよ？」

「……本当ですか？」

　いつもニコニコしているリリアが一瞬で真顔になった。美人で凛々《りり》しい感じのリリアが真顔になるとちょっと怖い。だけど、リリアが真顔になるのもわかる。私も同じくらい驚いたもの。

　驚いてくれるリリアを見たら、なんだかそれだけでもういいかと思う。大事なのはこれからの生活だ。

「うん。私は卒業したら修道院に行くことになったのだけど、リリアも一緒に行ってくれる？　侍女を連れていってもいいって言われたの。リリアが来てくれるなら頼もしいのだけど……」

「あぁ、それはもちろんです！　私はどこへでもお供します！　ですが、いいのですか？　リーファ様はそれで……」

「もちろん。リリアと離れなきゃいけないのなら嫌だし、困るけど、別にフレディ様と結婚したかったわけじゃないし。多分、結婚したほうが苦労したと思うから。こうなったのなら、それはそれでいいかなって。修道院に入ってリリアと静かに暮らすのも悪くないでしょう？」

「そうですか……」

「さすがにユランは連れていけないけど、手紙くらいは出せるわよね。問題は、この後の学園生活だわ。卒業まで静かに過ごしたいけれど、そういうわけにもいかないかも」

「それは……騒がれるでしょうね。王子の婚約解消だなんて普通はありえませんもの」

「そうよねぇ」

その普通ではありえないことが起きてしまった。私とリリアのため息が重なる。卒業まで半年。それまで静かに過ごせればいいのだけど。


予想通り、次の日に学園に着くと、すぐさま公爵令嬢のフェミリア様たちに呼び出される。いつもフレディ様を追いかけていた他の令嬢たちも一緒だ。

呼び出されておとなしくついていくと、着いた場所は使われていない教室だった。ガランとした教室の中に立たされ、私を囲むように令嬢たちが群《むら》がってくる。眉間にしわを寄せて怒る令嬢たちは我慢しきれないのか次々に騒ぎ出した。

「リーファ様！　あれはどういうことなのです⁉」

「どういうことなのと言われましても」

「何を落ち着いているのですか！　婚約を解消したなんて本当なのですか⁉」

「それに新しいお相手がフェルディアン侯爵家の長女って、長女はあなたじゃないんですか⁉」

「誰です、カミーラって。私はそんな名の令嬢、知りませんわよ？」

王宮からの発表もないのにフレディ様とお義姉《ねえ》様のことが知られていた。

お義姉《ねえ》様の使用人が話を流したのか。

いや、お義姉《ねえ》様自身が噂《うわさ》を流したのかもしれない。そのほうがありえる。

「知らないでしょうね。カミーラは義理の姉です。半年ほど前にお父様が後妻を娶《めと》りまして、カミーラはその後妻の娘です。ですので、フェルディアン家の長女はカミーラになります」

「え？　後妻の娘？　侯爵家の血筋ではないのですか？」

「いえ、後妻はお母様と結婚する前からお父様の愛人だったようです。カミーラも間違いなくお父様の娘だそうですよ？」

「そんな⁉　愛人の娘ですって？　あなたは愛人の娘に婚約者を寝取られたっていうんですの⁉」

いつも穏やかなフェミリア様から過激な言葉が出てきたことに驚くが、フェミリア様も令嬢たちも真剣な顔で迫ってくる。なぜか涙目になっているフェミリア様に、申し訳ないと思いつつ答える。

「そうなりますね……申し訳ありません」

事実なだけに何もごまかせず、謝るしかない。

「なぜ、怒らないのですか！　あなたが謝ることじゃないでしょう⁉」

「おわかりだと思いますが、フレディ様とは話もしていない状況でした。そんな状況でフレディ様の子を身ごもったと義姉《あね》に言われたら、祝福するしかありませんわ。フレディ様とは婚約者としての付き合いは一切ありませんでしたので、なんと言いますか、怒る理由がありません……」

「あぁ、そうでしたわね。……もう、何も言いませんわ」

がっくりしたフェミリア様と何か言いたそうにしていた他の令嬢たちは、結局そのまま教室へと戻っていった。

私もすぐに教室に戻ったが、今日もフレディ様は学園に来ていない。フレディ様の顔を見なくなって二か月過ぎたけれど、こういう理由だとは思わなかった。

私という婚約者がいるのにお義姉様《ねえ》とそういう関係になってしまい、申し訳なくて顔を出せなかったのだろうか。あのフレディ様がそんなことをするとは思えないけれど、恋というのは人を変えてしまうそうだから。

もし本当にそれが理由なのだとしたら、私はなんとも思っていないので普通に学園に通ってほしい。むしろこのせいで学園を卒業できなかったとなれば、王妃様に逆恨みされかねないし、その後の仕打ちが怖い。

王妃様に逆らった者は碌《ろく》な目に遭わないと言われているのは知っている。王子の婚約者でなくなったのだから、これ以上何か言われたくないし、できればもう二度とお会いしたくない。

初日からこんな大騒ぎになってしまって、私は何事もなく修道院に入って静かな生活を送れるのだろうか。

考え事をしている間にラーシュ先生が教室に入ってきて授業が始まる。

一度こちらを見た時に、先生が何か言いたそうにしているように見えた。もしかして先生もあのことを知ったのだろうか。いつも冷静な先生が表情に出すなんてめずらしい。

授業が終わり昼休みに入ると、他の令嬢に声をかけられる前に先生から声がかかった。

「リーファ、手伝ってもらうことがあるから、ちょっと来てくれ」

「はい！」

こんな昼休みにしなければいけない仕事はないと知っているけど、すぐさま答える。私が魔力なしのせいで先生の助手をしているのは有名な話で、ちょっと怖そうな先生に呼ばれているのにそれをさえぎって私に話しかけられるような令嬢はいない。悔しそうに私を見ている令嬢たちに気がつかないふりで教室から出た。

この状況で教室にいたら令嬢たちに囲まれて何か言われるに違いなかった。そうなる前に連れ出してくれた、先生の優しさがうれしい。

「また差し入れが大量に来たんだ。食べるのを手伝ってくれ。あと、お茶を淹《い》れてくれるか？」

「はーい。わかりました」

通い慣れた研究室に入り、いつものように二人分のお茶を淹《い》れる。その間に先生は髪をきっちり結び直して、分厚い黒縁《くろぶち》眼鏡を外す。

さすがに食事の時は長い髪と眼鏡が邪魔になるらしい。眼鏡をしているのは目が悪いからじゃなく、顔を隠したいからだと聞いたことがある。

先生の素顔を最初に見たのはもう何年前だろうか。ボサボサの髪の下から、驚くほど綺麗な顔が出てきた時、最初は驚いて声も出なかった。

「内緒だぞ？」

少しだけ口を歪《ゆが》めた笑い方で言われ、このことは誰にも言わないと誓った。

先生が学園で素顔をさらして歩くようなことがあれば、間違いなくこの研究室は令嬢であふれかえる。誰よりも魔術の研究が好きで、魔術書を読むのに夢中で徹夜してしまい研究室のソファに転がって寝ているような先生が、その研究を邪魔される環境を好むはずがない。容姿を偽《いつわ》っているのも仕方ないと納得していた。

この研究室で一緒に昼食を取ったりお茶を飲んだりする時だけ、こんな風に先生の素顔が見られる。鍵がかけられているわけではないのに、私がここにいる間に誰かが来たことはない。だから、この素顔を知っている学生は私一人。そんな優越感もあった。

「で、何があったんだ？」

「何って、フレディ様の件ですよね？」

「ああ。婚約解消してお前の義姉と結婚って、どういうことだ？」

「やっぱり先生まで知っているんですか。話が広まるのがずいぶん早いですね。それが、私にも事情はよくわからなくて。お義姉《ねえ》様がフレディ様の子を身ごもったと言われたのですが、あのフレディ様がお義姉《ねえ》様とそんな関係になるなんて考えられないです。いつの間に知り合ったのかも、まったくわからないのですよねぇ」

フレディ様がうちを訪ねてくることはないし、お義姉《ねえ》様は昨年まで夜会に出られるような身分でもなかった。だとしたら、いったいどこで出会う機会があったのか不思議でならない。

お義姉《ねえ》様が夜に出歩いているのは知っていたが、フレディ様が夜に出歩くのを許されるだろうか。フレディ様をお守りしているアベルがそれを許すとは思えないのだけど。

「婚約解消だというのに、ずいぶんと冷静だな。普通なら傷ついて学園を休むくらいのことだと思うんだが。お前は裏切られてつらいとか、そういうのはないのか？」

「まったくないです。婚約解消については正直言ってほっとしています。私の性格は王子妃には向いていませんし、王妃様や他の王子妃様との仲も微妙で……あのまま結婚しても、うまくいく気がしませんでした。私とフレディ様が話もしていないのは先生も知っているでしょう？　フレディ様との間に子ができるとも思っていませんでしたし、そうなった場合、フレディ様に愛人が用意されるのは時間の問題だと思っていましたから」

「なるほど。未練とかはなさそうだなぁ。で、これからどうするんだ？　新しい婚約者を探すのか？」

先生がそう聞いてくるのも無理はない。令嬢が結婚もせずにいることはできない。ましてや義姉と元婚約者が結婚するのだから、すぐにでも結婚して家を出るのが普通なのかもしれない。

「お父様は私を修道院に入れると言っていました。学園の卒業までは待つみたいですけど」

「は？」

あまりにも軽く答えたせいだろうか、めずらしく先生が目を見開いて驚いている。

貴族令嬢が修道院に入るなんて何か問題があった場合だけだ。両親が亡くなって引き取り手がないとか、傷物になってしまったとか。

あぁ、婚約者を義姉に取られて解消になったのだから、傷物と言ってもいいのかもしれない。そういえばお父様もそんなことを口にしていたのを思い出す。

「王子と婚約解消になってしまえば、次の婚約など無理でしょう。お父様が修道院へと言うのも仕方ありません。幸い待遇のいいところに入れてくれるらしいので、いつも私の世話をしてくれる侍女を一人連れていく予定です」

「何を考えているんだ！　本気か⁉　なぜ義姉のせいで、お前が修道院に入れられるんだ。修道院に入れるなら、ふしだらな義姉のほうだろう」

「ふしだら」

「お前、本当に大丈夫なのか？」

思わずといった感じの先生に両肩を掴まれ、顔を覗き込まれる。さっきからめずらしく感情的になっている先生に驚いた。眉をひそめている顔も綺麗で見惚《みと》れてしまいそうになる。

ぼうっとしていたら、ちゃんと話を聞いているのかと額を軽く小突かれた。

「調べてみたら、お前の義姉と学園時代に恋人だったという男が三人も出てきたぞ。本当に腹の子がフレディ王子の子なのかも怪しい。あれが王子妃になったら間違いなく揉める。というか、王子妃として認められるとは思えないんだが」

婚約解消になったのは昨日なのに、もうそんなことまで調べられたのかと思ったけれど、お義姉《ねえ》様もこの学園の卒業生なのだから、他の教師に聞いたらすぐにわかるのかもしれない。

同じ学園に通っていた頃は、お義姉《ねえ》様に会ったこともなかったのでまったく知らなかったのだけど、恋人が三人もいたとは。お義姉《ねえ》様らしいといえばらしいのだが、確かに王妃様が簡単に認めるとは思えない。

「でも陛下は納得されているみたいですよ？　父が陛下と話し合って決めたと言っていましたから。王妃様がどう思っているのかはわかりませんけど、初めての孫になるわけですし」

「……何を考えているんだ」

「え？」

「いや、なんでもない。……わかった。リーファは今日の放課後は暇か？」

「はい。特に予定はありません」

婚約解消の話し合いは終わっているそうだし、私が王宮から呼び出されることはないだろう。王子の婚約者として優秀な成績を維持するために頑張って勉強する必要もなくなった。後は修道院に入るだけだから、学園の卒業までのんびり過ごしてもかまわないはずだ。

「じゃあ、放課後もちょっと仕事を手伝ってくれ。俺は用事があって一度外に出るが放課後には戻ってくる。少し待たせると思うから、カフェテリアのほうで待っていてくれるか？」

「わかりました」

たとえ王子の婚約が解消になったとしても、この学園は最後まで通って卒業したい。先生の助手として、あと半年だけでもそばにいたい。

王子の婚約者でなくなったのなら、こっそり想っていても許されるだろうか。

ほんの少しだけ胸が温かい。先生が私のために怒ってくれたから。

それだけでいいんじゃないかと思えた。

2

学園長の仕事を任されてから数年。ようやく安定してきたところだった。久しぶりに陛下から王宮に呼ばれたと思ったら、学園での仕事の話だった。

兄弟とはいえ、ここ数年は必要以上の会話をしたこともないのに、俺の仕事に口を出してくるのはめずらしい。というか、初めてじゃないだろうか。

「久しぶりだな、ラーシュ」

「あぁ、突然呼び出すなんて、何か用があるんだろう？」

「実はな、お前に頼みがあるんだ」

「俺に頼み？」

何かと思って聞けば、今まで関わりもなかった甥《おい》の第三王子フレディの婚約者を俺の雑用係にしてほしいという。

「俺の雑用係としてフレディの婚約者をつける？　いったい何を考えているんだ？」

王座に座ったままの陛下に何を企《たくら》んでいるのかと思って聞いたら、苦笑いを返される。陛下がこんな風に笑う時は大抵面倒なことになりがちだ。できれば断りたいが……

「まぁそう言うなよ。フレディの婚約者はフェルディアン侯爵家の一人娘なんだが、まったく魔力がないんだ」

「魔力がない？　貴族なのにか？」

この国の貴族で魔力がないなんて、母の不貞を疑われても仕方ない。魔力があるからこそ、貴族は平民の上に立つことができる。いざ何かあれば貴族は魔力を使って戦うからだ。この国を守るために魔力を持つ者が優遇されている。

それなのに侯爵家の一人娘が魔力なしだとは。普通なら婿《むこ》を探すのも大変なはず。どうしてそんな令嬢をフレディの婚約者にした？

フレディは第三王子とはいえ、王妃との子だ。王位継承順位は同じ王妃の子である第一王子の次になる。その妃となれば重要な地位になるはずなのに。

「そこは間違いなく貴族だ」

「言い切れるということは、加護持ちか」

平民でも魔力持ちはいないわけではないが、加護持ちは貴族にしか産まれない。詳しい理由はわかっていないものの、初代国王が神に愛され加護を授かることになったから、その血筋にしか現れないと言われている。魔力なしが加護を授かるのはとてもめずらしいが、それならば貴族だと言い切るのもわかる。

「だが、表向きは公表していない。お前の加護と同じ理由だ」

「……神の加護なのか」

神の加護。それは普通の加護とは別格のものだ。本人の意思とは関係なく周りに影響を及ぼすため、神の加護持ちは国に保護されることになる。

「女神の加護だ。本当なら、お前の婚約者にしたかったが、王妃が渋った。お前に優秀な婚約者ができると、第一王子の立場が危ういと言い出した。何度もそんなことはないと言ったんだが、まったく聞く耳を持ってくれない」

その言葉を聞いて、細い目をさらに細くしてにらみつけてくる王妃を思い出す。従兄弟《いとこ》という関係ではあっても、仲がよかったことは一度もない。むしろ一方的に敵視されている。しばらく会っていないが、いまだに俺を目の敵《かたき》にしているのか。

俺は王位にはまったく興味がないと言っているのに、事情があって王族から抜けることもできない。その事情も王妃には全部説明されているはずだが理解する気がないのだろう。

迷惑な話だ。俺はただ魔術の研究をしていられればいい。さっさと放り出してくれれば好きなだけ研究に時間を使えるというのに。

王家が俺を離してくれないのは神の加護のせいだった。いくつかの神の加護が存在するが、俺の持つ男神の加護は王になる者が持つと言われている。初代国王が持っていた加護と同じものだ。

男神の加護があれば国は安定し、戦争が起きても負けることがない。そのため、俺が産まれた時に兄さんとどちらを国王とするべきか、父上が悩んだというのは知っている。結局、十二歳年上の兄さんがそのまま王太子となり、陛下となった。

俺が王族に残っているのは、その男神の加護の恩恵を王家が受けるためだ。俺が王族でいる間は王家に多少の恩恵があるらしい。それがなかったら、とっくの昔に臣下にくだっている。

母上が亡くなってから王宮には居場所がなく、王宮に近い離宮も居心地が悪い。そのため成人してすぐに王宮を出て、王都に別の屋敷を用意してもらって住んでいる。普段は地方男爵家の三男、ラーシュ・ユーミアとして。

このまま一教師として、結婚はせずに一人で暮らしていくのも悪くないと思っている。

「いや、俺は婚約者はいらないから、それはいい。だが、魔力なしを俺に預ける理由はなんだ？」

「まず一つ目は魔力がないから演習の実技試験が受けられない。本来であれば学園に入学できないだろう。だけど婿《むこ》入りさせるとはいえ王子妃になるのに学園を出ていないのはありえない。だから、お前の雑用をすることで学園に単位を認めさせてくれ」

「それは確かにそうだな。入学しないわけにはいかないだろうし、何もさせずに単位を認めるわけにはいかない」

陛下の言っていることはおかしくない。加護持ちなのであれば魔力がなかったとしても学園への入学許可は出せる。だが、神の加護ではそうそう公表できない。公表すれば他国から狙われる存在になるだろうから。

だからこそ、隠すために俺の雑用係とする。言っていることはわかるんだが……

「もう一つは、フレディとの仲がどうもよくない。リーファは魔力がないことで他の令嬢たちからよく嫌味を言われている。今のところは人目に付きやすい場所だから嫌味だけで済んでいるのだろうが、学園に毎日通うとなれば嫌がらせもあるはず。そうしたことから守るのがフレディの仕事だと説明してあるのに、ちっとも婚約者を守ろうとしない。すまんが、リーファに何かあった時に助けてやってほしい」

「また面倒なことを……はぁぁぁ。仕方ないな」

「すまんな」

引き受けたくはなかったが、どっちにしても学園内で何かあれば俺の責任になる。王子の婚約者が怪我をさせられたなんてことになれば大ごとだ。

こうして仕方なくリーファを雑用係として受け入れることになった。


「リーファ・フェルディアンです。雑用、なんでも頑張りますので、よろしくお願いします！」

入学式が終わり、俺の研究室へ挨拶に来たリーファは、なんというか子兎のような令嬢だった。

真っ白に近い金髪と苺のような赤い目、小柄で華奢《きゃしゃ》で、くるくると変わる瞳の動きが研究室への興味を示していた。

「ラーシュ・ユーミアだ。これから雑用を手伝ってもらうことになるが、正直に言うと令嬢にできることは少ないだろう。だけど、表向きは仕事をしていることにしないと、単位をあげられなくなる。悪いが一日一度はここに顔を出してくれないか？」

「わかりました！」

その時はリーファが役に立つとは少しも思っていなかった。

侯爵家の令嬢なら重いものなど持ったことないだろうし、部屋の掃除なんてさせるわけにはいかない。魔力がないなら実験の手伝いも頼めない。実験の器具を洗わせたりしたら壊されそうだし。雑用係といっても、本当に雑用はさせられない。

一日一度、問題がないか報告させるために来させればいい。そう考えていた。

「……この本の山は片付けてもいいですか？」

「先生、お茶をどうぞ」

「簡単に食べられるようにマフィンを焼いてきました。甘味は控えめにしてあります。どうですか？」

予想外にも、リーファは掃除も料理も書類整理もできた。

俺がソファに転がって寝ていても嫌な顔をせず、静かにその辺を片付けている。研究途中のものはわかるのか、それには手を付けないで置いてあった。もう終わって用がない道具はいつの間にか片付けられている。

寝覚めで喉が渇いたと思ったらお茶が差し出され、食べるのも忘れて魔術書を読みふけっていたら、軽食まで用意された。気の利く侍女だって、これほど役に立つ者はいないだろう。

俺が知っている貴族令嬢とはまるで違っていた。

さすがに化粧はしているようだが、それも最低限で香水はつけていない。制服に余分な装飾をすることもなく宝石も身につけない。休み時間はいつも一人で図書室から借りた本を読んでいる。

魔力がないから魔術にも興味がないのかと思いきや、俺が説明してやるとうれしそうにする。一度説明すれば理解するし、気になることは質問してくる。そんなことを繰り返していたら、魔術の基礎や理論は教え込んでしまった。きちんと内容を理解しているからか、研究資料のまとめも問題なくできるようになっていた。

リーファを雑用係に置いて数か月が過ぎた頃には、俺の研究室にいなくてはならない存在になっていた。

だが、俺と仲良くなるその一方で、リーファとフレディの仲はどんどん遠くなっていく。

入学当初は一緒に昼食を取っているのを何度か見かけ安心していた。陛下から聞いていたほど二人の仲は悪くないのかと思ったのは、その時だけだ。

一緒に食事をしているのに、何一つ会話をしていない。黙々と食べ、教室に戻っていく。あれは婚約者の交流と言えるのか？

それからしばらくして、他の令嬢に誘われて断らないフレディの代わりに、リーファが断っているのを見た時には情けなさすぎて呆れてしまった。

フレディはあのうるさい王妃の子とは思えないほど物静かな王子だ。昔から自己主張しないとは思ってはいたが、これほどだとは思わなかった。

だが、このままではリーファの立場が悪くなってしまう。様子見しながら、どこで介入しようかと悩んでいたところだった。

気がついたらリーファが間に入ることはなくなり、フレディはいろんな令嬢に囲まれるようになっていった。

リーファはフレディと一緒に行動すること自体をやめたようだった。リーファがいなくなったことで、フレディの周りに群《むら》がる令嬢は日に日に増えていく。

フレディがそれを望んでいないのはわかっている。顔が……どう見ても不機嫌そうだし、一緒に食事をしている令嬢たちとは一言も話していない。それなのに毎日のようにフレディを引っ張って連れていこうとする令嬢たちには、その熱意というか執着《しゅうちゃく》具合が恐ろしいとしか思えない。

すでに婚約者がいる王子をどうするつもりなのだろう。

そんな風に二人が離れているからといって、俺がリーファをどうこうすることは考えもしなかった。

リーファのことは大事に思っているが、婚約者がいる令嬢には手は出せない。それに婚約していても恋愛関係になるとは限らないのが貴族だ。仲がよくなくてもいがみ合っているわけではない。結婚してみたら、それなりにうまくいくかもしれなかった。

あと半年で学園を卒業し、リーファとフレディは結婚する。それまでは問題なく過ごせるように見守ろう、そう思っていた。こんな時期にすべてが壊れることになるとは予想もしなかった。

フレディがリーファと婚約解消して、もう一人の侯爵家の娘と結婚する。報告を受けて、あまりのことに聞き返してしまった。

もう一人の侯爵家の娘？　後妻の連れ子じゃなかったのか。調べてみたら、その娘も侯爵の実子として届け出てあった。どういうことだ？　愛人の子が貴族登録されているなんて通常はありえない。誰がこんな許可を出した？　王妃か？

侯爵の昔からの愛人の娘。それを実子と認めただけでも醜聞《しゅうぶん》ものなのに、妹の婚約者を寝取るとは。

リーファが気になりながらも授業に向かうと、教室は異様な雰囲気だった。フレディにつきまとっていた令嬢たちがリーファをにらむような目で見ている。

どうしてそんな発想になるのかわからないが、リーファによくない感情をぶつけようとしている様子だ。

このまま放っておくことはできず、授業が終わった後、他の令嬢たちに連れていかれる前に声をかけた。いつものように研究室に来るようにと。

リーファが研究室の中に入ると、ドアは自動で鍵がかかる仕組みになっている。研究室から出る時はそのまま出られるから、リーファは気がついてないだろう。

学園ではボサボサ髪でやぼったい先生の姿をしているが、正直言ってずっと鬘《かつら》をつけて分厚い眼鏡をかけているのはつらい。せめて食事中は眼鏡くらい外して、髪が顔にかからないようにしたい。リーファがフレディと結婚したらいずれわかることだし無理に隠す必要もないかと思い、研究室にいる間は髪を結び直し眼鏡を外すことにしている。

初めてそうした時、口を開けたままぽかんとしているリーファに笑ってしまった。令嬢がなんて顔しているんだと思わず言ったら、先生の素顔はそのくらいの驚きです！　と返された。

この素顔を見せても態度を変えなかったのはリーファだけだ。普通の令嬢ならば頬を赤らめて、すぐにでもすり寄ってくるか、口説《くど》き落としにくる。ただただ目を丸くしていつまでも驚いているリーファが可愛くて仕方なかった。きっとその頃からリーファは俺の特別になっていた。

「お前は裏切られてつらいとか、そういうのはないのか？」

心配してそう聞いたのに、リーファはまったく落ち込んでいなかった。結婚してもうまくいく気がしなかったからと言われたら、そうだよなぁとしか思わなかった。俺から見ても、リーファがフレディと結婚したいと願っている風には見えなかった。むしろ王家から申し込まれた婚約だからと、あきらめていたような感じだった。それでも婚約解消となれば傷つくかもと思ったのだが。

目の前でにこにことサンドイッチを頬張っているリーファに、その様子は見られない。ほっとしていたが、次の質問で空気が変わった。

新しい婚約者を探すのかと聞くと、修道院に入れられる予定だと、リーファは平然と言った。どうして何も悪いことをしてないリーファが修道院に？　入れるのなら、ふしだらな義姉のほうだろう。

それに神の加護を持っていることを本人と侯爵が知らないにしても、陛下は知っているはずなのに。どうして止めないんだ。リーファは王族が結婚して守るんじゃなかったのか？

決めた。これから王宮に行って、陛下に話をつけてこよう。

目の前で軽く首をかしげたリーファの、胸元から見える鎖骨にさらりと髪がかかる。小柄で華奢《きゃしゃ》な身体だが、はっきりとわかる胸のふくらみに手を伸ばしそうになったのは、一度や二度ではない。

フレディの婚約者に手を出す気はなかった。それでも二人きりでいる研究室で、自分の中の欲望を抑えるのはそれなりに苦労した。

教師として二人を見守ってきて、ずっと我慢してきたが……もういいよな。フレディがいらないというのなら、遠慮なく俺のものにしよう。


放課後の約束をした後、リーファが授業に行くのを見送ってから馬車に乗って王宮へと向かった。

王宮へ着いてノックもなしに謁見室《えっけんしつ》にずかずかと入っていくと、狼藉者《ろうぜきもの》が来たとでも思ったのか止めようとしていた宰相が、俺の顔を見て近衛騎士に下がるよう指示する。

国王の席にいる陛下にゆっくりと近づくと、怯えた表情をしているのがわかった。

邪魔な鬘《かつら》を取って分厚い眼鏡を外し、近くにあった椅子を引っ張ってきて陛下のそばに座る。

苦笑いした宰相が礼をして部屋から出ていく。俺の様子を見て、勝手に人払いしてくれたようだ。

陛下と二人きりになり、怒り出さないように自分を抑えつつ口を開いた。

「で、どういうことなんだ？　説明してもらおうか」

「……なんでお前が怒ってるんだ？」

「リーファは俺の雑用係だ。俺の部下とも言える。そのリーファに何をしでかしてんだ？」

「……そのあたりは、確かに悪いとは思っている。だが、婚約解消は仕方なかった」

仕方なかったという言葉を聞いて、いら立ちをそのままぶつけてしまう。令嬢にとって婚約解消がどれだけの傷になるのかわかっているのか？

「仕方ないって、リーファを修道院にやっていいのか？」

「はぁ？　そんなことは認めないぞ？」

「リーファの父親はそのつもりらしいぞ。学園を卒業したら侍女を一人連れて修道院に入ると。そう父親から指示されたと言っていた」

「誰がそんなことを認めるか！」

勢いよく立ち上がった陛下に、ほっとすると同時にそうだよなと思う。

リーファに神の加護がついているのなら、王族が娶《めと》らなければいけない。これは決定事項だ。だから婚約解消したくらいで修道院に入れる決定などするわけがない。

フレディとの結婚がなくなった今、考えられる相手は……

「まさか王太子の側妃にするつもりか？」

「ああ。ヒューバートがそれを望んでいる。ミルフェ妃との間に子ができていないだろう。もう結婚から三年が経つ。このままなら、再来月にでも側妃を選ぶ会議が開かれる。そこでリーファを推《すい》薦《せん》する予定だ」

ようやく陛下が何を考えて婚約解消を許したのかわかった。フレディじゃなくヒューバートを相手に選んだだけだ。第三王子妃にするよりも、王太子の側妃にしたほうがリーファを守れるとでも考えたんだろう。だけど、それは俺が許さない。

「却下だ」

「どうしてだ⁉」

「リーファは俺がもらう」

「は？　お前、隣国の第三王女はどうするんだ？　国王から話が来て、婚約することになっていなかったか⁉」

「あの話は打診されただけで決まったわけじゃない。国王との内々の話だったし、あの後ちゃんと手紙で断ってある。リーファを俺にくれないのなら、俺は王族から外れる……もしくは他国に行く」

そう話すと、目に見えて陛下の顔色が変わっていく。俺がこの国から出ていったら、神の加護がなくなってしまう。もしこの情報が他国に漏《も》れたとしたら、チャンスだと攻めこまれる可能性だってある。

「それだけはやめてくれ！　……だが、リーファを側妃にするのは、王妃の希望でもあるんだ。俺には止められない」

王妃の希望だから止められない。本来はそれほど陛下の権力が弱いわけがないのだが、これまでの状況を考えてみたら、陛下が王妃に逆らえないというのはわかっている。

「王妃は、俺が止める」

「どうやって」

「王妃を黙らせればいいんだろう？　俺だって王族なんだから、リーファと結婚しても問題ないはずだ。断ると言うのなら、リーファをさらって他国に逃げるかもしれない」

「本気なんだな？」

「俺が本気でもないのに結婚すると言うと思うのか？」

これは脅《おど》しじゃなく本気だと陛下をにらみつける。俺は今まで必要以上に目立つことを避けていた。それもすべて陛下を守るためだ。結婚しなかったのも同じ理由だ。そんな俺がここまで言うのだから、本気だとわかっているはず。

「……わかった。頼むから、そんな真似はしないでくれ。王妃を黙らせてくれたら俺は何も言わない。その時はリーファとの婚約を王命で後押ししてやる」

「その言葉、忘れるなよ？」

これまでの数年間、ただ黙って見ていたわけではない。何かあった時のために準備だけはしていた。俺付きの文官を呼んで、預けていた書類を持ってこさせる。

謁見室《えっけんしつ》を出た後、王宮にある俺の私室で王族服に着替えてから王妃の宮へと向かった。王妃の宮は王宮の中央棟を挟んで、国王の宮の反対側に位置する。

本来は西宮と呼ばれる宮なのだが、王妃と一緒に住みたくない陛下が西宮を改装する許可を出し、王妃の宮には王妃と王太子、王太子妃とフレディが住んでいる。

中央棟からつながっている廊下は近衛騎士が警備についている。王妃の許可がない者は通さないようになっているのだろうが、陛下から許可をもらっていると伝えて通してもらう。

王宮の最高権力者は王妃ではない。近衛騎士はそのことをよくわかっている。王妃の宮とはいえ、すべての者が王妃に従うとは限らない。

突然入ってきた俺に女官や侍女たちは慌てていた。それでも王族服を着ている俺を止めることはできない。何人か走っていったのは王妃に知らせるためだろうが、そんなことをしてももう遅い。

王妃の私室の扉を開けるとすぐに金切り声が響いた。

「なんなの⁉　急に訪ねてくるなんて、無礼です！　出ていきなさい！」

「嫌だね」

「なんですって！　ここをどこだと思っているの！」

「知ってるから言わなくていいよ。ここは王妃の部屋で、俺は王妃に用があって来た」

急に現れた俺を見て、王妃は顔色を変えた。それはそうだろう。今まで何かにつけて俺を目の敵《かたき》にして、やり返されたことが一度もないから油断していたのかもしれないが、何をされるのかと不安に思っているはずだ。

「これ、見て」

バサッと、持ってきた鞄から書類や資料を出して、座っている王妃の前のテーブルに広げる。古いものから新しいものまで、かなりの量だった。その中の一枚をちらっと見ただけで、自分にとってまずいものだとわかるはずだ。

ぶるぶると震えはじめた王妃の向かい側のソファに足を組んで座る。

「この資料、すごいだろう？　二十年ちょっとの間、王妃を監視させていた記録だ。心当たりはあるよな？」

束になっている紙は王妃の恋人たちとの交流を詳しく書き記したものだった。そのすべてに魔石で写した絵も添付《てんぷ》されている。

一番上にある絵では王妃が全裸で大臣に足を絡めている。その下は小姓が王妃の股に顔をうずめている絵だった。すべてが似たような記録になっている。一枚でも公表されたらまずいものが、こんなにも大量に。王妃が震え上がるのも無理はない。

いくら傍若無人《ぼうじゃくぶじん》な王妃でも、これを議会にかけられたらどうなるかわからないほど愚かではないはず。

「絵は魔石で写したが、鮮明に写るものだろう？　この小姓はしばらくいたが最近は見かけないな。あぁ、そうか。辺境伯の息子だったから辺境伯領に帰ったのか」

「……こんなものを用意して……私に何を望んでいるというの？」

脅《おど》しに来たとわかったらしく、話が早い。にらみつけてくるのはそのままだが、俺に従うつもりはあるようだ。

ここに長居するつもりはないし、一つだけ約束してくれるなら見逃してもいい。

「これ以上、リーファに関わるな」

「リーファですって⁉　あれは私のものだわ。ヒューバートの側妃にするために今まで面倒を見てきたのに！」

「そんなことは認めない。リーファは俺が娶《めと》る」

「横取りする気なの⁉」

まるでリーファは自分のものだとばかりに主張するが、フレディと婚約していただけで結婚した

わけではない。義娘になったわけでもないリーファを好きにはできない。

それに、フレディがしたことを考えたら、とてもじゃないがそんな主張はできないだろうに。

「王妃こそ、何を言っている？　婚約者の義姉を身ごもらせて婚約解消しておきながら、その兄の側妃にする？　いいかげんにしろ。どれだけ不実な真似をする気なんだ。いくらなんでもそんな横暴が許されるわけがないだろう」

「いいえ、あれは王家のもの。王族が娶《めと》ることが決まっているのだから、そのくらい許されるわ！」

「だから、王族の俺が娶《めと》るって言っているだろう。ヒューバートとフレディだけが王族じゃないぞ。俺が未婚なのを忘れたのか？」

俺が王族だということを忘れたわけでもあるまいし。いや、自分とヒューバートとフレディ以外は王族だと認めていないのかもしれない。

王妃は顔を歪《ゆが》め悔しそうにしたが、俺が王族なのは事実だから一言も反論できずにいる。

「……」

「まだわからないのか。これをすべて公表して王妃の不貞を議会にかけて、ヒューバートは陛下の子じゃないと言ってもいいんだぞ。フレディは誰の子だったかな。リーベラ伯爵家の出身で今は分家を継いだ子爵だったか？　俺が証拠を握っていることを全部言ってもいい。そうしたらリーファの側妃の話なんてなくなる。俺はそうしてもいいんだが、手続きが面倒だから素直に言うことを聞いてくれ」

「……っ！」

黙ってしまった王妃の顔を見て確信する。やっぱりそうだったか。二人とも陛下の子じゃないだろうなとずっと思っていた。

だけど、王妃自体が公爵家の出身で、降嫁した王女の子でもある。王族の血を継いでいる者という点では、陛下の子ではなくても王妃が産んだヒューバートが国王になってかまわないと思っていた。

だが、俺の邪魔をするなら全部を公表する。そうなればヒューバートとフレディの王位継承権がなくなるだけではなく、王妃が大嫌いな側妃の子である第二王子ジョージルが王太子になる。それだけは認められないはずだ。

「どうする？　俺としてはリーファさえ手に入るならどちらでもいい。ヒューバートを王族から外すまで戦うか？　俺の加護を忘れたわけでもないよな？」

「……わか……ったわ」

「よし。それなら今回は見逃そう。あぁ、この資料と同じものが王宮に預けてあって、俺とリーファに何かあったら全部公表するように厳重に保管させてある。余計なことは考えるな。何かあればすぐにでも公表する」

「!!」

怒りで真っ赤になった王妃は黙ったままで、もう言い争う気はないらしい。

話は終わったと、テーブル上の資料を置いて部屋から出ようとする。あれを最後まで見たら、もう二度と逆らう気にはならないはずだ。

「あぁ、そうだ。言い忘れていたが、もしヒューバートが手を引かないようなら容赦はしない。その時はすべて公表して、潰すことになる。ちゃんと言い聞かせておとなしくさせておけ」

王妃の部屋の扉を閉めて外に出たら、中から何かが割れる音がした。近くにあったティーカップでも壁に投げつけたのだろう。

王妃が暴れるのを落ち着かせるのは大変だと思うが、俺には関係ない。気にせずに謁見室《えっけんしつ》へと戻った。

「戻ったぞ。王妃は納得させてきた」

「本当か!?」

説得すると言っていたのに信じていなかったようだ。陛下だけでなく、いつも冷静な宰相まで驚いている。

どうやって説得したのか聞かれたが、あれをすべて話し俺の力で王妃を落としてしまえば、俺を次の王太子にという声が出かねない。

「どうやったのかは言えないけど、もうリーファについては何も言ってこないはずだ。約束通り王命を出してもらおうか？」

「ああ、いいぞ！　お前が娶《めと》ってくれるのならそれが一番だからな。リーファを頼んだぞ」

本当に俺とリーファを婚約させたかったのかやたら機嫌のいい陛下に、約束通り王命指示書を書いてもらい受け取ったが、王妃と話すのに手間取り、思った以上に時間が過ぎていた。

もうすぐ放課後の時間になってしまう。リーファを待たせている学園へと急いで向かった。

学園のカフェテリアに着き、指定した半個室に入るとリーファは一人で待っていた。

待たせたことを謝ろうとしたら、リーファはソファにもたれかかって、すやすやとうたた寝している。

こんな風に無防備な姿を学園でさらしているのはめずらしい。

第三王子の婚約者として厳しい目で見られていたリーファは、どの令嬢たちよりも礼儀正しく凛《りん》とした態度でいた。

フレディを追いかけ回している令嬢たちに面と向かって嫌味を言われても、何も聞こえていないかのように涼しい顔で受け流していた。

そのリーファがこんな風に寝顔を見せるなんて思いもしなかったが、王子の婚約者ではなくなったことで気が緩んでいるのかもしれない。

向かい側のソファではなく、リーファのすぐ隣に座る。重みでソファが傾いたのかリーファが俺の肩にもたれかかってきた。それを受け止めてリーファの身体に腕を回すと、俺の胸に頬をすり寄せてくる。

まるで腕枕で寝かせているような状況は、誰かに見られたらまずい。寝ぼけているのだと思うが、こうしてすり寄られていると両腕で抱きしめたい衝動に駆られる。

声をかけて起こすか、腕を離すのがいいとわかっているのにできない。可愛い寝顔をもう少し見ていたいし、一度ふれてしまったら離れるのがつらい。

香水をつけないリーファから少しだけ甘い匂いがする。髪につけている香油だろうか。これほど近くに寄らなければ気がつかないささやかな香りが、ますますリーファらしくて笑う。

このままリーファが起きるまで待とうかどうか悩んでいると、半個室の外を通りかかった女生徒がきゃあと悲鳴をあげて去っていくのが見えた。

そういえばここは通路から見えるんだった。しまったな、きっと、あの女生徒が言いふらして、他の生徒たちも確認しに来るだろう。顔が見えなくてもリーファの髪色は他にはいない。ちょっと見ただけでリーファだとわかるはずだ。

第三王子と婚約解消したばかりのリーファが、見知らぬ男と抱擁《ほうよう》している。これほど面白い醜聞《しゅうぶん》はそうそうないし、その相手が誰なのか気にならないわけがない。すぐに学園中で騒ぎになる。

どうするのがいいか。王命で婚約はしたものの、まだリーファには伝えていない。こんな状況を見られたのは予想外ではあるが、それなら既成事実にしてしまうか。

「リーファ、そろそろ起きないか？」

耳元でささやくように言うと、リーファの目がゆっくり開いた。その目が驚きで真ん丸になるのを見て、思わず笑ってしまう。この顔は懐かしいな。俺の姿を見て驚いたんだろう。

リーファを娶《めと》ると決めたから、もう姿を偽《いつわ》るのはやめた。鬘《かつら》を脱いで分厚い眼鏡を外し、服装も王族服に着替えている。いつものように地方男爵家三男のラーシュではリーファの相手になれないし、俺の身分を公表しなければ他の貴族から横やりが入りかねない。だからこの学園の学園長であり、王弟であるラーシュ・ハイドニアに戻る。

寝起きでぼんやりしながらも状況がわかってきただろうに、なんの抵抗もせずに俺を見つめたまま、真っ赤な顔をしているリーファを手に入れるために。

研究室で俺の素顔は見慣れているはずなのに、思った以上に慌てているリーファにわざと近寄ってみせる。

嫌じゃないのか、俺から目を離さないリーファに少し意地悪をしたくなる。

このまま口づけたら、嫌がるだろうか。

嫌なら逃げてもいい、俺から逃げたいのなら、これが最後だ。リーファが嫌だと言うのなら、形だけの結婚にしてもかまわない。

そう考えつつ、リーファの頬に手をそえてゆっくりと顔を近づけた。

逃げる時間はかなり与えたはずだ。抵抗されないのを確認して、リーファのくちびるに俺のくちびるを重ねた。プルンとしたリーファの小さなくちびるの感触が伝わってくる。数秒間じっくりと味わうように口づけて、そっと離れる。

「さぁ、もうあきらめて俺のものになれ」

悪魔のささやきのようだと思いながらリーファに告げる。

もうここからは逃げる隙は与えない。リーファは俺のものになるのだから。

3

「リーファ、そろそろ起きないか？」

耳元でささやかれ、その低い声に驚いて目を開けた。

私……寝ちゃっていたんだ。待っている間、なんだかソファが気持ちよくて。起こしてくれたの、誰だろう。目の前にいたのは……

「え？　先生？」

「やっと起きたか。ぐっすり寝すぎじゃないか？」

あまりにも近い場所にある先生の顔に、何が起きているのか理解できない。

もっさりと無造作に後ろで一つに束ねていた先生の黒髪は、金色で目にややかかるくらいの短さになっている。いつもの分厚い黒縁《くろぶち》眼鏡を外したその顔は、少し細めで憂《うれ》いのある碧眼《へきがん》と色気のある薄いくちびる。ただでさえ麗《うるわ》しい素顔にさらさらの金髪がかかって、威力を増していた。

令嬢たちが見向きもしなかったいつもの先生ではなく、どこから見ても理想的な令息の姿だ。

寝起きでまだ頭がぼんやりとしている上に、目の前にいくら見ても見足りないほど素敵な顔があって、そんな場合じゃないというのに、ついうっとりと見惚《みと》れてしまった。

覚醒して自分の置かれている状況に気がついた時には、もう遅かった。

問題なのはここが学園内のカフェテリアであることと、先生の左腕が私の首の後ろに回されていることだ。

目の前に先生の顔があって、私を見つめて柔らかく微笑んでいる。そして、まるで腕枕をしているように、私の頭は先生の胸に寄せられていた。

なにこれ、どういう事情があればこういうことになるの？

「せ、せんせ……なに、これ、どうして⁉」

「うん、落ち着け？」

「だって、ここ、カフェテリア！　人に見られます！」

この席は半個室になっているけれど、通路から見えるようになっている。この状態で人が通れば、まず間違いなく見られる。

「リーファ」

「は、はい！」

「もう手遅れだ」

「は？」

慌てて起き上がろうとしているのに、先生が腕枕しているのとは逆の手で私の肩を軽く押さえつける。それだけで身動きが取れなくなってしまうほど、私と先生の体格差は大きい。

でも、この状態は先生が私を抱きしめているように見えるはず。ますます人に見られたらまずい体勢になってしまった。私が慌てていると気がついているはずなのに、なぜか先生は少しも慌ててくれない。くつろいだ様子でゆったりとソファに座り、私を抱え込んでいた。

「リーファ。こっち見て」

「ふぇ？」

私の頬に先生の手がそえられ、ゆっくりと先生の顔が近づいてくる。

逃げようと思ったら、逃げられたと思う。嫌だって一言でも発したら、逃がしてくれたと思う。

だけど、綺麗な目に引き寄せられるように受け入れてしまった。

ふれてはいけない人だったはずなのに、今こうして先生の体温が伝わってくる。望んでいなかったけれど、どこかでこうなることを望んでいたのかもしれない。頬にふれる先生の手をはねのけることは考えられなかった。

少しかさついたような先生のくちびるが、私のくちびると重なる。そのままで止まった数秒間を長く感じていた。

「さぁ、もうあきらめて俺のものになれ」

いつものように少しだけ口を歪《ゆが》めて笑う先生に、ただうなずくことしかできなかった。


ざわざわとあちこちから声が聞こえる。放課後のカフェテリアなのにこれほど人が集まるのはめずらしい。もしかして、私たちのせいでこんなことになっているのだろうか。わざわざ通路を行ったり来たりして半個室を覗こうとする人が増えてきた。

「人が増えすぎたな。よし、行くか」

「は、はい」

先に立ち上がった先生に抱き起こされるように立たされる。大きな手を差し出され、その上に私の手を乗せるとエスコートされるように連れ出された。

半個室から出ると、カフェテリア中から視線が集まっている気がする。私は恥ずかしくてうつむいているのに、隣を歩く先生は堂々としている。令嬢たちの近くを通り過ぎるたびに、先生に見惚《みと》れて棒立ちになっているのが見えて、少しだけ嫌な気持ちになった。

今までずっと先生のことをさえないとか気味が悪いとか言っていたくせに。私だけが先生の素顔を知っていたことがうれしかったのに、どうして素顔を隠さなくなったのだろう。

手を引かれるままにカフェテリアから出た後は馬車に乗せられた。真っ白い王宮の馬車だ。フレディ様がいつも使っている馬車の紋章とは少し違う紋章が見える。

あれはどこの家の紋章？　お手伝いを頼まれていた先生のお仕事ってなんだろう。

「大丈夫か？　まだ顔が真っ赤だな」

「……これは先生のせいです」

からかわれたのかと思って言ったのに、そうだなと真面目な顔で返される。先生が何を考えているのかわからなくて困る。

「今からどこに行くんですか？　仕事のお手伝いって言ってましたよね？」

「今から、お前の家に行く。侯爵に挨拶と報告がある」

「うちですか？　お父様は別邸にいるので、屋敷にはいないと思いますよ？」

「大丈夫だ。それは知っている。侯爵には使いを出したから屋敷で待っているはずだ」

「先生……その髪の色は、もしかして王家の血筋ですか？」

「そうだよ」

短くなった先生の髪は黒じゃなく金色だった。さらさらとしたまっすぐな金髪が日に透けてきらめいている。

王族は金髪で生まれることが多く、緑色か青色の目がより高貴だとされている。

さっきから私を見つめてくる先生の切れ長の目はあざやかな青色だった。いつもは眼鏡越しだったし、こんな近くで見る機会がなかったからもう少し暗い青だと思っていた。

今まで黒髪だったのは鬘《かつら》をつけていたのだと思うが、あれも令嬢たちに騒がれないようにするためだろう。

「俺は王弟だ。ラーシュ・ハイドニア。社交界に出ることがあまりないから、リーファが知らないのは当然だ。学園長を引き受ける時に、魔術演習の講師がなかなか見つからなくて、仕方なく講師も兼任することになったんだ。さすがに王弟が講師をするのは難しかったから、地方男爵の名前を借りた。それからは表向きには男爵家のラーシュとして生きてきた」

陛下に弟がいるというのは聞いた覚えがあった。優秀ゆえに争うことを嫌い表に出てこないのだと。王子の婚約者だった私でも会ったことがないくらいだから、社交はまったくと言っていいほどしていないのだろう。

そのことには納得したけれど、どうしても不満があった。

「どうして髪色と顔を隠すのをやめたのですか？　明日から令嬢たちに騒がれますよ？」

「確かに今まで髪と顔を隠していたのは騒がれないようにするためだが、素顔に戻したのはお前と結婚するためだ」

「え？　私と結婚？」

私と結婚するってどういうこと？　私は修道院に行くはずでは？

「王命が出された。俺とお前を婚約させるという正式な王命だ」

「……うそ」

「嘘をついても仕方ないだろう。フレディは俺の甥《おい》だ。甥《おい》の不始末の責任を俺が取るという形になるが、かまわないな？」

先生がフレディ様の代わりに私の婚約者に？　同じ王族だから責任を取って？　……いいの？　こんな幸運なことが起きて、本当にいいのかな。もしかして、先生は王命だから断れなかった？

「先生は……それを受け入れていいのですか？」

「もちろん、いいから王命を受けたんだよ。王族として婚約するのだから、いつまでも姿を変えているわけにもいかない。学園で騒がれることになるかもしれないが、講師をするのは今年で終わりの予定だった。それに婚約してしまえば誘われても断れる。婚約者もいない状態だと、毎日令嬢につきまとわれることになるだろうがな」

「婚約者がいても、つきまとわれていた王子もいますよ？」

ついそう言ってしまったら、ふっと笑われる。その笑い方が今までよりもずっと優しくて、胸が痛くなった。

「リーファ。おいで？」

「え？」

向かい合わせに座っていたのに、ぐいっと先生のほうに引き寄せられて、抱き上げられてひざの上に座らされる。驚いているうちに、抱きしめられるように腰と肩に手を回された。

不安定な馬車の中で急にひざの上に乗せられて、思わず先生の胸あたりの服を掴んでしまう。そのまま胸に顔を寄せると、ふわりと先生の香りがする。たまに感じていた先生の香りに包まれるようで、恥ずかしくてくらくらする。

「リーファ、俺が断れない男に見えるか？」

「……いえ、そういうわけじゃ」

耳元でささやいてくる低い声がいつもより甘くて、くすぐったくなる。続けて額に口づけられて、ぎゅっと抱きしめられた。

こんなに近くにいることも、ふれられることも慣れなくて、自分でも顔が赤くなっているのがわかる。信じられないくらい顔が熱い。あまりの展開に何もできずに先生を見つめるだけ。

「もう何も心配しなくていい。俺はお前以外をそばに置かない。お前を攻撃してくる令嬢がいれば容赦しない。本来、王族とはそういうものだ。大事なものは何があっても守る。王族の婚約者を攻撃するような者がいれば排除するのが普通だ。フレディがアホだっただけだ」

「……フレディ様がアホ」

「そうだ。わかったか？」

「はい……んんっ」

素直に返事をしたら、またくちびるを重ねられる。くちびるがくっついたまま溶けてしまうんじゃないかと思うくらい。それから馬車が屋敷に着きましたと呼びかけられるまで、くちびるが離れることはなかった。

先生の手を借りて馬車から降りると、お父様が玄関先まで迎えに出ていた。先日と違って顔色が悪い気がするが、何かあったのだろうか。お父様の隣にお義姉《ねえ》様がいないことを確認して、少しだけほっとした。

先生を応接室へと案内すると、お父様に私は退出するように言われる。だが、先生がそれを止めて、私も座るようにとソファを指さした。私を追い出したかったのか嫌そうな顔をしているお父様を見ないように、先生の隣へ座る。

向かいのソファにお父様が座り、お義姉《ねえ》様付きの侍女がお茶を出して退室していく。お義姉《ねえ》様付きの使用人は私のことを嫌っているのか、顔を合わせても必ず無視されていた。

私にお茶を出す時に少しだけ顔が歪《ゆが》んだ気がするが、そこまで嫌なら私にお茶を出さなくてもいいのにと思う。いつものことなので気に留めず、出されたお茶はそのまま置いておく。

これだけ嫌われている侍女が淹《い》れたお茶では、何か変なものが入っていそうな気がして飲む気にならない。

先生は私が飲まないことに気がついたのか、同じように口をつけずにいた。お父様だけが口をつけ、そこからようやく話が始まった。

「ラーシュ・ハイドニアだ。知っているかどうかわからないが王弟だ。会うのは初めてだな、侯爵」

「は、っはい。そうですね。お噂《うわさ》は聞いております。陛下には優秀な弟君がいらっしゃると。それで、本日はどのようなご用件でしょうか？」

「ああ。挨拶と報告に来た」

「挨拶と報告ですか？　あぁ、もしかしてカミーラとフレディ王子の結婚の件ですか？」

勘違いしたお父様は作った笑みを浮かべている。なぜフレディ様の結婚話に王弟殿下が来ると誤解できるのだろうか。先生はあっさりと否定すると話し始めた。

「フレディの話ではない。私とリーファの婚約の話についてだ」

「はぁ？　リーファですか？　リーファは修道院に入れる予定なのですが、いったいなんのお話で？」

「その話は陛下が許可を出してないと言っていたぞ」

「え？　どうして陛下の許可が必要なのですか？」

まさかお父様がこれほどまでわからない人だとは思っていなかった。第三王子の婚約者になったことで、私は準王族の扱いを受けている。その扱いはまだ解除されていない。

先日、お父様から修道院に行くように言われた時には、もうすでに解除されて陛下の許可も取ってあるのだと思っていた。だが、先生に聞いた話では陛下は許可を出していないと言う。

「リーファはフレディと婚約した時点で準王族になっている。つまり、リーファの後見は侯爵ではなく陛下だ。当然、修道院に入れるためには陛下の許可が必要だ」

「なんですと？　では、陛下に許可を取りに行けばよいのですな？」

「まだわからないのか。陛下からはリーファは俺と婚約するようにとの命令が出ている。ほら、王命だ。書類を確認してみろ」

先生が封書を取り出してお父様に差し出す。王印が押されているのが見えた。まちがいなく王命指示書だ。それを受け取るお父様の手が震えている。王命指示書を読み終えたお父様の顔は真っ青になっていた。

驚くのはわかるけれど、そんなに顔色を変えるほどのことだろうか。まるで私と先生が婚約したらまずいと思っているかのようだ。

「わかったな？　リーファはもうすでに俺の婚約者になっている」

それは、私も知らなかった。王命とは聞いたけれど、もうすでに婚約者になっているとは。王命が出た時点で正式に認められたということなのか。

「え……でも、いや、えっと、これはどういうことで？」

「どうしても認められないと言うなら、それでいい。侯爵の許可は最初から求めていない」

コンコンと応接室のドアがノックされる。誰だろう。先ほどの侍女だろうか。お茶のお代わりにしては早すぎるけれど。

「ユランです」

ノックしていたのは執事のユランだった。その声にお父様が答えるよりも先に、先生が返事をする。

「入れ」

「失礼いたします」

応接室に入ってきたのはユランだけではなく、リリアも一緒だった。どうしてここに二人が入ってきたのかわからない。お父様もなぜ二人がといった顔で動揺している。

だが、入れと指示したのは先生だ。文句を言うこともできない。

「リーファ。黙っていたが、この二人は王宮が手配した執事と侍女だ」

「え?」

「学園に入学して少し過ぎた頃、侯爵家に問題がないか調査した時に、この屋敷には使用人が一人もいないことがわかった。夫人とリーファが二人だけで生活していた」

「……」

「そのため、執事と侍女を手配することにしたんだ。この二人はリーファの護衛と、侯爵家の調査員も兼ねている。手配したことを知らせなかったのは調査のためだ」

侯爵家の調査、と言われてお父様の身体がびくっと跳ねた。ユランとリリアは王宮から手配されていた。そう言われてみれば納得できた。

お祖父様《じい》が亡くなった後、この屋敷にいた使用人たちはすべてお父様たちが生活している別邸に連れていかれた。それまでの生活を維持できる最低限の使用人すら残してもらえなかった。

私とお母様だけが残されて、頼る人もなく必死で生活してきた。そんなことを平気でしたお父様が、お母様が病気になったからといって、私たちのために執事と侍女を雇うわけがなかった。

第三王子の婚約者としての体裁《ていさい》を整えるためかと思っていたが、やっぱりお父様は私たちなんてどうでもよかったんだ。

「リーファには第三王子の婚約者として支度金が毎年支払われている。だが、前侯爵が亡くなった後からリーファは支度金を使っていない。すべて侯爵たちが使っていたことはわかっている」

「そ、それは、その……結局はカミーラが婚約者になったわけですし」

あぁ、だからお義姉《ねえ》様が婚約者になって喜んでいたのか。私は余計なことを陛下に言われる前に、こっそり修道院に入れてしまえばいいとでも思っていたのだろう。

「そんな言い訳は聞かない。支度金は侯爵家にではなく、リーファ個人に出されたものだ。それに侯爵家の領地の仕事は夫人とリーファがしていたようだな。それにもかかわらず、その税収はすべて自分たちのものにしていた。だからこの屋敷には金が入らず、使用人が一人もいなかった」

お祖父《じい》様が亡くなると、領地経営はお母様の仕事になった。それを手伝ってはいたけれど、お母様が病気になった後に私が一人でするのは大変なことだった。幸いユランや領主代理のおじ様たちに手伝ってもらえたおかげもあって、今までなんとか問題なく治めている。だけど私がいなくなった後はどうするんだろうと心配でもあった。

お父様は領主としての仕事に関わったこともなければ、学んだことすらないと聞いている。お願いして残ってもらっている年配の領主代理さんたちは、お父様に代わったら辞めてしまうだろう。

一度も領地に行ったこともない、領主代理と会ったこともないお父様では誰もついてきてくれない。だけど、お父様がそれを理解しているとは到底思えなかった。

「リーファに出されていた支度金はすべて返還すること。領主の仕事の放棄についての処罰は、おそらく爵位の降格になるだろう」

「そんな！　リーファ、お前からもなんとか言ってくれ！」

縋《すが》るような目で見られても、どうしようもない。法で決められたことを無視して、ずっと好き勝手していた責任はお父様が取らなければいけない。

「私には何も言えません。だって、お父様には何度も手紙を出して説明しました。私は未成年だから領主の仕事はしてはいけないのだと。そんなことはいいからやっておけと返事をしたのはお父様です」

お母様が病気になって起き上がれなくなった時点でお父様に手紙で知らせていた。このままでは領主の仕事が止まってしまうと。それはお前が代わりにすればいいと指示したのはお父様だった。

「その報告も受けている。ユランとリリアがここに来たのは三年と少し前。その一年半前からリーファが仕事をしているのは領主代理から確認が取れている。今さらどう言い訳しても無駄だ」

「あ……あぁ……あああ」

頭を抱えてうめき声を上げているお父様にかける言葉はない。

お母様も私も、このままではいけないと何度も訴えた。お父様自身が領主として顔を出さないようでは領民が納得しないと。領主としての責任を果たしてくださいとお願いしていた。それなのに何一つ聞いてくれなかった、そのつけが来ているのだと思う。

「というわけだから、リーファはここから連れていく」

「え？」

「ユラン、リリア。リーファの荷物を準備して運んでくれ」

「かしこまりました」

「リーファ様の荷物はすでにまとめてあります。王弟殿下の屋敷に運べばよろしいですか？」

「ああ、早いな。そうしてくれ。さ、行くぞ」

「え？　ええ？」

項垂《うなだ》れているお父様をそのままに、先生に肩を抱かれて応接室から連れ出される。

これからどこに連れていかれるというのだろう？　もう一度馬車に乗って到着した先は、王都の中心部にある屋敷だった。侯爵家の屋敷と同じくらいか、それよりも少し大きい。

私に用意されたのは豪華な客室だった。寝室の隣に広い応接室もついている。その応接室に置かれた大きなソファに座るが、ふかふかの座り心地でも初めて訪れた屋敷に緊張がとけない。

カフェテリアで目が覚めてから、されるがままになっている気がする。あまりの急な展開に心がついていかない。ぼんやりとしていたら先生に頭を撫でられ、心配そうに顔を覗き込まれた。

「ここは俺の屋敷だ。王宮は居心地が悪くて、静かに暮らしたくてここに住んでいる。ここにいれば安全だし、侯爵たちが押しかけてくることもない。今日からリーファもここで暮らしてもらう。客室なのは少しの間だけ我慢してくれ。あまりにも急すぎてリーファの部屋を用意できなかった。リリアも一緒だから不便はないと思うが、何か必要なものはあるか？」

「あ、ありません。あの、先生と一緒に住むのですか⁉」

説明もなく連れてこられて、しかも先生の屋敷だと聞いて慌ててしまう。いったいどうしてこうなっているのか、頭の中が混乱している。

「そうだよ。危なすぎて、もうあの家では生活させられない。婚約したからといって大丈夫というわけじゃない。俺の婚約者から引きずり下ろしたいと思う者もいるだろう。リーファが狙われるのがわかっていて、一人にさせることはできない」

「私が狙われる？」

「婚約解消させるために手っ取り早く男に襲わせるとか、醜聞《しゅうぶん》を作るとか。あの家にリーファが一人でいたら、いくらでもできる。ユランとリリアに守らせるだけでは不安だ。あの家には義姉もいるのだろう？　家の中から手引きされたら守り切れなくなる。だから、俺の屋敷に連れてきた。ここなら危険は少ないし、一緒に学園に登校すれば行き帰りも安全だ。……何より、もう俺が離れていたくないんだよ。いいな？」

「は、はいっ」

そんなことを真剣な顔で言われたら、何も言えない。

本当に婚約したんだ、先生と結婚するんだって意識すると、顔が熱くなった。私を見て楽しそうに頬を撫でてくる先生に、これは夢じゃないのかと疑いたくなる。

実はまだカフェテリアでうたた寝して夢を見ているだけとか、そういうことはないのかな。

「あぁ、ユランとリリアが着いたようだ。入れ」

部屋に入ってきたユランとリリアの服装がいつもとは変わっている。そういえば二人のことを王宮が手配した者だと言っていた。これが正式な服なのかもしれない。

「ユランは本来は文官だ。俺の仕事を手伝う文官に戻ることになる。リリアは女性騎士だ。だがリーファの侍女として今後もここで働いてもらう。ここにはいないが、料理人として雇っていたビリーはうちの料理人の見習いだ。そのうち会わせてやれるだろう」

「リーファ様、騙《だま》していて申し訳ありません。ユラン・リティアニと申します。リティアニ伯爵家の二男です。王弟殿下付きの文官として働いていましたが、ここ数年は身分を隠して侯爵家の執事になっていました」

リティアニ伯爵家。王子妃教育で覚えた家の一つだ。優秀な文官、宰相を輩出《はいしゅつ》することで有名な貴族家。ユランが優秀だった理由がわかった。

王弟の側近として選ばれた文官なら優秀に決まっている。そんな優秀な人にあんな家で執事をさせていたと思うと申し訳ない。

「私はリリア・ディファンと申します。ディファン男爵家の三女です。王宮騎士団の所属ですが、王弟殿下からの命を受けてリーファ様の侍女になっておりました。ですが……騙《だま》したつもりはございません。私はずっとリーファ様を第一にお仕えしておりました。リーファ様の侍女としての気持ちに嘘偽《いつわ》りはございません！」

王宮騎士団の女性騎士。リリアが凛々《りり》しいのも動きが速いのも騎士だったからなんだ。王宮騎士団に選ばれるほど優秀な騎士に侍女の仕事をさせただけでも申し訳ないというのに、他に使用人がいないせいで下働きがするはずの仕事までさせていたなんて。王弟殿下からの命令とはいえ、リリアには大変な仕事をさせてしまっていた。

地面に頭が付いてしまうのではないかと思うほどに謝ってくる二人に、頭を上げてくれるようにお願いする。こんな風に謝ってもらう必要なんてないのだから。

「謝らないで、ユラン、リリア。私は二人に感謝しているの。お母様が病気に倒れ、亡くなって……それでも頑張れたのは二人がいてくれたからよ。自分たちの仕事とは違うことばかりさせてしまってごめんなさい。でも、二人がいてくれて本当に助かっていたの。ありがとう。ユランは文官に戻ってしまうのね。残念だけど、お仕事頑張ってね」

「リーファ様……ありがとうございます」

「リリアはこれからも私と一緒にいてくれる？」

「もちろんです！」

「じゃあ、私に怒る理由なんて何もないわ。今まで守ってくれてありがとう。二人がいてくれたこと、感謝しているわ」

私のそばにいてくれた事情なんてどうでもいい。ずっと一緒にいてくれたことが大事で、感謝することはあっても怒ったりはしない。

にっこり笑ってお礼を伝えると、二人とも涙目だけど笑い返してくれた。

「リーファ様、お世話になりました」

「リーファ様、これからもよろしくお願いします！」

「よし、ユランはもう帰っていいぞ。リリアはいつも通りにリーファのそばにいてやってくれ」

「「はい！」」

「リーファ、俺はこれから王宮へ報告しに行ってくる。いない間は何かあればリリアに言ってくれ。すぐに帰ってくるから夕食は一緒にとろう」

「はい」

先生が出かけるのを玄関で見送ろうと思ったら、部屋で休んでいるように言われる。仕方なく部屋のドアのところでお見送りしたら、先生は私に軽く口づけして出ていった。

「……リーファ様、大丈夫ですか？」

「え？」

「顔、真っ赤です」

「……見ないでくれる？」

「冷たいお茶を淹《い》れましょうか。蜂蜜も入れますから」

「ありがとう……お願い」

4

王命によってリーファとの婚約が無事に調《ととの》い、王都の中心部にある俺の屋敷に迎え入れられたことで、思ったよりも安心していた。

これで俺を狙う貴族たちから横やりを入れられる心配もないし、リーファをそばで守ってやれる。だけど、まだ片付けなければいけないことがいくつか残っている。

リーファと夕食を共にする約束をしたから、それまでには終わらせて早く帰りたい。

謁見室《えっけんしつ》の扉を開けると、陛下と宰相が迎えてくれた。侯爵家に話をしに行った後、謁見室《えっけんしつ》を訪れる予定になっていたのだが、陛下たちは俺の報告を待っていたようだ。

「おお、来たか。遅かったな。それで、侯爵との話はついたのか？」

「あぁ、話はしてきたが問題が多いな。これを読んでくれ」

今まで集めた資料を陛下に渡す。フェルディアン侯爵家について、これまで俺が調べた結果をまとめたものだ。

不思議そうな顔して受け取っていたが、読んでいるうちに顔色が悪くなっていく。

「なんだ！　これは！　どういうことだ！　どうしてリーファがこんな目に遭っているんだ！　幼い頃から婚約させて、問題ないように支度金を渡していたはずだぞ」

「俺もリーファが俺の雑用係になるまで気がつかなかったよ。あまりにも貴族らしくないから、いろいろと質問したんだ。どうして掃除ができるんだ、料理ができるのはなぜだ、と。普通の令嬢ならお茶すら自分で淹《い》れることはない。書類の整理だけならともかく帳簿の付け方までわかるのは異常だった。それで調べさせた結果、前侯爵が亡くなってからずっと、リーファには支度金が使われていないことがわかった」

「前侯爵が亡くなってから？　前侯爵が亡くなったのは婚約してすぐの頃だぞ！」

今まで陛下に知らせなかったのだから驚いて当然なのだが、リーファが置かれていた境遇を知って愕然《がくぜん》としている。

「その通りだ。リーファはずっと苦しい状況にあった。俺はフレディにこの結果を伝えて、どうにかしろと言った。このままではリーファは倒れかねないぞと。リーファのことで何かできるのは婚約者だったフレディだけだ。俺が直接介入することはできない。だけど、フレディはこれを読んでも何もしなかった。さすがにそのままにはしておけず、俺の部下の文官と女性騎士を派遣して侯爵家に潜《もぐ》り込ませた。執事と侍女としてな。それからはなんとか困らずに生活していけるようになっていた」

「どういうことなんだ。フレディはそこまで愚かだったのか……」

陛下がフレディに失望してしまうのも仕方ない。俺だってあの時はそう思っていた。ほとんど話したこともない甥《おい》が、リーファの件を知っても何一つ動かなかったのを愚かだと。それほどこの婚約が気に入らないのかとも思った。

しかし、フレディも王妃の被害を受けた子どもだった。

「ずっと婚約が気に入らなくて放置しているんだとばかり思っていた。まぁ、その気持ちもわからなくないから、今まで何も言わなかったんだ。結果的にはそうじゃなくあいつなりの事情があったようだが、その話はまた後で。それで侯爵家での生活を調べようとして調査員を執事と侍女として仕えさせた結果、侯爵領の領主の仕事をリーファがしていることもわかった」

「……未成年で領主の仕事ができるとは信じられない。まさか数年間も発覚せずにうまくやってきたというのか」

「幼い頃から夫人が仕事をしているのを見て覚えたらしい。領主代理たちも好意的に支えてくれていたようだが、これは重大な問題だ。夫人に肩代わりさせるのは、問題があるもののできなくはない。しかし、未成年の準王族を許可なく働かせていたとなれば処罰は免《まぬが》れない。しかも、その税収はすべて侯爵と後妻、その娘で使い切ってしまっている」

未成年に領主の仕事を任せてはいけないという法は、領民を守るために存在している。それだけ領主の仕事は難しく、未成年では領民に被害を及ぼしかねないからだ。

一度も領主の仕事をしていない侯爵はその責任の重さを理解していないようだが。

「そうか、そこまで侯爵は腐っていたか。降爵……侯爵から伯爵ではぬるいな。子爵にするか。領地が隣のリガル伯爵家が先日武勲《ぶくん》をたてていたな。では、侯爵家の領地の半分をリガル伯爵家に渡し、リガル伯爵家を侯爵へと昇爵させよう。もちろん支度金は違反金もふくめて返還要求する。リーファは侯爵家との縁を切り、私の養女にしてお前と婚約する。これでいいか？　侯爵家への処罰はとりあえずの処罰だ、改めて調査させよう」

侯爵から子爵への降爵はよっぽどの罪でなければありえない。陛下はそれをとりあえずの処罰だと言った。これ以上何かあれば追加の処罰もあるということか。俺としても今の状態ではこれ以上の処罰は難しいと思うし、問題はなかった。

いつも穏やかな性格の陛下がこれほどまで厳しい処罰をするとは。思っていた以上に侯爵家への怒りがあったらしい。

リーファの神の加護を大事にする気持ちもあるだろうが、義娘になる予定だったリーファのことを気に入っているのだろう。

自分の養女にしてから俺に嫁《とつ》がすのも、リーファを守るためでもあるが、そうまでしてでも娘にしたかったのかもしれない。守るだけなら、側妃の生家の侯爵家あたりの養女にしてもいいのだから。

「侯爵家の件はそれでいいだろう。今後の調査は任せた。あぁ、子爵家になるとフレディの婿《むこ》入りができなくなるが、それについてはいい案がある。フレディも望んでいないようだしな」

先ほど謁見室《えっけんしつ》に来る前にフレディから話を聞き、これ以上フレディをあの家に関わらせるのは不《ふ》憫《びん》だと思った。俺の独断でフレディを匿《かくま》うことにしたが、陛下も話を聞けば賛成してくれるはずだ。

「ん？　フレディの婿《むこ》入り？　リーファとの婚約はなくなっただろう？」

「は？　どういうことだ？　フレディがリーファの義姉を身ごもらせたから、そっちと結婚して侯爵家に婿《むこ》入りさせる予定じゃなかったのか？」

「いいや？　その後妻の娘は問題ありだからな。そんな問題ありのところに婿《むこ》入りなんてさせるわけにはいかない。フレディの今後については宰相と相談していたところだ。リーファとの婚約を解消したのは、ヒューバートの側妃にと望まれていたから、王家としてもちょうどいいと思っただけだよ。あぁ、もうそんな気はないからにらむなよ。安心していい」

リーファの義姉がフレディの子を身ごもったと聞いた時、やけに噂《うわさ》が広まるのが早いと感じていた。王家からの発表もないのに、どうして皆が知っているのかと。

おそらく侯爵家側で意図的に流したものだろうと予想していたが、まさか嘘の内容を流していたとは気がつかなかった。だが、それならば話は簡単になる。

「反対する気がないならそれでいい。フレディのことは俺に任せてくれないか？」

フレディとはほとんど関わることはなかったが、甥《おい》を不幸にしたくはない。事情を聞いた今ではなんとかして助けてやりたいと思っている。

だからこそ、王妃とフェルディアン家を追い詰める手を考えていた。

5

次の日の朝、真っ白な馬車に乗って学園へと向かう。

今日これからのことを考えると不安でいっぱいだった。それを見透かされたのか、隣に座る先生が私の頭を優しく撫でた。

「そんなに不安そうな顔するな。大丈夫だよ」

「はい……」

「リリア、学園内にいる間はずっとリーファから離れないように」

「はっ！」

リリアが同じ馬車に乗っているのは侍女としてではなく、護衛騎士としての意味合いが強いらしい。いつもの姉のような親しみやすい雰囲気ではなく、頼もしい感じがする。

これまでも凛々《りり》しいところはたまに見ていたけれど、こちらのほうが本来のリリアのようだ。服装も侍女服ではなく、女性騎士の服装に変わっている。

今日からは先生の、王弟殿下の婚約者として学園に通うことになる。それだけでも騒がれるのは間違いないというのに、私は侯爵令嬢ではなく王女の身分になってしまったらしい。

昨日先生が王宮に行ったのはそういう理由だったそうだ。

先生からの報告の結果、このまま私を侯爵家にいさせることはできないし、できるだけ早く縁を切ったほうがよいと陛下によって判断された。

一連の騒動によりフェルディアン侯爵家は子爵家へと降爵した。だが、それでは先生のもとへ嫁《とつ》ぐのに私の身分が足りなくなってしまう。そのため陛下が私を養女にしてくれることになり、先生が帰ってきた時には私の身分は王女に変わっていた。

学園で騒がれることは、もうどうしようもないことだろう。

ついこの間まで第三王子のフレディ様の婚約者だったのに、婚約解消したと思ったら王弟殿下の婚約者になるなんて。しかも陛下の養女にまでなっている。いったい何があったのかと勘繰《かんぐ》られるに違いない。

周りから何を言われるのかと、不安な気持ちが顔に出てしまうのも仕方ないと思う。

「リーファが不安になる気持ちもわかる。しばらくは騒がしいだろうから。だが、王家に、俺にたてつく者はそうそういない。あぁ、もしリンデルバーグ公爵家の令嬢に呼び出されても行かないように。王女になったリーファのほうがすでに身分は上で、下手なことをすれば、罰せられるのは公爵令嬢のほうだ。ここで甘い顔をするのは、優しくないってわかっているよな？」

「はい。わかっています。頑張ります、ね……」

今の自分はどういう立場なのか、わかっている。下手に私が公爵令嬢の言うことを聞いてしまったら、罰せられるのは公爵家と公爵令嬢のほうだ。だから毅然《きぜん》とした態度を取らなければいけない……のは、わかっているけれど。

わかっているからといって、すぐにできるとは限らない。頑張ろうと思っても弱気な自分が出てきて、ため息をつきそうになる。

「そんなに悩まなくても大丈夫だから、俺とリリアを頼りなさい。もうリーファが一人で対応する必要はないんだ」

「あ……」

「やはりそう思っていたんだな。リーファは一人じゃないから、そんなに心配することはないよ。何か心配になったらすぐに俺に言いなさい。俺に言うようなことか迷ったら、まずはリリアに相談してもいい。一人で抱え込むことだけはやめてくれ」

「はい」

そうか。今までのように、何があっても一人で対応しなきゃいけないのだと思っていた。

でもこれからは先生に、リリアに頼ってもいいんだ。行き帰りや昼休みは先生と一緒にいるし、リリアは休み時間もそばにいてくれる。

王族は学園内でも護衛をつけられると聞いて、フレディ様に護衛が一人もついていなかったことが疑問になった。フレディ様につけられていたのは侍従で、それも行き帰りの時だけ。あれほど苦労していたのだから、学園内でも護衛をつけて令嬢たちを離せばよかったのに。その疑問を先生に聞いても答えてもらえなかったけれど、事情があるのかもしれない。

フレディ様がずっと休んでいるのは婚約解消のことは関係なく、体調不良が続いているそうで、まだ学園に通えないと聞いた。フレディ様はあまり優しくはなかったけれど、同志のような関係だと少しだけ思っていた。私が王妃様を怖いと思っているのと同じくらい、フレディ様も王妃様の前に出ると委縮《いしゅく》しているように見えていたから。

こんなにも体調不良が続いているなんて、何か大きな病気を抱えているのかもしれないと心配になる。できれば一緒に卒業したかったが、それは無理なのだろうか。

考えているうちに馬車は学園へと着いた。

学園では身分が高い者ほど奥に馬車を停めることができる。奥に停めればそれだけ校舎まで歩く距離が近くなるからだ。

「さぁ、着いた。お手をどうぞ?」

差し出された先生の手に掴まって馬車を降りる。

降りた瞬間からたくさんの視線を感じるけれど、さっきまでの不安は薄れていた。とりあえず、今日を乗り切ろう。悩むのはそれからだ。

校舎に入ったところで先生とは別れ、リリアを連れて教室へと入る。そこには待ち構えたようにリンデルバーグ公爵家のフェミリア様がいた。

周りにたくさんの令嬢を従えたフェミリア様ににらみつけられて、このまま後ろを向いて帰りたくなる。

「待っていましたわ。リーファ様。王弟殿下と婚約しただなんて、いったいどういうことなのか説明してもらえるわよね？」

いつもよりも声が低いし、微笑んでいるのにこめかみが引きつっている。これはかなり怒っている。今までの関係性を引きずってひるんでいる私を隠すようにリリアが前に出た。

「無礼ですよ。リーファ王女の前に立ちふさがって、挨拶もせず話しかけるとは」

「……あなた、誰よ」

「私は王宮騎士団所属のリリアと申します。今後、学園内でリーファ王女をお守りするように陛下から命じられております」

「陛下が!?」

「はい。何せ、陛下のお子で王女はリーファ王女お一人ですから。たいそう心配されて、何事もなく学園で過ごせるようにと」

私が第一王女になったことはすべての貴族に通達が行っている。だが、形だけの養女、婚約を調《ととの》えるためだけの養女だと、普通ならそう判断する。陛下から護衛騎士がつけられるほど大事にされるとは思わない。

フェミリア様の後ろにいた令嬢たちがじりじりと下がっていくのがわかった。陛下の怒りを買ってまで公爵令嬢の味方にはなりたくない、そういうことだろう。

おそらくフェミリア様もそれを感じ取っていると思うのに、リリアではなく私へと微笑みかけてくる。

「あら、私とリーファ様の仲に、そのような心配はありませんわ。ねぇ、そうでしょう？」

いくら王女になったからといって、フェミリア様と私の関係性は変わらない。引き続き私のほうが上だと言いたいのだろう。だけど、それには応じない。

リリアに一度庇《かば》ってもらったことで、気持ちを落ち着けることができた。これならきちんと言い返せる。

「私とフェミリア様との仲、ですか？　特に仲良くもなかったと思いますが？」

「は？」

「だって、一度も昼食を共にしたこともなければ、放課後のお茶会に呼び合うこともなかったでしょう。そういう関係は、仲がいいとは言いません」

ねぇ、そうでしょう？　だって、フレディ様との昼食でも、私は邪魔だからいらないと言ったのは令嬢たちのほう。フェミリア様はそれを止めなかった。むしろ私が離れてほっとしていたのを見ている。それなのに、今さら仲良しと言われても困る。

「……そうでしたかしら。では、本日より昼食をご一緒しましょう？」

「いいえ。昼食は殿下と一緒に取ることになっていますから」

「で、では、その場に私も一緒に……」

「あら。王弟殿下は婚約者との逢瀬《おうせ》に他の令嬢を同席させるような、無粋《ぶすい》な方ではありません。フレディ様が学園に来られなくなって寂しいのでしょうが、フェミリア様の後ろに同様に思っていらっしゃるはずの令嬢方がたくさんいますもの。その方たちと一緒に取ればいいのでは？」

先生にははっきりと断っていいと言われている。結婚後も社交する必要はないので、公爵家だからと気をつかうことはしなくていいと。

これだけ言われればフェミリア様でも引かざるを得ないだろう。微笑んだ顔が引きつって見える。

「そ、それは……」

「リンデルバーグ公爵令嬢、わかったらお下がりください。これ以上の無礼は陛下に報告することになりますよ」

「……っ！」

さすがに陛下に報告されるのは困るのか、踵《きびす》を返すと去っていった。

去り際にキッとにらみつけられたことを考えれば、これでおとなしくなるとは思えなかったけれど。

公爵令嬢なのに婚約者もなく、あと半年で学園を卒業する。フェミリア様が焦る気持ちもわからないでもないものの、どうして毎回、婚約者がいる令息を狙うのだろう。

フェミリア様ほどの身分、容姿ならば、そのような恥知らずなことをしなくても相手には困らないのではないだろうか。

でも、考えてみたら第一王子と第二王子はすでに結婚している。第三王子のフレディ様はお義姉《ねえ》様とああなってしまったし、他の公爵家の令息も嫡男は結婚してしまっている。

公爵令嬢の格を落とさずに結婚する先は先生くらいしか残っていないのかもしれない。その先生も私と婚約したとなれば恨まれるのは仕方ないか。

席に着くと、リリアがすぐ後ろに控える。リリアがいてくれてよかったと思いながら、ほっと息をついた。

いつも通りに魔術演習の時間になると、先生が教室に入ってくる。ただ歩いて入ってきただけなのに、その姿を見た令嬢たちから黄色い声が上がった。令息たちも先生の変わりように驚いてざわめいている。

ボサボサの黒髪で眼鏡だった先生が、王子様のような容姿になっているのを見て、驚かないほうがおかしいだろう。

「授業を始めるから静かにしろ」

少しも静かにならない教室にため息をついて、先生は説明を始めた。

「あー。今まで話していなかったが、俺が学園長のラーシュ・ハイドニアだ。魔術の講師が見つからずに俺が教えることになったために変装していた。だが、新しい講師が春から来てくれる予定になっている。俺が授業を担当するのも、この学年が最後だ。あと半年間だけだから、できる限り騒がないように頼む」

その容姿と名前で王弟殿下だということが生徒たちに伝わると、一斉に私へと視線が集まる。

私が王弟殿下と婚約したことを知っていても、魔術演習の講師が王弟殿下だと気がついた者はいなかったはずだ。

放課後のカフェテリアは、部外者でも貴族なら婚約者を迎えに来ることができる。あの時、私と先生が一緒にいた件が噂《うわさ》になっても、王弟殿下が私に会いに来ただけだと言い訳できた。

フェミリア様と話していた時に、昼食を一緒に取ると私が言ったことで、学園の関係者なのかもしれないと気がついた人はいるだろうけど。

初めて先生の素顔を見た令嬢たちの視線が釘付けになっている。こうなるかもしれないとは思っていたけれど、フェミリア様までもが頬を染めて見惚《みと》れていた。先生の容姿ならばそれも仕方ない。

その時、何を思ったのかフェミリア様が立ち上がって先生へ挨拶を始めた。

「あの……フェミリア・リンデルバーグと申します」

「……？　さすがに知っているが？　もう俺の授業を受けて五年目だろう。今さら挨拶はいらんぞ？」

「ええ。わかっておりますが……王弟殿下だと知らず、今まで名乗らずにご無礼を」

「いちいち学生に名乗られても困るから、そういうのはいらん」

「で、ですが、ぜひお近づきになりたくて」

「それもいらない。俺にはリーファという可愛い婚約者がいる。リーファと婚約したことで身分を隠さなくなったんだ。他の令嬢との交流は望んでいない。もう座れ、授業を始めるぞ」

女性から見ても妖艶《ようえん》なフェミリア様が、頬を染めてお近づきになりたいと言っているのに、先生はにこりともせず心底嫌そうな声で拒絶した。

しかも、可愛い婚約者だなんて……そんなこと言わなくてもいいのに。先生に近づこうとするフェミリア様に少しムッとしていたはずが、顔が熱くなる。

さすがに先生にここまで言われたらフェミリア様もあきらめるだろう。そう思っていたのに、フェミリア様はそれでも座らずに先生を見つめている。

「納得できません。どうしてリーファ様なのです？　婚約者を義姉にとられるような、そんな令嬢ですのよ？　王弟殿下にふさわしくありませんわ！」

「どうしてお前に認められなければならない？」

あ、先生が怒った。そう思うほど低い声に、教室内のざわめきが消えた。一瞬でピリッとした雰囲気に変わる。

先生が眉間にしわを寄せて怒っているのを見て、フェミリア様もおろおろし始めた。

「えっ……あの……」

「リーファは第三王子の婚約者に選ばれ、幼い頃から王子妃教育を受けている。それも予定より早く優秀な成績で終わらせた。第三王子が婿《むこ》入りする予定ではあったが、第三王子は王族にも籍を残し、同時にリーファも王族に籍を入れるはずだった。そんな特例も、リーファが王族にふさわしいと陛下が認めていたからだ」

王子妃教育を早く終わらせたのは王宮に行きたくなかったからだけど、そういう評価につながるとは思わなかった。

それでも、フェミリア様は私が優秀だというのは認められないようだった。

「で、ですけれど……」

「何か勘違いしているようだが、お前がリーファに勝っているものはないよ。第三王子の婚約者にも選ばれず、俺にも選ばれず、陛下からも認められていない。公爵家に生まれただけの令嬢に、俺とリーファの婚約に口を出す権利があると思っているのか？」

「っ！　でも！　リーファ様には魔力がありませんわ！」

「そんなものは必要ない」

「え？」

「俺の魔力は他の王族の数倍ある。その辺の貴族令嬢が魔力を持っているなんて言っても、大したことはない。お前とリーファの魔力の差なんて、俺からしたら誤差にすぎないんだよ。わかったら、座れ。これ以上授業の邪魔をするようなら謹慎処分にする」

「……」

顔色が青を通り越し、真っ白になってしまったフェミリア様は力をなくしたように座った。

それからすぐに授業は始まったが、フェミリア様には何も届いていない様子だった。

魔力がある。公爵家に生まれている。自分の容姿にも自信があったのだろう。それらすべてを吐き捨てるように否定された。これでおとなしくなる、と思うけど、ちょっとだけかわいそうになってしまった。

自分を否定された時の気持ちはわかる。私も他の令嬢たちから魔力がないとさんざん否定されてきた。自分がされて嫌だったから、他の令嬢も同じ目に遭わせたいわけではない。こんな考え方は甘いのだろうな……そう思いながら授業が終わるのを待った。

昼休みの時間になり、学生が食堂へ向かうために動き始める。

それでもピクリとも動かないフェミリア様が少し心配ではあったが、私が手を差し伸べても意味がないと思った。

「リーファ様、殿下がお待ちです。行きましょう」

「ええ」

リリアに促《うなが》されていつも通りに先生の研究室へと向かう。そのドアにかけられていた札が「学園長室」へと変わっていて、本来は研究室ではなかったのだと知った。

「リーファ様、それでは隣の部屋で待機しております。また授業時間前にはお迎えに上がりますので」

私を学園長室に送り届け、リリアはぺこりと一礼してドアを閉めた。隣の部屋で待機している？　不思議がっていると先生が説明をしてくれた。

「内緒だけど、隣は王弟付き文官たちの仕事部屋になっている。その中に休憩する場所も設《もう》けてあるんだ。俺は学園長としての仕事の他に王領をいくつか任されているから、文官たちは隣で仕事をしていて、決裁が必要なものはこっちに持ってくる。今まではリーファが来る時間に顔を出さないように言ってあったから気がつかなかっただろう。俺の護衛騎士もいるが、普段は学園内の警備をしてもらっている。リリアも休憩が必要だろうから、隣の部屋を使う許可を出した」

「なるほど。ここで学園長と王族の仕事、両方していたんですか。この部屋、研究室にしては広いなって思っていましたけど、学園長室だったからなんですね」

王族には公務というものがあるが、王弟殿下が公務に出席したという話は聞かない。おそらく王領を任されることで公務を免除されているのだろう。

「まぁ、俺が王弟なのも学園長なのも、学生には秘密だったから。研究室という形で誤魔化していたんだ。本当ならフレディと結婚した後でリーファは知ることになっていた。正式に王族の一員になれば顔を合わせないわけにもいかないからな。だからリーファならこの部屋に入れても問題なかった。……それに、リーファが俺の雑用係になったのは陛下に頼まれたからだ」

「え？　陛下にですか？」

「ああ。フレディがリーファを守ってやらないことを心配して。代わりに気にかけてやってほしいと頼まれていたんだ」

陛下は、会えばいつも優しく話しかけてくれていた。

フレディとうまくやっているか？　と聞かれるたびに、はいと答えるのはつらかったけれど、陛下は悪くなかったと思う。むしろ父親として子どもを心配しているいい親だと、うらやましく感じていた。

「陛下にはいつもよくしていただきました。必要以上にドレスも用意されていて……王女教育やお茶会のために陛下から贈られていたドレスを、着なくなったら売って生活費にしていたんです。本当はいけないことだったんでしょうけれど。あれがなかったらお母様と二人だけで生活できませんでした」

「……知っている。途中からはドレスを売るのをユランに任せていただろう？　その辺の報告も受けていたから」

「あぁ、そうですね。ユランは先生付きの文官ですものね。ユランとリリアが来てくれてからはお金に困ることもなくなりました。あれ……ユランが執事として優秀だからと思っていましたけど、もしかして、そのお金も先生が出してくれていたんですか？」

「まぁ、気にするな」

曖昧《あいまい》な答えが気になって先生をじっと見つめたら、ふいっと視線をそらされた。あぁ、そうだったんだ。こんなところでも助けてもらっていた。

「ありがとうございます。知らない間に先生に助けてもらってばかりだったんですね」

「いや、助けてやれずにすまなかった。やろうと思えばもっと早くに助けることだってできた」

「いいえ。私がフレディ様の婚約者だったから、先生が表立って助けることはできなかったのでしょう？　でも、先生の助けがなければ苦しかったままだと思います。感謝していますよ？」

「……そうか、ならいい」

気のせいかもしれないけれど、先生の耳がほんの少し赤く見える。いつも優しいのに私がお礼を言う時は無理に無表情になっている気がする。

照れているのかな。でも、それを指摘したら怒られるかも。

「そういえばユランも隣の部屋で仕事しているんですか？」

「今後はそうなると思うが、今日は別の仕事を頼んでいる。明日以降は隣の部屋にいると思うぞ」

「そうなんですね。会おうと思えばすぐ会える場所で安心しました。なんだかユランって父親みたいな感じで。リリアは姉ですね。二人とも大事な家族のように思っていたので、会えるのはうれしいです」

本当は王弟付きの文官だって言われても、ずっと一緒にいたユランが離れてしまうのはさみしかった。リリアが変わらずそばにいてくれるのはよかったけれど、ユランがいないことはリリアでは埋められない。

ユランもリリアも、どちらも家族同然に大事に思っているのだから。

「ここにいる間は呼べばすぐに来る。いつでも会えばいい」

「はい」

ほら、やっぱり先生は優しい。何気ない風に話す先生の優しさがうれしくて、頬が緩んでしまうのを、どうしても止められなかった。

6

僕、フレディ・ハイドニアはこの国の国王と王妃の第二子として生まれた。

国王である父上とは住んでいる宮が違うせいか、ほとんど会うことはない。王妃の母上は同じ宮に住んでいるけれど、僕の世話は使用人に任せっきりだ。

母上は五歳年上の兄上とはよく会っているようだけど、第三王子の僕には価値がないと考えているのか、呼ばれることも少ない。

そんな僕がよかったと思うのは、侍従のアベルがいつもそばにいてくれることだった。

リーベラ伯爵家の二男アベルは、とても優秀で頼りがいがあって、何よりも優しかった。

どこに行くにもアベルがついてきてくれる。礼儀作法も勉強も、わからないところはアベルが教えてくれる。父上と母上がいなくても、兄上が遊んでくれなくても、アベルがいればそれでいいと思うようになった。

そんな風に穏やかに暮らしていたある日、僕に婚約者ができることになった。兄上の婚約者が決まっていないのに、なぜか僕の婚約者が先に決まったらしい。

僕は五歳になったばかりだし、婚約者ができるような年齢じゃないのにと思っていたら、婚約した相手もまだ五歳だった。

婚約者はフェルディアン侯爵家のリーファ。侯爵家の一人娘だと聞いて、婚約者に選ばれた理由がわかった。高位貴族で娘しかいない家はそれほどない。公爵家はすべて嫡男がいるし、侯爵家でもフェルディアン侯爵家ともう一つ。ただ、もう一つの侯爵家の娘は僕と歳が離れすぎている。

僕は第三王子だけど、王位継承権は第二位だ。それでも、王位継承権第三位のジョージル兄上のほうが優秀だというのは聞いていた。だから王族に残すのはジョージル兄上のほうで、僕は侯爵家に婿《むこ》入りさせて王族から抜けさせるのだろう。

それだけ僕はいらない子なんだとがっかりしたけれど、アベルが結婚してもついてきてくれると言うから、王族から抜けてもいいかと気楽に考えるようになった。

初めて会ったリーファはとても小さい女の子だった。僕も小柄なほうだけどリーファはもっと小さく、白髪《しらが》に近い金髪に真っ赤な目。にっこり笑ったリーファに嫌な感じはなかった。

僕が知っている令嬢たちは、許可もしていないのに勝手に王宮まで会いに来る。笑顔が怖くて、変な臭《にお》いがして、いつも集団でうるさかった。

リーファはそんな令嬢たちとは違って、静かでなんの匂いもしなくて、にこにこと焼き菓子を食べていた。会うまでは緊張していたけれど、こんな令嬢だったら僕でも仲良くできるかもしれないとほっとした。

リーファが帰った後、めずらしく母上のお茶に呼ばれた。お茶の席には兄上もいた。きっと婚約したばかりだから、仲良くやりなさいと注意されるのだろうと思っていたが、違った。

「リーファとは仲良くしないように」

「え？」

「聞こえなかったの？　リーファとは仲良くせずに、距離をとっておきなさい」

「……母上、どうして婚約者と仲良くしてはいけないのですか？」

母上の言ったことが理解できずに尋ねると、あからさまに失望した顔になる。大きなため息をついて、説明しなきゃいけないなんて面倒だわねと呆れたように言った。

「リーファは学園を卒業後、ヒューバートの側妃にします」

「え？」

「あなたとは結婚しないの。だから、必要以上に仲良くされたら困るのよ」

「リーファが兄上の側妃に？　でも、兄上はまだ婚約者もいないのに。だったら、リーファを婚約者にしたらいいじゃないですか」

リーファだって侯爵家の令嬢だ。王太子妃にだってなれる。兄上と結婚するというのなら、側妃じゃなく正妃にすればいいのに。

「リーファはヒューバートと年齢が離れているし、正妃は公爵家から選ぶわ。そうでなければ第二王子が王太子に選ばれかねない」

そう言われて、兄上が王太子になるのが決まったわけじゃないと知った。王妃の宮では兄上は王太子として扱われている。当然そうなるものだと思っていたのに。

そういえばまだ王太子として指名されたわけじゃない。学園を卒業して、成人してから王太子として指名されるのだった。

ジョージル兄上にはすでに婚約者がいる。相手はジョージル兄上を産んだ側妃様の従姉妹《いとこ》が嫁《とつ》いだ公爵家の令嬢だと聞いていた。令嬢が産まれる前から婚約することになっていたという話だったが、そういえば母上が悔しがっていたのを思い出す。第二王子妃が公爵令嬢なら、ヒューバートの妃は公爵家以上でなければいけないと。

婚約していない公爵家の令嬢は三人。兄上と年齢が近い令嬢が二人、僕と同じ年の令嬢が一人。では、正妃はその三人の中から選ばれるのか。

「……でも、リーファは僕の婚約者です。兄上が公爵家の令嬢と婚約するならリーファはいらないでしょう」

父上には正妃と側妃がいるけれど、側妃を娶《めと》るのは普通じゃないはず。最初から側妃候補まで用意するなんておかしい。それも弟の婚約者なのに。

「リーファを他の者に渡すことはできないの。あれはヒューバートのものです。他の者と婚約させないためだけにフレディの婚約者にしたの。だから、あなたは黙って母の言うことを聞きなさい。いいわね？」

「……」

素直にうなずく気にはなれなかった。どうしてもリーファがいいわけじゃないけれど、そうしたら違う令嬢と婚約させられてしまう。臭くてうるさい令嬢の誰かと。

それだけは嫌だと思って、ただ黙ってうつむいた。

「ヒューバート、後でちゃんと言い聞かせなさい」

「わかりました、母上」

僕が納得しなかったのが気にくわなかったのか、母上は荒々しく退席していった。残った兄上も不機嫌そうにお茶を飲んでいる。悪いのはどう考えても僕じゃないのに、母上も兄上も僕が言うことを聞かないのが悪いと思っている。

「……兄上はこれで不満はないのですか？」

「ないな」

こんなこと許されるのかと思って聞いたら、即答される。

「どうしてですか？」

「今の状況ではリーファを正妃にはできない。王太子になるためにはそうするしかない。だが、あれは俺のものだ。しばらくはお前に預けるが、仲良くはするな。俺のものになった時に困るからな」

「兄上……でも」

「いいのか？　お前が母上に逆らえば、誰に被害がいくと思う？」

「え？」

「お前の教育を間違えたとして、責任を取らされるのは誰だ？」

ハッとした。僕の教育を見ているのはアベルだ。責任を取らされるのはアベル？

僕の後ろに控えているアベルを振り返ると顔色が悪い。兄上が言ったことは本当なんだ……

これ以上母上に逆らったら、アベルと離されてしまうかもしれない。リーファよりも何よりも、アベルがいなくなるなんて考えられない。僕はもう逆らう気になれなかった。

「わかりました。リーファとは仲良くなりません」

「そうしてくれ」

お茶会から私室に戻ってすぐ、アベルに抱きしめられた。どうして僕がこんな思いをしなくちゃいけないんだ。悔しくて涙が出たけれど、アベルだけは守りたかった。

それから数年はリーファと顔を合わせても挨拶しかしなかった。もともと僕はそんなにしゃべらないから、それでも不思議に思われなかったようだ。

ただ一度、母上主催のお茶会があった時、エスコートしようとしてリーファの爪が土で汚れているのを見て、つい質問してしまった。

令嬢の手が土で汚れるなんてありえない。いったいお茶会に来る前に何をしていたんだと。

「あ、申し訳ありません。ちゃんと洗ったつもりだったのですけど。畑の野菜を収穫した時に土がついたのでしょう」

小声で答えたリーファは、話してくれた後で内緒にしてくださいと言った。令嬢が畑仕事？　なんのために？　疑問に思ったが、あまり話していると母上に叱られる。

後でアベルに聞いてみたら、リーファ様は食べるものに困っているかもしれませんと教えてくれた。

一部では有名な話だったようだ。

ドレスは王宮の衣装部屋が仕立てるから立派なものだけど、あまりにも細すぎる。それにリーファの母の侯爵夫人は前侯爵が亡くなってから一度も服を仕立てていない。王宮の馬車が迎えに行っても出迎えるのは侍女ではなく侯爵夫人だ。使用人が一人もいないらしい。

「使用人が一人もいない？　そんな状況で生きていけるの？」

「わかりません……ですが、噂《うわさ》が広がらないように王妃様が指示しているようです」

「母上が？　リーファの状況を知っていて、ほっといているの？」

アベルはそうだとは言わなかったけれど、はっきり答えないというのはそういうことなんだと思った。普通ならありえないけれど、生まれてからずっと僕を放置している母上ならありえる。

だが、僕の場合はアベルや使用人がそばについている。リーファの屋敷に使用人がいないとしたら、かなりひどい状況なのではないか。

それでも母上に訴えるのはまずい。誰から聞いたのだと言われたら、アベルが処罰を受けるかもしれない。

考えた結果、兄上に訴えることにした。

「兄上、リーファの手が土で汚れていたのです。聞いたら畑仕事をしていると。食べるものにも困っているようです。兄上が助けてくれませんか？」

僕に仲良くしてはいけないと言うくらいだから、兄上が助けてくれると思った。将来は兄上の側妃になるのだし、兄上が守ればいい。それなのに兄上は鼻で笑った。

「そんなことは知っている。リーファのことは報告が来ているからな」

「知っているのなら、どうして助けないのですか？」

「虐《しいた》げられて苦しんでいれば、俺の妃になった時に感謝するだろう」

「え？」

「そうすれば素直に俺のものになる。お前もすぐに理解する」

あまりのことに何も言えないでいると、馬鹿にしたように笑って兄上は去った。

母上も兄上もリーファのことを知っていて、わざと放置している。それを知っても……僕は何もできない。

リーファには悪いと思うけれど、僕はアベルを取り上げられたくない。

罪悪感を切り取って、箱の中にしまい込みたかった。でもできなくて、いつまでもじくじくした嫌な気持ちが残った。


学園に入学したら、同い年のリーファも一緒だった。

僕から離すのかと思ったら、母上はリーファに僕の出迎えと見送りをするように命令したらしい。

リーファの顔を見ると嫌なことも思い出すから、できれば会いたくなかった。

学園が始まってすぐ、リーファが出迎えると思ったらお腹が痛くて休んでしまった。その日リーファは授業に出ずに僕を待っていたそうで、出迎えはさせないようにと学園から連絡が来た。

学園は母上の力が及ばない場所だ。なぜなら叔父上が学園長に就任している。

母上と叔父上は仲が悪く、母上が何をお願いしても叔父上は聞いてくれないらしい。

出迎えだけでもなくなったことでほっとして学園に通うと、僕とリーファが一緒にいる時は他の令嬢が寄ってこないことに気がついた。

母上からは他の令嬢と交流するようにと言われていた。だけど、学園の同級生には僕の一番苦手な令嬢、リンデルバーグ公爵家のフェミリアがいた。

隣国フランデル出身の母を持つフェミリアの香水は、僕の苦手な匂いがする。できるだけ近づいてほしくなくて、リーファにこっそりお願いした。

「学園にいる間、寄ってきた令嬢を追い払ってほしい」

「追い払うのですか？　できるかぎりはやってみます」

できるかぎり。そういえば侯爵家のリーファではフェミリアを追い払うのは難しい。それでも他の令嬢だけでも追い払ってもらえるのはありがたい。

しばらくはそれで平穏な日を過ごせた。だが、リーファと一緒にいても一言も話していないのが知られると、リーファがいても他の令嬢につきまとわれるようになる。

予想通り、フェミリアが来た時にリーファは僕のほうを見た。これは僕が断らなければ追い払えないと判断したためだ。わかっていたが、僕は令嬢を追い払えない。

学園は母上の力が及ばないけれど、令嬢たちは別だ。どの令嬢が母上の命令を受けているかわからない。どの令嬢の親が王妃派なのかわからない。仕方なく同席を許可した。僕はどちらでもかまわないと。

その言葉を聞いたリーファが僕に失望したのもわかるし、それ以降そばに寄ってこないのも仕方ない。

あの穏やかな時間が失われたことは残念でならないが、これ以上リーファと仲良くなるわけにもいかない。あきらめて令嬢たちに引っ張られるように連れていかれた。

令嬢の香水や化粧の臭《にお》いで食事する気にもならない。お茶の香りもよくわからない。どちらも少しだけ口にして下げる。下げたとしても令嬢たちの話は続くし、授業が始まるまで解放されることはない。

毎日ぐったりして王宮に帰り、アベルが用意したものを食べて、ようやく心が癒《いや》される。

どんなに苦しい日々でも、少しずつ前へと進む。気がついたら最終学年、あと一年したら卒業する頃になっていた。

「アベル……僕はこのままでいいんだろうか」

「リーファ様のことですか？」

「そうだ。せめて、リーファに事情を説明して謝りたいんだ」

「……学園や王宮でリーファ様と話すのは無理です。侯爵家を訪ねてみますか？」

「侯爵家に？」

「はい。こっそり出かけましょう。話をするくらいの時間ならごまかせると思います」

「そうか。じゃあ、そうしてくれる？」

「お任せください」

母上は卒業前に僕とリーファの婚約を解消すると言っていた。兄上も結婚してもうすぐ三年になるが子は産まれていない。おそらくこれも全部リーファを側妃にするためなんだ。説明するなら今しかないと思った。

アベルが侯爵家に手紙を送ると、了承する旨《むね》の返事があった。他の用事があるように装《よそお》って侯爵家に向かったところ、リーファではなく義姉という女が出てきた。義姉を見て、そういえば侯爵が再婚したのを思い出す。

リーファが側妃として王宮に上がった後、この女が侯爵家を継ぐことになるのか。その割には下位貴族よりもひどい所作だ。侍女のほうがましかもしれない。学園を卒業したというけれど、五年間何を学んできたのか疑問でしかない。

「せっかく来ていただいたけれど、リーファは体調が悪いと言って寝ているの。婚約者のフレディ王子なら部屋に入ってもいいと言っているわ」

「フレディ様だけを部屋に通すと？」

「ええ。だって寝込んでいるのよ？　婚約者以外は遠慮してほしいわ」

僕だけがリーファの部屋に行って話す？

アベルは護衛できないのなら一度帰りましょうと言ったが、次にいつ来られるかわからなかった。内緒で侯爵家に来たことがバレたら、もう王宮から出してもらえないかもしれない。リーファに説明して、僕が侯爵家を訪れたことを内緒にしてもらわなければいけなかった。

「……すぐ戻ってくるよ。アベルはここで待っていて」

「しかし……」

「大丈夫、すぐに戻る」

「わかりました」

侯爵家に来たのは初めてで、リーファの部屋がどこにあるのかわからない。リーファの義姉の案内で奥へと進む。屋敷の中は静かで、そういえば使用人は一人もいないのだったと思い出した。思ったよりも屋敷の中は綺麗に掃除されているが、リーファが自分で掃除したのだろうか。この義姉が掃除するようには見えなかった。

リーファの部屋の前で、義姉はドアを開けて僕を部屋に通した。薄暗い部屋の中、寝台は天蓋《てんがい》がおろされていてリーファは見えない。体調が悪くて寝ていると言っていた。反応がないけれど、もしかして寝てしまっている？

近づいて天蓋《てんがい》をめくったら寝台には誰もいなかった。

「リーファはどこだ？」

振り向いてリーファの義姉に聞いたら、扉を閉めているところだった。カチャリと金属の音が響く。ゆっくりとこちらに向かって歩いてくる義姉の顔がにやけている。

企《たくら》みがあって僕を一人にしたのかと気がついた時には遅かった。顔に何か吹きつけられたと思ったら、全身が強くしびれ何一つ抵抗できないまま、寝台に押し倒されていた。

にやにやと笑いながら僕の服を脱がしていく義姉が気持ち悪く、殴ってでも逃げたかったのに指一本動かなかった。僕にさわるな。気持ち悪い、気持ち悪い、早く終わってくれと何度も願う。

部屋の扉が激しく叩かれた時には、リーファの義姉はどこかに行っていた。ぐったりした僕を見つけたアベルが、泣きそうな顔で僕を布で包み抱きかかえてくれた。

あぁ、だけど。そんな風に抱きかかえたらアベルまで汚れてしまう。意識を失う前にかろうじてそう言ったけれど、アベルは離そうとしなかった。

あれから二か月。僕は学園に通うどころか、部屋から出られないでいる。

あの時に盛られたのは神経をおかしくする毒だったようだ。普通に歩いているつもりでも、急に足が動かなくなる。お茶を飲もうとティーカップを持ったはずが、指の力が抜けて途中で落としてしまう。

カシャーンと音がすると、アベルがすぐに飛んでくる。今もまた持っていたはずのティーカップを落としてしまった。

ティーカップはテーブルにあたり、紅茶が床にこぼれて絨毯《じゅうたん》の色が変わっていく。

あぁ、絨毯《じゅうたん》も汚れてしまったな。

「フレディ様、お怪我はありませんか？　お召し物はお着替えしますか？」

「……アベル。湯あみがしたい。洗ってほしいんだ……」

「はい。用意してあります」

起き上がれるようになって、毎日何度も湯あみをする。立って歩くのも危険だから、アベルに抱きかかえてもらって移動していた。アベルに全身を洗ってもらって新しい服に着替えたら、少しだけ心が落ち着く気がする。

それでもすぐに汚れたと思ってしまうのは……僕が汚れているからだ。

「アベル……僕は汚れてしまったから、洗ってもダメなのかな。こうしてアベルに洗ってもらったら、少しだけ綺麗になった気がするのに、またすぐにダメになってしまう」

「フレディ様は綺麗です。汚れてなどいません。ですが、俺が洗うことで綺麗になったと思えるのなら、何度でも洗いましょう。俺がそばにいます。汚れたと思ったら、洗えばいいのです」

まっすぐな目で僕を見てくれるアベルは綺麗だ。綺麗なアベルが洗ってくれるから、僕は綺麗になったと思える。だけど、アベルは僕が汚れていてもずっとそばにいてくれるんだろうか。

「……アベルがいなくなったら、僕は汚れたままなのかな」

「いいえ。俺はいなくなりません。もう二度とおそばを離れることはありません。俺でよければ、いくらでも洗いますから」

「……うん。ありがとう」


もうこのまま部屋に閉じこもってアベルと一緒にいたいのに、学園に通わなくなった僕に母上が文句を言いに来る。わめくだけわめいて、僕の心配は一切せずに帰っていく。

すがすがしいほど貴族らしい母上に、身内の情なんて期待していない。ただ放っておいてほしかった。

部屋の扉が開いて、また母上が来たのかと思ったら、叔父上だった。

母上と仲の悪い叔父上とはあまり交流がなかった。だけど、会ってすぐに僕の顔色が悪いことに気がついて、大丈夫かと聞かれた。

母上も父上も、誰も心配しなかったのに、疎遠だった甥《おい》を心配してくれるのか。

王族とは、貴族とは、腐ったものだと思っていたけれど、叔父上は違うようだ。

言いたくないのなら言わなくていいと前置きして穏やかに聞かれ、僕はすべてを話そうと思った。

叔父上が学園でリーファの面倒を見ていたのは知っている。父親に放っておかれたリーファは、まるで父親の代わりに叔父上に懐《なつ》いているようだった。

もしかしたら叔父上ならリーファを助けられるかもしれない。

話をすべて聞いた叔父上は、つらかったなと呟くように言った。

「フレディの事情はわかった。王妃から離れたい、王宮にいたくないというのなら、俺が持っている王領の屋敷で静かに暮らせるようにしよう。どうしたい？　何か希望はあるか？」

「叔父上の屋敷に行きます。僕は……アベルさえいてくれたら、それでいい」

「そうか。アベルはフレディのそばにいる気はあるか？」

叔父上がアベルに聞いたら、アベルは近くまで来て跪《ひざまず》いた。

「王弟殿下にお願いがございます」

「なんだ？」

「私を一生フレディ様専属の侍従にしてもらえませんか。生家は王妃派です。今後、王妃様の意向で私が外されてしまうこともありえます。貴族籍から抜かれてもかまいません。ただ、フレディ様のおそばに……どうか、よろしくお願いいたします」

叔父上に頭を下げ続けお願いするアベルに、僕も急いで頭を下げた。

「僕からもお願いします。僕はアベルさえいてくれたら何もいらない。王位継承権も喜んで放棄する！　だから、だから」

「あぁ、わかった、わかった。お前たちの願いは叶える。そうだな、すぐにでもここを出よう。王宮にいたら、いつ王妃が邪魔しに来るかわからないんだろう？」

「今すぐ……？　本当に？　いいのですか？」

「いいよ。お前たち二人を匿《かくま》うくらい、なんの問題もない。アベル、すぐに出る用意をしてくれ。荷物は最低限でいい。使用人たちはこっちで用意できる」

「ありがとうございます！」

うれしそうに笑ったアベルがここを出る用意をしに走る。

多分、僕の着替えを用意しに行ったのだと思う。一日に何度も着替えるから。

あぁ、王宮から出られるんだ。母上から逃げられるんだ。そう思ったら急に力が湧いてきた気がした。

「叔父上、ありがとうございます」

「いや、いいよ。お前の苦しみに気がつくのが遅くなって悪かった」

「いえ、僕はこれでいいんです。ただ、もう一つだけお願いしてもいいですか？」

「なんだ？」

「リーファを、リーファも助けてやってください」

僕はもうここから逃げられる。

卑怯だと思う。リーファが苦しむのをわかっていて、何も言わずに逃げることになる。

兄上と一緒になったとしてもリーファは幸せにならない。自分に懐《なつ》かせるためにわざと苦しませるなんて、そんな考えの人間が幸せにできるわけがない。

僕とアベルを救ってくれた叔父上なら、きっとリーファを守ってくれる。そう思ってもう一度頭を下げた。

「わかったよ。リーファは俺が助ける。きっと幸せにしてみせるよ。それでいいか？」

「はい！」

7

三年もの間、身分を隠して執事として入り込んでいた侯爵家を外から眺める。貴族の屋敷としても大きいが古い建物。前侯爵が継いだ時に建て直したものだと聞いている。

玄関から入ると俺が来るのを使用人が待ち構えていた。カミーラ付きの侍女だった。

王宮からの使者が俺だと気がつくとにらみつけてきたが、何か言うわけでもなく、そのまま案内するようだ。

あぁ、ここまでくるのは長かったな。ここに来た当初の予想とは違ったが、リーファ様が幸せになるのならそれでいい。

「待たせたか？」

「なっ。なんでお前が！」

「は？　リーファ付きの使用人がなんで？」

使用人に案内されて応接室に入るとげっそりとしたフェルディアン侯爵と、その娘カミーラが不機嫌そうな顔で座っていた。

どうやら俺が王宮の文官だということをカミーラには伝えていなかったらしい。俺を使用人だと思っているからか、部屋に入っても立ち上がることも礼をすることもない。これはまったく理解していないと思ったほうがいいな。

つい昨日まで執事として勤めていた家ではあるが、俺が仕えていたのはお嬢様、リーファ様だけだ。

お前らに仕えていたわけじゃない。そこだけは誤解するなよ。

「ああ、今日は執事だったユアンとしてここにいるわけじゃない。陛下の、王宮からの使者としてここに来ている。口の利き方には気をつけるんだな」

「……っ」

二人とも怒り出したいのだろうが、陛下の使者の立場の重要さはわかっているらしい。

下手に何か言えば陛下にまで伝わる。だから侯爵も口に出さずにこらえている。

侯爵が黙ったからか、カミーラも何か言いたげだった口を閉じた。

さぁ、その姿勢もいつまで続くかな。

「さて、今日ここに来た用件はこの書類を届けることと、その内容の説明をするように言われている。まずは、これを渡す」

預かってきた降爵命令書とそれについての書類の束を渡すと、侯爵はおそるおそる命令書を開いた。そして中を確認すると、ぽろりとテーブルの上に落とした。

おいおい、陛下からの命令書を落とすなよ……不敬だと怒鳴ってやってもいいのだが。

「お父様？」

横にいたカミーラが落ちた命令書を拾って中を確認する。すると一気に顔が真っ赤になり、立ち上がってわめき出した。

「何よ！　これ！　どういうことなの⁉　子爵家になって領地を半分没収って、そんなのありえないでしょう⁉」

「間違っていないぞ？　その説明を今からするために俺が来たのだから。まず、フェルディアン子爵には領地経営者の代行を届け出なかった罪、未成年者に領地経営を代行させていた罪がある。その税収の使い道も使途不明金が出ているな」

「それだけで⁉」

それだけって、これだけでも重罪なのをわかっていないのだろうか。そう言ってやりたいが、話はまだ続く。こんな序盤で言い合いするのはもったいない。

「その他の罪として問われているのは、第三王子の婚約者だったリーファ様の支度金を横領《おうりょう》した罪だ。これについては違反金も含めて返還するように」

「は？　だって、それは私がフレディ王子と結婚したらいいんでしょう？」

本当に王子と結婚できるとでも思っているのか。王家から許可が出たわけでもないのに、勝手にそう信じられる図太さが理解できない。

「何を言っている。いいわけないだろう？　それに、お前はフレディ様とは結婚できないぞ？」

そもそも支度金は侯爵家に支給されていたものではないため、姉が代わりに結婚するから許されるという話ではない。その上、結婚を認められるわけもないというのに。

「どうしてよ！　だって、このお腹の中にはフレディ王子の子がいるのよ？」

「それでも、だ。フレディ様は王位継承権第二位。だからこそ、婿《むこ》入りしても王族に籍は残る予定だった。第一王子に何かあれば王太子になる方だからだ。そのためにリーファ様は婚約者の時点で準王族になって、王子妃教育を長年受けてきた。だが、今回いろいろと発覚したことで、フェルディアン家は子爵家に落とされる。王位継承権を持つ王族は最低でも侯爵家以上の家でなければ婿《むこ》入りできない」

「じゃあ、婿《むこ》入りではなくて私が王族になればいいじゃない」

カミーラは代案のように言うが、そちらのほうがよっぽど認められない。

「侯爵家以上の家に生まれて、王子妃教育を受け終わった令嬢のみ王族入りが認められる。カミーラは侯爵家の生まれではない上に、今から王子妃教育を受けたとしても終わるまでに十年はかかる。いや、何年かかっても終わらせることはできないだろう。どう考えても無理だな」

「はぁ!?　じゃあ、私はどうなるのよ!!」

ようやく今の自分たちが危ういことに気がついたのか。これで話を進めることができる。

「それも説明するように言われている。フェルディアン子爵家を存続させるために、独立婚の許可が出されている」

「独立婚って何よ?」

カミーラは独立婚という言葉を初めて聞いたのだろう。先ほどまで怒りの表情だったのが、きょとんとした顔になっている。知らないから怒ることもできないんだろうな。本当に、こんなのが王子妃になれると思っていたなんて……ありえない。

「独立婚とは、家を継ぐ者が令嬢のみで、尚且《なおか》つ婿《むこ》入りする者がなく、家の存続が難しい時に特例で認められるものだ。本来、家を継ぐ者は両親とも貴族の生まれのものに限るのだが、これに関してはカミーラも、子爵と男爵令嬢の子として貴族登録されている。それでも、そのお腹の中にいる子は別だ。フレディ様との婚姻は認められない。だから独立婚という形ではあるが、子どもの父親の欄にフレディ様を登録することができる。これによって、生まれてくる子も貴族だと証明されて家を継ぐことが認められる」

「何それ。そんなの聞いたことないわよ」

それはそうだ。こんなものがよくある話だとしたら、この国は終わっている。今回の件がそれだけ異例の事態ということなのだが。

「独立婚が認められるには条件がある。今までに認められたのは二件のみ。辺境伯の令嬢が身ごもったけれど相手が侯爵家の婿《むこ》だったというのが一件。もう一件は男爵令嬢が身ごもった後、相手が結婚前に亡くなってしまった事例だ」

「じゃあ、お腹の子は」

「このフェルディアン子爵家を継ぐ者として産むことができる。よかったな。今のまま産んだら間違いなく平民だ。この特例がなかったら、貴族として登録することもできなかった。そうなった場合、この家は取り潰しになっていたな」

「取り潰し!?」

あ、今までなんの反応もしていなかった子爵が復活した。話は一応聞こえていたようで安心する。

「そうだ。独立婚の申請が通らなかったら子が産まれても跡継ぎにできないぞ？　何度も言うが、フレディ様は王太子に何かあれば国王になるかもしれない王位継承権第二位。その妃ともなれば国王陛下が認めた上で、議会の承認を得なければならない。残念だが、どう考えても、お腹に子がいたとしても、カミーラではダメだ。無理、万が一もありえない」

「……無理」

「万が一もありえない……」

俺の言い方がきつかったのか、カミーラと子爵がぼんやりと繰り返す。だけど、現実はもっと厳しいんだけどな。

「だが、それじゃあこの家を継ぐ者がなくなるだろう？　その場合、取り潰しになるのも仕方なく」

「待て！　リーファがいるだろう？」

「何を言っているんだ？　リーファ様はもう子爵家の令嬢ではない。陛下が養女とされて、第一王女になっている」

「王女だと！」

「あのリーファが⁉」

これはわざと子爵家にだけ通達しなかったな。リーファ様が王女になったことは昨日のうちにすべての貴族に通達がいったはずなのに。

まぁ、この驚いた顔も王弟殿下に報告することにしよう。

「王弟殿下に嫁《とつ》ぐわけだから、それなりの身分が必要だということで、陛下がリーファ様を養女とすることを決めた。リーファ様は王女の身分で嫁《とつ》ぐことになる」

「ちょっと待って！　じゃあ、私も陛下の養女になってフレディ王子に嫁《とつ》げばいいじゃない！」

そんなすごくいい案を思いついたとばかりの顔で言われても。どうして自分がリーファ様と同じことが許されると信じているのか理解に苦しむ。産まれも育ちも違うのに、なぜ自分が王女になれると思うのか。

「リーファ様だから養女にできたのだぞ？　もうすでに準王族で、王子妃教育も終えているリーファ様だから認められたのだ。誰でも陛下の養女にできたら、国が潰れてしまう」

それに、王女になったらフレディ様とは姉弟になると思うんだが。結婚相手の姉になるって、どう考えてもおかしいだろうに。

まぁ、そんなことは言わなくてもいいか。カミーラが王女になるなんて絶対に無理なんだし。

「そんなぁ。そのくらいなんとかすればいいじゃない」

「あぁ、ちなみに独立婚に関しては、そのお腹の子への特例だ。カミーラが他の誰かと結婚することは可能ではある。フレディ様に関してはまったく関係ないので未婚扱いのままだ。けっして、カミーラの夫ではないのだから、王宮へ会いに行ったりしないように」

二人とも呆然としているけれど、大事なのはここからだからちゃんと聞いていてほしいのだが。

「それでも王族の血を引く者として登録される以上、子が産まれたら王宮から鑑定人が来て本当に王族なのか鑑定することになる。王族の血を持つ者だけに反応する判定機があるからすぐにわかる。あぁ、血を抜くとか髪の色を見るとかではないぞ。王族の魔力に反応するもので、手間は取らせない」

「「は?」」

王族が産まれた時に魔力鑑定されることは有名だが、それは魔力や加護を鑑定することが目的ではない。王家の血を確実に受け継いでいるかを確認するためだ。

鑑定には国王の魔力を使って判定される。王家の血とはいえ、受け継がれていくうちに薄まっていくものだ。だが、魔力の質というものは血が近ければ近いほど似ている。国王の孫であれば、まちがいなく判定できる。

それ以上離れてしまえば判定しにくくなるが、その頃には国王が代替わりしているので問題ない。

「まぁ、万が一、そのお腹の子が王族でないと判断された場合には、この家は間違いなく取り潰しだな。カミーラは処刑される可能性もあるわけだから、虚偽の申告なんてするわけないと思うけど」

「は? 処刑?」

「まさか知らなかったのか? 王族の血を騙《かた》るのは重罪だ。この国の一番重い刑だと十日間はりつけた上での処刑だったか。ここしばらくそんな愚かな者がいなかったせいで、この場合の刑がどうだったのか、ちょっと思い出せないな」

「……」

明らかに顔色が悪くなり黙ってしまったカミーラは放っておき、おろおろしている子爵へと説明を続ける。

「あと、貴族家は昇爵、降爵などで領地が変更された場合、監査として管財人が三年間来ることになる。リーファ様の支度金の返還についてもその管財人が責任者となっている。そうだな、今までの侯爵家の領地が半分になるから税収も約半分になって、その半分くらいが管財人の手数料と返済に回されると思う。残った分を子爵が手にできるから親子三人で暮らすくらいなら問題ないだろう」

「お、おい！　どういうことだ⁉」

昇爵した時とは違い、降爵した時に来る管財人は容赦なく借金を取り立てることで有名だ。子爵家は王家に多額の借金があるわけだから、できるかぎり取り立てようとするだろう。

「別邸などの資産は没収される予定で、今頃向こうにも使者が行っている。領地からの税収だけで返還するとなると何十年もかかってしまうからな。この本邸は残るので大丈夫だ。かよわい奥方と幼い令嬢の二人でも暮らせていたんだから、親子三人で暮らすのは簡単だろう。それでは、そのあたりのことは管財人からまた説明を受けてくれ。では」

「ちょっと待ってくれ！　おい！」

俺が説明しなければいけないことは全部説明し終えた。後は子爵たちが自分で考えることだろうし、俺は相談に乗る気はない。何度も呼ばれていたが返事はせずに外に出て馬車に乗った。

つい昨日まで暮らしていたこの屋敷だが、来るのはこれで最後かもしれないな。

初めてこの屋敷に来た時、寝込んでいる奥様の細さと、学園に通う令嬢だというのにリーファ様が畑を耕《たがや》していることに驚いた。

使う場所以外は掃除の手も回らず、お二人の私室と料理場だけが綺麗だった。

陛下から支給されるドレスは王族しか着ることのできない色だったため、染め直さなければ売れないという理由で買い叩かれていたが、それでも買ってもらえるだけありがたいと言っていた奥様。薬を買うこともできずに奥様は弱っていくばかりで、なるべく栄養のあるものをと頑張って料理していたリーファ様に涙が出そうだった。

当時の俺は結婚して五年目で、二人目の子どもが産まれたばかりだった。自分の娘が、妻が、もしこんな目に遭っていたとしたら。そう思うと悔しくて仕方ない。

奥様とリーファ様は何も間違ったことをしていない。それなのに、どうしてこんな風に虐《しいた》げられなきゃいけないんだ。

すぐに王弟殿下に窮状《きゅうじょう》を訴えると、ドレスを売るのは俺が担当するように指示され、生活費に足りるだけのお金を用意してくれた。そのうえ、高価な薬や滋養のある食べ物まで。

護衛についたリリアと二人、何がなんでも奥様とリーファ様を守ろうと誓い合った。

だが、奥様の病状は悪くなるばかりで、健気《けなげ》に看病を続けているリーファ様の願いは叶わなかった。

奥様が亡くなる少し前、俺とリリアを呼んで「誰かが後ろについているのはわかっていましたが、それが誰でもかまいません。お願いですから、リーファを愛して守ってあげてほしい」そう言って、日記を託してくれた。

その日記を王弟殿下に渡す時に、奥様の言葉もしっかりとお伝えした。王弟殿下は「そうか」と一言だけ答えていたけれど、その声は震えていた。

こうして王弟殿下が婚約者になり、リーファ様を直接お守りできるようになって、一番喜んでいるのは俺とリリアで間違いない。王弟殿下ならリーファ様を幸せにしてくれると思うから。

やっと、この家の支配からリーファ様は抜け出せた。

リーファ様を長年苦しめてきた子爵とカミーラは転がるように落ちていく。子爵家に降爵して領地も半分になり、管財人に借金を返済し続けなければいけない。

頼みの綱のカミーラは独立婚にされ、いわば結婚相手も見つけられなかった傷物だとお墨付きにされたわけだが、それに気がついていようがいまいがどうでもいい。かたき討ちはまだ始まったばかりだ。

お腹の子がフレディ様の子でなかった場合、どうなるか。

いや、間違いなく違うだろう。それが発覚する時が楽しみだ……

◆　◆　◆

「いい買い物ができましたわね、カミーラ様」

「そうね。まだ買い足りない気もするけど、また買いに行けばいいわ」

お腹が大きくなる前に着ようと新しいドレスを買って家に帰ったら、普段は屋敷にいないお父様がいて、リーファとその使用人の姿が見えなくなっていた。

どうしたのか聞くと、リーファは王弟殿下と婚約するから出ていったという。

フレディ王子に捨てられたリーファがどうして国王の弟なんて偉い人と婚約することになるのか。リーファは卒業後に修道院に入れるんじゃなかったの？

かわいそうでみじめなリーファをやっとふさわしい場所に送れる、そう思っていたのに、どうして。

もう何がなんだかわからなくて聞きたいことだらけなのに、お父様に聞いてもぼんやりしていてちゃんと答えてもらえない。

そんな中、今日は王宮から使者が説明に来ると聞いて、私も同席することにした。お父様に聞いてもわからないなら、その使者に聞けばいい。

王宮の使者として応接室に入ってきたのは、リーファの世話をしていた使用人だった。三十を過ぎたくらいで眼鏡をかけた、いつも無口で笑いもしないつまらない男だった。

ただの使用人だと思っていたのに、本当は王宮の文官だったらしい。それならどうして最初からそう言わないのか。金持ちの男なら少しくらい遊んであげてもよかったというのに。

そんなことを考えていたのを忘れるくらい、説明されたこれからの侯爵家はひどいものだった。

侯爵家が子爵家になる？　フレディ王子とは結婚できない？　独立婚ってどういうことよ。

何よりも、産まれてくる子が本当にフレディ王子の子なのか魔力で鑑定する？　それは……まずいかもしれない。

「おい、どうするんだ⁉　カミーラ！　お腹の子は……本当にフレディ王子の子なんだろうな⁉」

真っ青な顔をしたお父様が私の腕を掴んで、必死に話しかけてくる。もう、うるさいな。今どうしようか考えているところなのに。計画はうまくいっていると思っていたら、すべてダメになってしまった。もう一度計画し直さないと。

それにしてもお父様、フレディ王子の子だって本気で思っているの？

「王子の子かどうか、産まれてくるまでわからないわよ」

「なんだと！　誰の子だって言うんだ！」

「だって、お父様が確実にフレディ王子の子を孕《はら》めなんて言うからよ。一回関係したくらいで都合よく子ができるわけないじゃない。そのくらいお父様だって知っているでしょう」

「だからって」

無茶を言ったのはお父様のほうなのに、今さらぐだぐだ言われても困る。私はやるべきことをやっただけでしょう？

「何度も襲う機会を作るなんて無理だし。王子の子だと思わせるには、その時期に子を仕込むしかないじゃない。仕方なく昔付き合っていた男とも会ってきたのよ。王子とは髪色が違うし、産まれた子の色が違ったら困ることになるけど、孕《はら》まなかったら王子と結婚することもできないから仕方ないじゃない？　なのに、結婚できないなんて」

一度襲ってしまえば次は警戒される。

フレディ王子はなんとなく女が嫌いっぽかったし、いつも一緒にいるという侍従がうるさいと聞いたから、何度も襲うのは無理だろうと思っていた。

だから確実に身ごもれるようにと昔の恋人とも会って何度かしていた。運よく成功してリーファの婚約解消まではすぐに叶った。

あとはフレディ王子と結婚するだけ、子どものことは産まれてから考えようと思っていたのに。

まさかこんなことが罪になるなんて……

でもバレなければいいのよね。身ごもっているのは本当だし、もしかしたら本当にフレディ王子の子かもしれないし。産んでみなければわからないのが悩みだけど……

フレディ王子は王族らしい金髪緑目だった。産まれたのが私に似て茶髪茶目だったら誤魔化せるけれど、黒髪か赤髪だったらすぐにバレてしまう。

さすがに王族に近い色を持っている人と関係するのは難しかったから、色が違っても仕方ないとあきらめたのだけど。

「お父様、こうなったら仕方ないわ。産まれた後に髪色が違ったら死産だったことにしましょう。それならそれで、死産だったことで傷ついていると言って、フレディ王子に責任を取ってもらえばいいんだもの」

「その子どもはどうする気だ？」

「そのくらいお父様が預け先を探してきて。孤児院とかいくらでもあるじゃない。さすがに自分の孫を殺すのは嫌でしょう？」

いつもお父様は口ばかりで何もしないんだから、せめてそのくらいはしてよね。おろおろしているお父様に言うと、少しだけ落ち着いたように見えた。

「そ、そうか。わかった。預ける先を探しておこう。それで、この後はどうするつもりだ？」

「そうね。もう少しお腹が膨らんできたらフレディ王子に会いに行くわ。お腹の子は順調です、って報告にね。何度も会ってお腹の子の話をしていれば絆《ほだ》されてくれるんじゃないかしら。結婚することはできなくても愛人にしてくれればいいのよ。お金さえ出してくれたら後はどうでもいいわ」

「フレディ王子の愛人か。それもそうだな。あの様子じゃ結婚して王族に入るのは無理だろう。カミーラ、うまくやれよ？」

「ええ。任せて」


「どうして会わせてくれないのよ！　私のお腹の中にはフレディ王子の子がいるのよ!?　順調に育っていますって報告しに来ているだけじゃない！」

「私どもにはわかりかねますが、第三王子のもとへは誰も通すなと命じられております。例外はございません。何度来られても同じです。お引き取りください」

「もう！　なんなの！」

今日もまた同じ結果になった。何度もフレディ王子を訪ねているというのに、王宮に入る前に門番に追い返される。

違う門番ならいけるかと思ったのに、やっぱり断られた。

誰の命令で追い返されているのだろう。わざわざ妊婦の私が王宮まで会いに来てあげているというのに腹が立つ。

「お父様、帰るわ！」

「……ああ」

あの日、お父様が命令書を受け取った日、いつのまにか本邸にいた私専用の使用人はいなくなっていた。

夕方になっても誰も戻らずイライラしていると、別邸からお母様が一人でやって来た。やって来たというか、管財人に別邸を追い出されて本邸に送られてきたらしい。

どういうことなのかと聞くと、別邸の使用人はすべて辞めさせられたそうだ。別邸と別邸にある物はすべて売り払われ、王宮への返済に回されるという。それだけでなく使用人は給金も払えなくなるので、みな辞めさせられたと。

お父様の許可もなくそんなことをするなんて、なんて横暴な。取り返したかったが、管財人に歯向かうことはできないとお父様は言った。

悔しかったけれど、これも私がフレディ王子の愛人になるまでだと我慢することにした。

本邸にはお父様とお母様、そして私だけが残された。

少し前から本邸に住んでいた私の荷物はあるが、お父様とお母様は別邸に住んでいたのに何も持たずに本邸に来ている。

使用人が誰もいないため食事の用意もできない。商人を呼ぶにも、呼びに行かせる小間使いすらいなかった。

お母様が料理場で食べられるものを探したが、そこにろくな食べ物は残っていなかった。

お父様が乗ってきた馬車が一台残されていたが御者《ぎょしゃ》もいない。仕方がないからお父様が御者《ぎょしゃ》の代わりをし、お母様が食べ物などを買いに行く。

だが、つけ払いができなくなってしまったことで、手に入れられるのは粗末なものばかりだった。

だからこそフレディ王子に助けてもらおうと王宮へ来ているのに。何度来ても追い返されるばかりで何も解決できなかった。

腹を立てながら本邸に戻ると一か月ぶりに管財人が来ていた。

もしかして今月の税収を持ってきてくれた？　期待して応接室に案内したところ、管財人から聞かされたのは期待外れの報告だった。

「どうして税収がこれっぽっちなんだ！」

「この前に説明しに来た時に書類を渡したでしょう？　まさか読んでいないのですか？」

「なんの書類だ？」

「残っている領地の領主代理が四人のうち三人も高齢を理由に辞めました。代わりの領主代理を早く決めてくださいと書類を渡したはずです。税収が入ってこないのは、その領主代理の代わりに王宮の文官が働いているせいです。王都から領地まで馬車で行き帰りするのには時間もお金もかかります。馬車代だけじゃなく護衛費もかかるのですよ？　それが一人だけじゃなく三人も！　これでは税収はほぼ手元に残りません。この一か月の間、領主代理を探さずに何をしていたのですか？」

「……それは……俺は領地に行ったことがないから、行っても誰もわからない」

「はぁ？　子爵が領地を継いでから何年経っていると思っているのですか！　領地に行ったことがない？　信じられません。ですが、それが事実だとして、だからなんなんです。管財人は新しい領主代理を任命する権限なんて持っていないんです。子爵が決めない限りこの状況は続きますよ。むしろ借金が増えるかもしれません」

「どうしてだ！　それに別邸を売った金はどこにやった！」

そうよ、別邸の建物は豪華だし売ればかなりのお金になるはずなのに。お母様のドレスや宝石もたくさんあったのに、そのお金はどこに行ったというの？　あるんでしょう？　全部、私たちに返しなさいよ。

「あれは使用人たちに少しずつ退職金を渡すのに使用しました。突然職を失うのですからね。紹介状の他に一か月分の給金を渡しました。残りは支度金の返還の一部になっています」

「そんな勝手に！」

「これは国法に基《もと》づいたものです。今まで子爵の金でもないのに勝手に使っていたせいですよ。一度に返せと言われないだけありがたいと思ってください。一度に返還しようとしたら借金を払えずに爵位は返上で、それでも足りなくて親子三人とも借金奴隷行きでしょうね」

「……っ！」

「わかったら真面目に領主代理を探してください。では、来月にまた来ます」

用件のみ言うと管財人は帰っていった。この管財人はいつも早口で説明するだけ説明して帰ってしまう。お父様や私の話はまったく聞く気がないのか、ため息で返されることも多い。真面目に仕事する気がないのかもしれない。王宮ももっとまともな管財人を寄こしてくれればいいのに。

テーブルの上には数枚の小銭が残されていた。これでは一日分の食べ物も買えない。

「お父様、どうするの？　領地に行って領主代理を任命してくるの？」

「今さら俺が行っても誰も引き受けてくれないだろう……リーファが頼めば引き受けてくれるかもしれんが」

呟くようなお父様の言葉に呆れてしまう。今さらリーファがなんの役に立つのよ。そう言おうとして思い返す。リーファ、王弟と結婚するって言ってなかった？

「そうよ、リーファに言えばいいじゃない。お金出してって。王弟に嫁《とつ》ぐのでしょう？　王女になったんでしょう？　お金持ってるじゃない。出させましょうよ」

「……出すだろうか？」

「お父様に恩返しさせるの。それに私のお腹の子はこの家の跡継ぎなのよ。責任も果たさずに嫁に行ってしまうのなら、その分お金を出させましょう」

「そうか。それもそうだな！」

「じゃあ、リーファのところへ行きましょう？　王弟の住んでいる場所を調べなきゃ」

王弟は王都に屋敷を持っていると聞いたことがある。

あんな同じ返事しかしない門番がいる王宮よりは簡単に入れてくれそうだし、ダメなら学園に押しかければいい。

もうこんな暮らしは嫌だわ。早くなんとかしなきゃ。

8

先生の屋敷に来てから二週間が過ぎていた。

学園で何度か令嬢たちに絡まれたり嫌味を言われたりすることはあったが、何かあればすぐにリリアが守ってくれるので問題はなかった。

絡んでくる令嬢たちも私が王女なのはわかっているので、直接的な嫌がらせをすることは一切なかった。

先生が素敵すぎて、私に何か言いたくなる気持ちはわからないでもない。軽い嫌味くらいは仕方ないと思える。むしろ今まであった魔力なしなどの嫌味は言われなかった。これも先生が魔力は関係ないと宣言してくれたおかげだと思う。

屋敷に帰っても今までと同じようにリリアがいてくれるので、生活にもあまり変化はなく、思ったよりも平穏なここでの生活にも慣れてきていた。

ただ、問題が一つ。

今まで王子妃になるために必死で勉強していたし、領主としての仕事もしていた。それがなくなってしまうと、何をしていいのかわからない。

リリアとお茶をして、先生の仕事が終わるのを待つ。先生と夕食を共にし、また私室に戻るとすることがない。

二週間もそんな生活をしていたら、すっかり暇を持て余してしまっていた。

「先生、何か手伝えることはありませんか？」

「手伝う？」

「はい。先生のお仕事で私が手伝っても大丈夫なものはありませんか？」

さすがに王領の経営や学園長の仕事を手伝うのは難しいと思うが、何か手伝えるものはないだろうか。そう聞くと先生は少し考えた後、家令のジャックを呼んだ。

「お呼びでしょうか？」

「ああ、お前に任せている屋敷の采配《さいはい》なんだが、少しずつリーファに教えてやってくれ。結婚後は女主人としてリーファが采配《さいはい》しなければいけないものだろう？」

「かしこまりました。では、明日までには準備いたします」

「頼んだよ」

ジャックは深くお辞儀をすると部屋から出ていった。

「明日からジャックについて仕事を覚えるといい。ただ、ゆっくりでいい。無理はしないように」

「ありがとうございます！　……どうしても、何もしないというのが耐えられなくて。仕事をすれば少しはここにいていいんだと実感できそうな気がしたんです。無理を言ってごめんなさい」

今まで王子の婚約者だから、家を継ぐ者だからと、何かと忙しくしてきた。

認めてもらおうと努力してきたことがすべて消えてしまい、先生の婚約者になれたことはうれしかったけれど、これでいいのかと不安になる。

「リーファ。少し散歩でもしようか」

「はい」

いつも忙しそうな先生が散歩だなんてめずらしい。

手をつないで裏口から外に出ると、そこは広い庭になっている。迷子になってしまいそうなほどの敷地にはたくさんの木や花が植えられていた。

「こっちだよ」

手を引かれて奥に進むと、日当たりのいい場所に畑があった。この屋敷にも畑があるなんて。侯爵家の庭に畑があったのは貴族の屋敷としてはありえないことで、まさか王弟殿下の屋敷にも畑があるとは思っていなかった。

畑では使用人が作業中のようだ。

浅くかぶった麦わら帽子からはみ出した赤毛を見て、思わず呼びかける。

「ビリー？」

「……あ？　お嬢様！」

侯爵家に料理人として通いで来てくれていたビリーだった。そういえばビリーもこの屋敷で働いているって先生が言っていた。

「この畑はビリーが世話をしてくれているんだが、見覚えはないか？」

「見覚え？　えっと、育てたことのある野菜ばかりですね」

「これは侯爵家の屋敷から運ばせたものだ。ビリーが手配してくれた」

「ビリーが？　あの畑から植え替えたの⁉」

これだけの野菜を植え替えるのは大変な作業だ。手配したというのなら他にも人を使ったのだろうけれど、どうしてわざわざそんなことを。

「いやぁ、だって、あいつらには食べられたくないですからね！」

「え？」

「お嬢様の育てた野菜は超一流の味です。料理人として、これほどの素材は見たことありません。大きくなりすぎることなく、味は濃く、野菜の旨味がしっかりとわかるいい野菜です。あの畑に残してきたら、なんの価値もわからないあいつらが食い散らかして終わりですから、殿下にお願いして植え替えさせてもらいました！」

朗《ほが》らかに笑いながら言い切ったビリーに、私も思わず笑ってしまう。お父様たちに食べられたくなくて、野菜を植え替えたなんて。

「ふふふ。そうだったの。でも、もう一度野菜たちに会えてうれしい。あの畑は私とお母様が大事に守ってきたものなの。こうして植え替えてくれたなんて」

「……リーファ。毎日は無理だが、たまになら畑の世話をしてもいいぞ」

「本当ですか！」

「ああ、お前が大事に育てていたものだろう。それに、俺もリーファが育てた野菜を食べてみたい」

「ありがとうございます。私も、先生に食べてもらいたいです」

見つめ合っていたら、いつのまにかビリーは消えていた。

先生に聞いたら話している間に農具を片付けに行ったとのことで、お礼を言い損ねてしまったと反省する。

「焦ることはない。これからいつでも会えるのだから」

「はい」

それから少しだけ畑を眺め、ぐるりと庭を巡ってから部屋に戻った。

屋敷内の采配《さいはい》と畑の世話。

自分の仕事ができたことで、この屋敷に私の居場所ができたように感じた。


それから一か月が過ぎ、屋敷での仕事にも慣れた。

いつものように先生と夕食を取った後、先生の私室でのお茶に誘われた。忙しい先生が、こんな風に食事後もゆっくりできるのはめずらしい。話があるのはわかっていたが、先生が少し眉根を寄せているのを見るとあまり楽しそうな話には思えなかった。

「夜会に出ることになった。リーファも一緒に」

「夜会ですか？」

「ああ。さすがに婚約したのだから一度くらいは出ろと陛下に言われた。リーファが王女になったこともあるし、お披露目《ひろめ》しておけと」

「わかりました」

やっぱり楽しい話ではなかった。夜会は苦手だと思いながらも了承する。一応は王女になったわけだし、先生と婚約したこともお披露目《ひろめ》していない。最低でも一度は出席しなくてはいけないのはわかっている。

「嫌そうだな……夜会は嫌いか？」

「え？」

「リーファは嫌だなと思う時、ちょっとだけ視線が下がる」

「……それは知らなかったです」

王子妃教育の一つに嫌なことを顔に出さないというのがあって、講師からはうまくできていると評価されていたのに。そんなに顔に出ていたのだろうか？

「俺が気がついただけだから、心配しなくてもいい。それで、夜会が嫌いなのか？」

「苦手です。あまり人と話すのは得意じゃありませんし、それに……」

王妃様が怖いですとか言ったらダメだよね。思わず言いかけてやめた。

「苦手な者がいる？　かな。王妃とか王太子とかか？」

「そこまで顔に出ていました⁉」

言いかけてやめたのに、どうしてわかるのだろう。

確かに王妃様だけじゃなく、王妃様にそっくりなヒューバート様も苦手だった。最初に会った時から王妃様とヒューバート様の琥珀色《こはくいろ》の細い目が怖くて、できれば会いたくないのが本音だった。

そういえば、フレディ様は王妃様に似ていないから平気だった。目の色が違うだけじゃなく、顔立ちや雰囲気もまるで違う。……陛下にも似ていないけれど、誰に似たのかな。

「いや、大丈夫。顔には出ていないよ。俺が王妃と王太子を嫌いだから、リーファもそうかと思って」

「先生も苦手ですか？」

怖いものなんて何もなさそうな先生が苦手だと言うとは。そう思っていたら、やはり意味が少し違うようだ。

「俺がというよりも、向こうから敵対視されている。王妃は従姉で幼い頃から会っているが、ずっと嫌われている。そのせいかヒューバートも俺には懐《なつ》かなかった。公式行事で会っても挨拶だけだな。ヒューバートとは年がそれほど離れていないせいで、周りから比べられることが多かったからかもしれない」

先生は二十九歳。今年二十三歳になるヒューバート様が産まれた時には七歳。ヒューバート様から見たら、少し年上のお兄さんという感じだろうか。

先生は容姿や魔力量など、明らかに普通の人とは違う。そんな先生と比べられたヒューバート様はかわいそうだと思う。同情はするけれど、やっぱり生理的にというか、本能的に苦手なのは変わらなくて……

「どう説明していいのかわからないですけど、王妃様やヒューバート様にお会いすると、自分が獲物になったような気持ちになるんです」

あの王妃様の細いキラリと光る琥珀色《こはくいろ》の目……表情は笑顔でも怖さは変わらなかった。

「ああ。なるほど。間違っていないよ。意外と気がつくものなんだな」

「え？」

「リーファとフレディの婚約が簡単に解消された理由は、王妃たちがリーファをヒューバートの側妃にしようと思っていたからだ。側妃選びの会議で推薦《すいせん》される予定だったらしいぞ」

「は？」

「王妃はずっとそうしようと考えていたようだ。幼い頃にフレディと婚約させられたのも、他の令息に取られないようにするためだ。リーファは侯爵家の娘で、王太子の正妃にするには年齢が少し離れていた。ヒューバートがこの年まで結婚せずにいたら、先に結婚した第二王子が王太子になっていた可能性が高い。リーファが結婚できる年齢になったらフレディと婚約解消させて、卒業後すぐに側妃にするつもりでいたらしい」

私をヒューバート様の側妃に？　幼い頃からその予定だった？　ずっと怖いと感じていたのは、本当に狙われていたから？

思わず寒気がして自分の身体を抱くように腕を回すと、先生が隣に来てくれた。ソファのすぐ横に座って、私を抱き寄せて肩や腕を撫でる。

「落ち着いて。心配しなくてもいい、大丈夫だ。そんなことにはならないから安心していい……あれ？　安心していいって言うけど、リーファはどっちがよかったんだ？　俺とヒューバート、どっちと結婚したかった？」

「先生です！　先生に決まっています！」

「あぁ、怒るなよ。リーファの意思を確認してなかったなと思って。王命で婚約させてしまったから、俺と結婚したかったか聞いていなかった」

確かに先生から結婚しようとは言われていないし、結婚したいかも聞かれていない。でも、貴族の婚約なんてそんなものだと思っている。フレディ様と婚約した時もそんなこと聞かれなかったし。

「……それは、先生と結婚したいと思ってはなかったですけど。フレディ様と婚約していましたし、あきらめていましたから」

「あきらめていたって何を？」

「魔力がない私が結婚相手を選べるとは思いませんでした。なぜフレディ様の相手に選ばれたのかもわかりませんでしたし、それでも婚約してもらえるだけありがたいと割り切っていました。そんな私が先生の……魔力量が多い先生の相手には選ばれるわけがないとあきらめていたんです」

「気にしていたのか。魔力がないことを」

意外そうに聞かれるが、気にしていないと思われるほうが意外だ。

貴族なら誰もが持っている魔力がないことで、どれだけ心ない言葉をぶつけられたかわからない。フェミリア様の件でそうではないと知ったが、誰よりも魔力が多い先生ならなおさら気にすると思っていた。

「当然です。貴族なら持っているはずの魔力がないのですから。貴族でなくなってもおかしくないはずです。お母様が不貞を働いたと言われたこともありました」

「いや、リーファは間違いなく貴族の生まれだよ。それに、魔力量についても俺は気にならない。俺一人でリーファの分も持っているんだから、何も気にしなくていい」

「前に言っていましたね。誤差だって」

あの時の言葉はしっかり覚えている。先生がフェミリア様に話すのを聞いて、魔力がないことへの劣等感が一気に吹き飛んだ気がした。

「ああ。俺一人だけで普通の王族の何倍も持っているんだ。俺の子どもにそのまま受け継がれるのは難しいだろうな。普通の器ならあふれてしまう。だから、俺は結婚相手の魔力を必要としていないんだ。むしろあったら邪魔になるかもしれない」

「そうなんですか？」

「ああ。本当だ。だから魔力については問題ない。俺が聞いているのはそんなことじゃなくて、リーファが結婚したいと思っていたのは誰かってことだけど？」

「……先生です」

「本当に？　俺でいいの？」

こんなこと聞かれるなんて思ってなかった。恥ずかしいからあまり聞かないでほしいのに、顔を覗き込まれる。その目がまっすぐに私を見つめていて、誤魔化せそうになかった。

「自分が選べる立場だったら……。先生が婚約者だったのならよかったのにって、ずっと思っていました。だけど」

「だけど、はもういらない。リーファは俺と結婚する。それでいいんだな？」

「はい」

優しく口づけをされて、きゅっと抱きしめられる。先生の胸に頬を寄せて、これ以上ないほどの幸せを感じた。

私の気持ちが落ち着いたのを見計らってか、先生は話を再開した。また私が嫌な気持ちにならないように気をつかってくれているのか、ゆっくりと私の頭を撫でて梳《と》かすように髪に指を通す。

ふれる手が優しくて、思わずうっとりして話を聞き流しそうになるが、先生から物騒な発言が出て驚いてしまう。

「それで夜会なんだけど、さらわれるかもしれないから俺から離れないように」

「え？」

「おそらくヒューバートはリーファをあきらめていない。王妃は手を出してこないだろうけれど、あいつはわからない。婚約を発表した時に何かするだろうと思っていたのに何もなかった。だが夜会でリーファに会えば何かしら動くと思う」

ヒューバート様に何かされるかもしれない。どうしよう。想像するのも嫌だ……怖気《おぞけ》が走って先生の服をキュッと掴んだ。

「大丈夫だよ。俺がそんなことはさせない。リーファは俺のものだから。安心していい」

「はい……」

言い聞かせるような先生の声に身体の力が抜けていく。先生に大丈夫だと言われたら、安心していいんだと思える。

「あぁ、そういえば話していなかったが、フレディは少し離れた王領の屋敷へ行かせている。王宮は何かとうるさいから。それに王妃とあまりうまくいってなかったこともあるみたいだし、距離を離したほうがいいと思って、静かなところで療養させることにした」

「フレディ様はそんなに体調が悪いんですか?」

「いや、体調自体は落ち着いてきてはいるが、環境が悪い。王妃はうるさいし、王宮へ度々《たびたび》押しかけてきている者がいるし。何度来たところでフレディに会わせることはないんだが、もし会うようなことになれば体調が悪化しかねない。だから念のためにだ」

王宮へと押しかけてきている者。心当たりはお義姉《ねえ》様かフェミリア様だけど……

フレディ様が会ったら悪化してしまう? 人と会うことで体調が悪くなるような病気なのだろうか。

「フレディ様は会いたくないと?」

「うん。侍従のアベル以外は近づくのも嫌がるんだ」

侍従のアベルは私もよく知っている。個人的な話をしたことはないけれど、フレディ様に会う時は必ず隣にいたから。

二十代半ばの侍従で長身だが、なんとなく顔立ちがフレディ様とも似ている。二人で仲良く並んでいると兄弟のようだと思ったこともある。

アベルはリーベラ伯爵家の生まれで、爵位を継がない三男だから侍従に選ばれたと聞いた。確か、フレディ様が三歳の頃にはもう侍従になっていたはず。私がフレディ様に会うようになったのは五歳からだけど、その時にはもうフレディ様は隣にいるアベルを頼りにしていた。体調を崩しているのならなおのことアベルに頼ろうとするだろう。

「フレディ様はいつもアベルを頼っていましたから。そばにいてくれたら安心するのでしょう。早く回復されるといいですね」

「そうだな……まぁ静かなところで過ごせば、そのうち落ち着いてくるだろう」

本当は一緒に卒業したかったけれど、今から療養に入るのであればそれも難しい。すでに三か月以上も休んでしまっているし、今年卒業するのは無理だ。

私との婚約を解消したことを、フレディ様はどう思っていたのだろうか。突然フレディ様が学園に通わなくなって、そのまま顔を合わすこともなく婚約解消になっている。最後に会って話すくらいはしたかったという気持ちはある。もちろん婚約解消したくなかったわけではない。多分、それに関してはフレディ様もよかったと感じているんじゃないだろうか。きっとフレディ様は結婚したくなかったはずだから。

私と、というわけではなく、結婚自体が嫌そうな気がしていた。フレディ様と仲良くはなれなかったけれど、嫌いではなかった。多分、フレディ様からも嫌われてはいなかったと思う。

いつも大人に囲まれていた私たちは、お互いを支え合っていた部分も確かにあったのだ。

次に会う時は親族になっているはずだから、できるならフレディ様とアベルとも笑顔で話せるといいと思う。

こんな風に落ち着いて考えられるようになったのも、先生が私をあの家から助け出してくれたおかげかな。先生が助けてくれなかったらヒューバート様の側妃にされていたのだし。

「あれ、先生。私、気がついてしまったんですけど……どうしてヒューバート様の側妃になる予定だったのに、先生と婚約することになったのでしょう？」

あれよあれよという間に先生と婚約して、陛下の養女になって、こうして先生の屋敷で生活しているけれど理由は聞いていない。

今度は先生が視線をそらしたので、ちょっと首をかしげて覗き込んでみる。聞いてほしくないのかもしれないけれど、どうしても気になってしまう。

じっと見つめていると先生が仕方ないなと呟くのが聞こえた。

「誤解されたくないから、全部話す。最後まで聞いてから判断してほしい。わかった？」

「はい」

「リーファは加護って知っている？」

「……？　はい、一応は。学園でも習いますから。貴族の一部が生まれつき持っている恩恵ですよね？」

「そうだ。貴族の血を持つ者にしか加護はつかない。五歳の時に教会で魔力測定をする際に見つかることが多い。先に言っておくが俺も加護持ちだ」

「え？　あれ？　加護持ちって公表されますよね？　先生が加護持ちって聞いたことがないです」

加護持ちはとても貴重で、魔力の多さよりも重要視される。そのため公表されているし、加護持ちの貴族はよく知られている。

加護持ちは結婚相手として人気が高く、特に令嬢なら奪い合いになる。それは加護持ちの女性は加護持ちの子を産む可能性が高いからだった。

貴族名鑑にも加護持ちかどうかが記載されているくらいの重要な情報。なのに、王弟殿下でもある先生の加護が公表されていないのはどうして？　それに今まで婚約すらしていなかったのも不思議だ。

「俺の加護は神の加護だ。男神の加護。国王になった場合に最大に発揮される加護だが、それを知った父上は俺を王太子にはしなかった。男神の加護を持つ者が王になれば、戦争で負けることはない。父上は、だから戦争をしようと言い出す者が出るのを恐れたんだ」

男神の加護を持つ先生が国王になれば、戦争で負けることがない。だけど、今この国には戦争する理由がない。周辺国との仲もいい。同盟も結んでいる。

それでも負けることがないと思えば侵略戦争をしようと言い出すものが出てくる。そうなってしまったら、どれだけの犠牲《ぎせい》が出るだろう。

先生を王太子にしなかった先代国王の判断は正しいと思う。と同時に公表されなかった理由もわかった。

「俺が神の加護を持っているのを知っているのは陛下と王妃、一部の高位貴族だけだ。俺が王族にいることで恩恵を受けられるという理由で、王族から抜けることができない。かといって公表することもできずにいるわけだが。王妃は俺が国王の座を狙っていると思っている。その状態で有力貴族の娘と結婚することはより疑われそうで避けていた」

「だから先生は婚約すらしていなかったのですね」

「ああ。そして、リーファ。お前も神の加護を持っている」

「ふぇ？」

「加護持ちの中で公表されないのは神の加護だけだ。神の加護とわかればすぐ陛下に報告される。リーファが魔力がなくても貴族だと認められたのも加護を持っていたからだ。側妃として狙われていた理由もそうだ。神の加護持ちは王族に取り込まなければいけないからな」

私が神の加護を持っている？　そんなの知らない！　そんなわけないと思いたかったけれど、先生の目は真剣なものだった。……もしかして、本当に？

「疑っているのかもしれないが、あの畑の野菜を見てもわかるだろう。普通は素人《しろうと》が育ててもそうはうまくいかない。しかも、リーファは苗じゃなく種から育てていただろう。ビリーが驚いていたぞ」

「え？　野菜が美味《おい》しく育つのが加護なんですか!?」

「それも加護の影響だな。どう考えても成長の仕方がおかしいとユランからも報告が来ていた。リリアは気がついていなかったようだが。あの畑をそのままにしておいてリーファの加護が知られても困るから、ビリーが植え替えしたいと言ったのを許可したんだ」

「そういうことだったんですか……」

お父様たちに美味《おい》しい野菜を食べられたくないからという理由で、作業が大変な植え替えをするなんてと思っていた。そういう理由があったのならわかる。

「だからフレディ様の婚約者に選ばれたんですね」

あぁ、やっと理解した。どうして魔力なしの私なんかが王族の婚約者になれたのか。どうしてそうまでしてヒューバート様の側妃にしようと思われていたのか。

「おそらく前侯爵だけには伝えられただろうが、リーファには神の加護があることは告げられなかった。下手に知られたら他国から狙われるかもしれなかったから。リーファの加護は女神の加護。国を平和にし、豊かにする加護だ。どの国も欲しがる。だからこそ、陛下はリーファをフレディと婚約させて大事に守ろうとしたんだ。残念ながら守れていなかったようだが」

「それは陛下のせいでは」

「ああ、それも王妃のせいだった。王妃が手を回して、フレディにも手助けしないように命令していたそうだ。そして義姉を侯爵家に引き取らせて継がせるのも、王妃が最初から計画していた」

「え？」

「リーファがフレディと結婚するならともかく、側妃になったら侯爵家を継ぐ者がいなくなる。さすがにその状態では側妃になることを議会は認めない。だから義姉を引き取らせるために最初から実子として籍を入れさせていた。愛人の子なのに嫡出子になっているし、愛人と再婚するだけでも難しいのに、簡単に養女として引き取っているからおかしいとは思ったんだ。そんな醜聞《しゅうぶん》、第三王子妃の生家で認めるのは異常だ。それもすべてリーファを手に入れるためだった」

「そこまでして私を？」

「計画したのはあくまでも王妃だが、ヒューバートも知っていただろうな」

「……そんな」

すべてが計画だったと聞かされ、あまりのことに言葉が出てこない。

「リーファが神の加護を持っていて、王族が娶《めと》る必要があった。ここまでは理解できたよな？」

「はい」

「だけど、フレディとの婚約は解消になった。俺は王妃の計画を知らなかったんだ。まぁ、あの時点での婚約解消は王妃としても予想外だったようだが。リーファが修道院に行かされると聞いて、それなら俺が娶《めと》ると決めた。そのまま陛下のところに行って、側妃の話を聞かされたけれど、その時にはもう俺が娶《めと》ることしか考えられなかった」

「先生……」

私を修道院に行かせないために、先生が陛下に話をしてくれていたなんて知らなかった。

「リーファを側妃にするつもりの王妃を説得して、陛下から王命を出してもらった。そしてリーファを迎えに行った。ヒューバートに、俺以外にリーファを渡す気になれなかった。どうしても。フレディは婚約者だったから俺が無理やり奪い取ることはできなかったけれど、婚約解消して一人になったリーファを見たら、もう我慢できなかった。俺は……ずっとお前が欲しかった」

憂《うれ》いのある碧眼《へきがん》が優しく細まる。口もいつもの少し歪《ゆが》んだ笑いじゃなく、心からうれしがっているように見える。

頬にあてられた手でゆっくりと撫でられて、先生の体温が少しずつ伝わってくる。

「俺の雑用係になった半年後くらいの頃、俺が何気なく言ったお礼に、リーファは泣きそうな顔で笑ったんだ」

その時のことは私もよく覚えている。初めて先生にお礼を言われて、驚いて、泣きたくなるほどうれしかった。

魔力なしが学園に通うなんて邪魔でしかなく、雑用係なんて言われても先生に期待されていないのはわかっていた。少しでも役に立とう、できることはしよう、そう思って必死だった。

「礼を言われたくらいでどうして泣きそうになっているんだと思った。だから気になって調べてみて、リーファの境遇がようやくわかって。俺はもう泣かせたくなかった。リーファには幸せそうに笑っていてほしかったんだ。その時に隣にいるのが俺じゃなくてもよかった。リーファが一人になってようやく、俺が隣にいたいんだとわかった。必死で気持ちを誤魔化していただけだった。俺が自分の力で、隣にいるリーファを幸せそうに笑わせたい。だから他の誰にも渡したくないんだ。こんなに気がつくのが遅いなんて情けないだろう？」

「いいえ！　情けなくなんてないです。私もずっと気持ちを誤魔化していましたから」

先生からしてみたら甥《おい》の婚約者だった。たとえ、その時に想われていたとしても、何もできなかった。

私だって先生への想いを隠して、自分を誤魔化して、なかったことにしようとしていた。

「そうか。じゃあ、一緒だな。俺は神の加護なんてどうでもいい。恩恵を受けるのは国だし、俺が求めているのは加護じゃない。リーファと一緒にいたい。ただそれだけなんだ。だから、俺を選んでくれてうれしい」

「私も、先生と一緒にいたいです。先生が私を選んでくれて、すごくうれしいです」

ようやく自分がここにいる理由がわかった気がした。ここにいていい。先生の隣にいていいと思える。

うれしくてうれしくて笑ったら、先生がまぶしそうに目を細めた。

「あぁ、その顔が見たかったんだ。ずっと」

少しはにかんだような先生の顔が近づいてきて、私に重なる。ゆっくりとくちびるがふれて、今度は離れなかった。ふれた場所が溶け合うように気持ちよくて、そのすべてを受け入れた。


久しぶりに出席した夜会はいつも以上に人が多かった。

王弟である先生が婚約者のお披露目《ひろめ》をするらしいと噂《うわさ》が流れていたそうで、出席義務のない令息令嬢まで来ている。そのせいで広間は熱気に包まれ、息苦しいほどだった。

王宮の広間で年に何度か開かれる夜会は、伯爵家以上の当主夫妻がすべて出席する。これまでも何度か出席したことはあったが、第三王子の婚約者として王太子妃や第二王子妃の横におとなしく立っていただけだった。

あまり存在感のない第三王子に取り入ろうとする貴族は少なく、その第三王子にすら相手にされていなかった私は、貴族たちにも相手にされていなかった。

それが一転して陛下の養女になり、王弟殿下の婚約者になってしまった。

顔を見に来る者、王弟殿下との仲を確かめに来る者、今のうちに取り入ろうとする者、様々な貴族に話しかけられ……さすがに疲れてきた。

「大丈夫か？　疲れただろう。王族席に戻って休もう」

「はい」

ずっと微笑み続けている顔が引きつりかけた頃、見かねたのか先生に休憩しようと言われ王族席へと向かう。王族席は王族しか入れないため、そこにいる間は貴族に話しかけられることもない。

「もともと俺は夜会に出ていないし、社交界に顔を出すことも少ない。だから今日のようなことはもうないと思っていいよ。王族席まで追いかけてくる者もいないから安心していい。俺も疲れたし、ここで休んでいよう」

「そうですか……安心しました。さすがにあんな大勢に話しかけられても困ってしまって」

「まったくだ。話しかけられすぎて誰が誰だかわからなくなる。もう少ししたら帰ろう。婚約のお披露目《ひろめ》はこれで問題ないはずだ」

夜会も中盤に差しかかり、あとわずかで陛下は退出される。いつも隣にいる王妃様は欠席されていた。さすがに会うのが怖かったので欠席と聞いてほっとした。

もう一人会いたくなかったヒューバート様は、まだ挨拶もしていない。ヒューバート様はいつも貴族たちに囲まれているので、こちらから近づかない限り話すこともない……はずだった。王族席に座ると、ヒューバート様が近づいてくる。

思わず顔がこわばってしまうが、なんとか微笑みを崩さないようにする。ヒューバート様はまっすぐこちらに来ると、私ではなく先生に話しかけた。

「叔父上、少し話があるのですがいいですか？」

「ああ、なんだ」

「ここではちょっと……会わせたい人もいるので来てもらえますか？」

「リーファも一緒でいいか？」

「いえ、叔父上だけに話があるので……リーファ嬢はミルフェが話したいそうです。二人は王族席で待っていてもらえばいいでしょう。ここなら護衛もいますし、心配はないはずです」

「ミルフェ妃か。リーファ、ここで待たせても大丈夫か？」

気づくと王太子様の後ろにミルフェ様がいて、こちらを見ている。王宮でのお茶会以来なので四か月ぶりだろうか。ミルフェ様も苦手だけど、王妃様が一緒ではないのならそれほど困ることはないかもしれない。

「大丈夫です。リリアも近くにいますし」

少し離れたところで護衛しているリリアへ視線を向けると、先生もああと納得してくれた。

「すぐに戻る」

そう言った先生はヒューバート様と一緒に、王族席の後ろから出て控室のほうへと向かっていった。

「お久しぶりね、リーファ様」

「ええ、お久しぶりです。ミルフェ様」

先生とヒューバート様がいなくなったのを見て、ミルフェ様が近くまで来た。王太子妃にふさわしい華やかな薄黄色のドレスに、大きな宝石が重そうなネックレス。次期王妃としての重圧に負けない微笑みはさすがだと思う。

「いつのまにかリーファ様がフレディ様の婚約者ではなく、王弟殿下の婚約者になっていて驚きました」

「ええ。私も急な話で驚いております」

先生の婚約者になって一番驚いたのは私かもしれない。そんなことは少しも想像していなかったのだから。疲れていたせいか保っていた微笑みが崩れ、苦笑いになってしまう。

「そう。あなたの意思ではないのね。ねぇ、リーファ様はヒューバート様の側妃になるはずだったのよ？」

「え？」

王妃様がそうしようと企《たくら》んでいたことは知っているが、ヒューバート様の妃であるミルフェ様にそれを言われるとは思わなかった。正妃に側妃の話をするなんて何を考えているのか。つい表情に出してしまうと、ミルフェ様の口が嫌そうに歪《ゆが》んで微笑みが消えた。

「リーファ様は知らなかったのね。でも、今からでも間に合うわ。あなたにはヒューバート様の側妃になってほしいの。ね？　私を助けると思って」

「え？　どうしてミルフェ様を助けることになるんですか？」

正妃であるミルフェ様は側妃を嫌がると思っていたのに、逆に側妃になるように勧められ混乱してしまう。しかもそのほうがうれしいかのような口ぶりだ。

「私が結婚した時にはもうリーファ様を側妃にすることが決まっていたの。だから一度も閨《ねや》を共にしていないのよ。私はヒューバート様の本当の妃ではないの。私に子ができてしまえばリーファ様を側妃にできないからって」

え？　一度も閨《ねや》を共にしていない？　王太子妃が？　王子妃は初夜の確認をされると聞いていたのに。ミルフェ様の顔は真剣で嘘を言っているようには見えないけれど、とても信じられない。

「そんなことがありえるのですか？」

「私も最初は嫌だったけれど、ヒューバート様が約束してくださったの。リーファ様に子ができたら私は離縁して、好きな男のところに下賜《かし》してくださると。もう離縁した後に下賜《かし》される相手も決まっているのに、まさかリーファ様が側妃にならないなんて。そんなの困ってしまうわ。今さら全部なくなりましたなんて冗談じゃない。ね？　わかったでしょう？　リーファ様が側妃になるって言えば、あとは王妃様がよいようにしてくださるわ！」

「……お断りします。ミルフェ様の事情は私には関係ありません」

巻き込まれたミルフェ様は気の毒に思うが、だからと言ってヒューバート様の側妃になる気はまったくない。こちらこそ冗談じゃない。

王妃様はどこまで手を回して計画をしていたのか、本当に呆れてしまう。

それにしても下賜《かし》される予定だなんて。ミルフェ様がこんなにも愚かな人だとは。これ以上関わってはいけないと、その場から離れようとした。

きっぱりと断ったつもりだったのに、ミルフェ様は納得せず早口で詰め寄ってくる。迫力に負けて一歩下がろうとしたら、ミルフェ様に両手を掴まれ逃げられなくなった。

「どうして？　嫁《とつ》ぐ時は側妃だけれど、私のことは気にしなくていいの。子を産めばリーファ様が王妃になるのよ？　私は離縁されるのだし、リーファ様が唯一の妃になれるんだから。何も問題ないじゃない」

「そういうことではありません。私が結婚したいのは王弟殿下です」

「いやだわ……どうしてそんなわがままを言うの？　ほら、今なら王弟殿下がいないうちに王妃様にお願いできるわ。早く王妃様の部屋に行きましょう」

私の言葉がまるで聞こえていないのか、ミルフェ様は無表情のまま私の手を引っ張って連れていこうとする。ミルフェ様の考えが少しも理解できなくて恐怖を感じる。

逃げたくても王族席で叫ぶわけにはいかないし、リリアとは距離が離れている。心配そうにこちらを見ているが、今の会話はリリアには聞こえていないはずだ。このままではリリアが助けに入るのは難しいかもしれない。どうしよう。

「離してください、ミルフェ様！」

「ほら、何しているの。早く行きましょう？」

私よりも頭半分ほど大きいミルフェ様に力では敵《かな》わない。無理やり引っ張られ、その力に負けて歩き出しそうになった時、助けてくれたのは意外な人だった。

「やめておけ」

低い声でミルフェ様を止めたのは、近くの王族席に座って休んでいた第二王子のジョージル様だった。声を聞くまでこんな近くにいたことに気がついていなかった。

金髪緑目のジョージル様は陛下によく似ている。穏やかな性格であまり周りと話すことはなく、目を細めて笑うとますますのんびりして見える王子なのだが、今は冷たい表情でミルフェ様をにらみつけている。

「ジョージル様、私に何か？」

「何かではない。リーファ嬢は叔父上の婚約者だ。いくら王太子妃だといっても、叔父上はそなたの臣下ではない。その婚約者であるリーファ嬢も同じだ。無理に連れていくことはできないぞ」

「リーファ様はいいのです！　ヒューバート様の側妃になるのですから！」

え？　この話、ジョージル様に言っていいの？　公《おおやけ》にしたらまずい話だと思うのに、興奮しているせいかミルフェ様は隠そうとしない。

「はぁ？　何を言っている？　ヒューバートの側妃？　側妃選びの会議の開催すら決定していないのに？　王太子妃がそんな馬鹿な話をするとは何を考えているんだ。リリアーナ、リーファ嬢を助けてやれ」

「はい」

第二王子妃のリリアーナ様がいつも通りの涼しげな笑顔でこちらに来る。私の腕を掴んだままだったミルフェ様の手を無理やり離し、さっと私の前に出て庇《かば》ってくれた。けっこう力強く掴まれていたはずなのに、あっさりと。

リリアーナ様と私の体格は同じくらいだけれど、意外と力持ちのようだ。いつも嫌味を言われても微笑んで受け流していて、精神的に強いとは思っていたが、肉体的にも強いなんて知らなかった。

ミルフェ様はリリアーナ様へと食ってかかる。その姿はいつもと違い、感情をあらわにしたものだった。

「何するの！　邪魔しないで！」

「あら。よろしいのですか？　このままだとミルフェ様のお立場が危うくなりますよ？　王弟殿下とリーファ様の婚約は王命だとご存じ？　このようなことをすれば、陛下に報告がいきますよ」

「……王命？　嘘でしょう？　陛下が認めたというの？　そんな！」

ミルフェ様が信じられないという目で私のほうを見るので、リリアーナ様の後ろから少しだけ顔を出して説明する。

「本当に王命です。王命指示書がありましたから、間違いありません」

陛下から直接言われたわけではないが、王命指示書は確認している。あれは偽造できるわけがないし、先生が持っていたものだ。本物に間違いない。

それを伝えるとミルフェ様の表情が抜け落ちた。今にも崩れ落ちそうによろけているが、手を貸したくはない。

ミルフェ様は近くの席を掴んで身体を支え、呟いている。

「……そんな……嘘だわ」

「確認したらよろしいじゃないですか？　いつものように王妃様に」

リリアーナ様に笑顔でそう言われるとミルフェ様はふらふらと出ていった。もしかして本当に王妃様に確認しに行くのだろうか。夜会は欠席しているけれど、ミルフェ様はどこにいるのか知っているのだろう。

それにしても危なかった。お二人に助けてもらわなかったら、あのまま王妃様のところに連れていかれたかもしれない。

「ジョージル様、リリアーナ様、ありがとうございました。思ったよりもミルフェ様の力が強くて、振りほどくことができずに困っていたのです」

「ああ、いいよ。叔父上から言われていたんだ。何かあるかもしれないからリーファァ嬢を見ていてくれと」

「ふふふ。フレディ様のことは残念だと思っていましたけれど、王弟殿下とは仲がよさそうで安心しましたわ。あら？　リーファ様が叔母様になられるの？　不思議ねぇ」

「叔母。確かにそうですね。私も不思議です……」

ジョージル様は先生の甥《おい》にあたる。その妃のリリアーナ様は義理の姪《めい》。私が先生と結婚したらリリアーナ様は義理の姪《めい》になる。つい先日までは義理の姉になる方だったのにと思うと不思議に感じた。

「おお、そうか。義叔母上として敬《うやま》わねばな」

「えぇ？　……それは遠慮いたします」

「そうか、では妹扱いのほうがいいか？」

私は陛下と側妃様の間の養女になっていた。つまり、ジョージル様が同母の兄ということになる。

王妃様やヒューバート様に何か言われても断れるようにと、側妃様の養女にしてくれたらしい。

「できれば妹のほうでお願いいたします」

「わかった。可愛らしい妹ができて、リリアーナもうれしいだろう」

「ええ、もちろんです」

私をからかったのか、めずらしくジョージル様が口をあけて笑っている。それを見たリリアーナ様も楽しそうに笑う。

公爵令嬢のリリアーナ様とジョージル様は生まれた時から婚約していて、昨年の春に結婚した。目を合わせて笑っている様子は、とても仲がよさそうに見える。

それから半刻ほど過ぎて先生が戻ってくるまでの間、お二人がそばにいてくれたおかげで誰にも話しかけられず、のんびりとリリアーナ様との会話を楽しんでいた。

9

俺と話がしたいというヒューバートについて広間から出ると、王族の控室に向かっているようだった。

王族以外は許可なく入れない廊下の奥、王太子の控室の扉を開ける。ヒューバートが中に入るのに続いて入ったところ、中のソファに座る人影が見えた。

黒髪青目で小柄な体に妖艶《ようえん》な赤いドレスを身にまとった、メイヤ・フランデル。隣国フランデルの第三王女だ。俺がフランデル国王に婚約を打診されていた相手でもある。

顔立ちは清楚《せいそ》なのだが、露出の多いドレスの胸元からはこぼれそうなふくらみが見える。夜会に出るわけでもないのにこのドレス。以前に会った時もそうだったが、王女は他人からの視線を気にしないようだ。こういうドレス姿を喜ぶ者もいるかもしれないけれど、それは少数で、ほとんどの者はしたないと呆れる装《よそお》いだ。

「メイヤ王女。この国に来ていたとは聞いていないが？」

問題なのはなぜ王女がここにいるのかということだった。陛下からは何も言われていない。もし王女が来るなら俺に一言あるはずだ。ヒューバートが勝手に呼んだのか、王女が勝手に来たのか。どちらでも問題だ。

王女の背後には騎士が三人、侍女が二人控えているが、この少人数で隣国から来たのか？　ありえないだろう。

「あら、ラーシュ様。ひどいわ？　婚約者である貴方が他の女を連れて夜会に出ると聞かされたら、怒って確認しに来てもおかしくないのではなくて？」

小鳥のような軽やかな高い声で、笑いながらも怒りをにじませている。すでに断っている婚約話を蒸し返す理由はなんだ？

「メイヤ王女との婚約はお断りしているはずだが？」

「叔父上、フランデル国王からの打診を断るなど何をお考えですか。国益を考えたら受けるべきでしょう！　今からでも遅くありません。こうして王女がわざわざ来てくださったのですから！」

　ああ、なるほど。リーファとの婚約をなかったことにするためにこんな真似を。俺が王女と婚約すればリーファが手に入るとでも思ったのか。本当にあきらめが悪いな。

「ラーシュ様？　私との婚約を断ったなんて嘘ですわよね？　そんな話は聞いておりませんもの。今すぐ私を娶《めと》ってくだされば、この無礼はなかったことにいたしますわ。ラーシュ様の屋敷に連れて帰ってくださいませ」

「断る」

　こんなくだらないことに付き合わされるのは面倒だが、どちらにもはっきり言っておかないとまた揉め事になる気がする。特に王女は隣国からこちらに来てしまっている以上、俺に問題はないと明確にしておかないと巻き込まれかねない。

「え？」

「は？　叔父上、何を！」

　俺がはっきり断ったのが意外だったのか、二人とも目を見開いて驚いている。こんな計画がうまくいくと思っているほうがおかしいのだが、何も考えていないのか。

「そもそもフランデル国王が俺に打診してきた理由は、メイヤ王女の嫁《とつ》ぎ先がフランデル国内で見つからなかったせいだ。なぁ、知っているか？　近衛騎士で王女の裸を見たことのない者はいない、そちらの国ではそう言われているらしいぞ」

　メイヤ王女の男好きは有名な話で、近衛騎士とは全員関係があるという。他国の俺ですら知っている噂《うわさ》なのだから、国内では誰もが知っていてもおかしくない。

事実を隠さずに言ってやると一瞬で王女の顔が真っ赤になって歪《ゆが》む。恥ずかしさというよりは怒りの表情だ。やっぱり婚約を断られた理由を王女は知らなかったようだ。

打診を受けたのは俺と国王だけの場だった。だから王女は婚約話があったことも知らないはずなのに、誰かが中途半端に情報を与えたせいでこうなっているのか。

婚約を一方的に解消して他の令嬢を選んだとでも思っていたのかな。まぁ、婚約していたとしても解消しただろうし、王女よりもリーファを選んだというのも嘘じゃないけれど。

だからと言って王女から責められるような話ではない。

「この話を俺に聞かせたのはフランデル国王だ。近衛騎士の婚約破棄騒動が頻発《ひんぱつ》していて困っていると。国内ではもう貰い手がいないくらい有名なふしだらだと」

父親から聞かされたと知って王女の顔から血の気が引き、さぁっと白くなっていくのが見えた。後ろにいる者たちの顔色も同時に青ざめていく。

「それで、妻を娶《めと》る気がない俺に打診したんだ。どうせ妻を娶《めと》らないならうちの王女をなんとかしてもらえたら、小麦とワインの関税を半分にしてやるからと。婚姻は形ばかりで預かってくれるだけでいい、邪魔になったら幽閉してくれてもかまわないとまで言われたよ。フランデル国王はよほど王女のことを持て余していたようだな。俺としても当時は結婚する気なんてなかったし、国益になるのであれば考えてもいいと思った」

そこで国王からの打診だし、その場で断るのもまずいかと思って一度話を持ち帰ることにした。

「王女を娶《めと》ることで利益が出るのか文官に試算させたが、そもそも王領では小麦とワインを輸入していなかったし、他の領地の関税も大した額じゃなかった。それでは王女のドレス代にもならない。利益がなくても恩を売るために王女を引き取ったとしても、この国でも騎士の婚約破棄騒動が起こるようなら手に負えない。どう考えても損になるとしか思えなかった。それらを手紙に書いてフランデル国王へ送って断ったところ、国王からは、やはり無理だよな、すまなかったという返事をもらったよ」

「……な、なんですって」

断られた理由を知っていれば、無理やり俺に会いに来るようなこともなかっただろうに。そそのかしたのはヒューバートだろうけれど……

「ところで、今日ここにいることをフランデル国王は知っているのか？　次に大きな問題を起こしたらさすがに王族の身分を取り上げると話していたが。ちゃんと許可を取ってから来ているんだろうな？　その少人数で他国へ来ているのはまずいんじゃないのか？」

「……っ！」

王女は言葉も出ない様子で、真っ青な顔で震えている。ずいぶん少人数だとは思っていたが、本当に許可なくここに来ているのか。

俺と王女の会話を聞いて、思ったようにはいかなかったことが認められないのか、悔しそうな表情をしているヒューバートへ顔を向ける。

リーファをあきらめきれないのか俺をにらんでくるが、そんな場合ではない。自分のしでかしたことをわかっているのだろうか？

「ヒューバート、これはお前の責任でもある。王女を許可なくこの国に呼んだのはお前だな？　騎士団に依頼して女性騎士をつけて送り届けさせろ。王女に何かあればお前の責任になるってこと、わかっているのか？　後で陛下から叱責されるだろうが、ちゃんと反省しろよ」

やっと問題の大きさが理解できたのか顔色が悪くなる。俺の言うことに従いたくないのだろうが、そうも言っていられないのはわかるはずだ。

「……はい。わかりました。王女はしっかりと送り届けます。ですが、リーファは返してください！　あれは俺のために用意された女です！」

我慢できなくなったのか、外にも聞こえそうな声でヒューバートが叫んだ。やはりそれが本心か。だが、いくら叫んでも聞いてやれない願い事だな。そう思いながら、ゆっくりと言い聞かせるように答える。

「リーファは俺を選んでくれたよ。結婚相手はお前じゃなく、俺がいいと。だから、もうあきらめてくれ」

「嫌だ！　リーファは俺のものだ！　叔父上を選んだなんて信じない。父上だってリーファは俺のだって知っていたはずなのに、どうして今さらこんなことを……王命まで出して邪魔するなんて。そうだ！　俺が国王になれば返してもらいますから！」

「本気か？」

国王になったらリーファを返してもらう？　そんなことができるとでも思っているのか。本気で言ったわけではないだろうと、訂正させるために聞き返したのに、ヒューバートは本気だと返した。

「ええ。だって叔父上とリーファの婚約も王命でしょう。それを覆《くつがえ》すのなら、俺が国王になって王命を出せばいい。すぐに返してもらいますから。あれは、リーファは俺のものだ」

「……そうか」

それがどういう意味なのかわかっているのかと叱りたかったが、自分に言い聞かせるようにぶつぶつと呟いているヒューバートに、これ以上何を言っても無駄な気がして王太子の控室を出た。

夜会の広間にリーファを待たせている。リリアが護衛しているとしても何が起きるかわからない。早く迎えに行かなければ。

「ヒューバート、残念だよ。本気なら……潰すだけだ」

誰もいない廊下で小さく口にした。ヒューバートに聞こえないのはわかっていたが、思わず声に出ていた。

リーファを奪いにくるというのなら、もう容赦はしない。

ふと影として使っている人間の気配を感じた。もしかしてリーファに何かあったのか？

「どうした」

「先ほど、ミルフェ様がリーファ様に接触されました。ジョージル様とリリアーナ様が助けに入ったため、リーファ様はご無事です。その後、ミルフェ様は王妃の宮に向かいました」

「なんだと？」

やはりリーファを一人で置いてくるべきではなかった。だが、隣国の王女がやって来たことを知らないままでいれば、問題になっただろう。二人が助けに入ってくれたのなら大丈夫だとは思う。

それにしてもミルフェ妃まで何を考えているのか。

「ミルフェ妃が王妃のところで何を話しているかわかるか?」

「はい。もう一人の影がついていましたので」

「話せ」

「話が違うと怒っていました。王妃はリーファ様を取り戻すから大丈夫だとなだめているようです。ヒューバート様に隣国の王女を連れてこさせた、これでダメなら王を代えるとも言っていたそうです」

「あれも王妃の仕業《しわざ》か。わかった。話はすべて記録しておけ」

「はっ」

ここまであきらめが悪いとは思っていなかった。

王妃があの不貞の証拠から逃れられる方法は、ただ一つ。自分自身が王になることだ。

たとえヒューバートとフレディが陛下の子ではないとわかったとしても、自身が王であれば問題なく王位継承者にできる。

議会を動かして王になるのか、陛下を殺すつもりなのか、この後の王妃の話を聞いてから動くべきだな。

急いで夜会の広間に戻ってみたら、リーファはリリアーナ妃と楽しそうにおしゃべりしていた。

とりあえず無事だというのは聞いていたが、楽しそうなリーファを見て気が抜ける。

これ以上夜会にいてヒューバートやミルフェ妃に会場に戻ってこられても困ると思い、急いで退出し、帰りの馬車の中でリーファから話を聞くことにした。

ヒューバートの側妃にならないと困るとミルフェ妃に言われたこと、あの二人は子ができないようにしていたこと、もともとその予定で王太子妃になったこと、王妃にお願いしに行こうと無理矢理連れ出されそうになったこと。

俺がいなかった間の件を詳しく聞いて、あまりのひどさに頭を抱えそうになる。

王妃とヒューバートだけを警戒していたが、考えてみればわかることだった。ミルフェ妃が子を産んでいたとしたら、そもそも側妃を娶《めと》る必要がなくなってしまうのだから。

それにしても、王妃のところへと連れていかれていたら面倒なことになっていたに違いない。最悪、そのまま既成事実を作られていたかもしれなかった。ヒューバートが俺を連れ出すとは予想外だったが、今後は俺がそばにいない場合の護衛の仕方も検討しなければいけない。

そんな俺の心配をよそに、リーファはリリアーナ妃とおしゃべりできたのがうれしかったのか、ずっとご機嫌な様子で話し続けている。

少し頬が上気していて、まとめ上げていた髪がほつれてきているのが色っぽい。思わず手を出してしまいそうになるが、楽しそうな報告を止めるわけにもいかず、隣に座って手を握るだけに抑えていた。

「ジョージルが側妃から産まれているのはわかるよな？　王妃は側妃を嫌っている。だからジョージルのことも嫌いだし、その妃のリリアーナ妃も嫌っている」

「寵妃《ちょうひ》と呼ばれるのは側妃のマーガレット様のほうですよね。それが原因ですか？」

陛下は側妃を寵愛している。これは有名な話だった。だが、それにも理由がある。

「もともと陛下の婚約者はマーガレット様のほうだった」

「え？　そうなんですか？　マーガレット様はイルミーナ侯爵家の出身ですよね」

「そうだ。王妃ロザリーはハイファル公爵家の出身で二人は同学年だった。正確に言うと、陛下も入れて三人は学園の同級生だ。ロザリーが婚約者にならなかったのは血筋のせいだ」

「由緒正しい公爵家なのにですか？」

「ロザリーの母はジャニス元王女だ。陛下とは従妹になるし、ロザリー自身が王位継承権を持っていた。血が濃すぎる上、先代国王の子は陛下と俺だけだったこともあって、ロザリーは他の者と結婚して王家の血を残すことを求められていた。だからロザリーは候補にあげられていなかった。陛下と仲が悪かったというのもあるけどな。そこで侯爵家の出身で、容姿もよく、誰からも愛され、評判も素晴らしかったマーガレット様が婚約者に選ばれた。何よりも陛下がマーガレット様を好いていた。議会にもこれ以上ない婚約者だと認められたが、ロザリーにしてみたら面白くなかったらしい。自分よりも身分が低いマーガレット様がちやほやされている。王太子妃になれば自分よりも身分が上になってしまう。そのことが許せなかったんだろう」

公式の場には王妃が出ていて、あまり姿を見せることがない側妃ではあるが、本当は王妃よりも能力が高く人望もある。

おそらくは王妃派の貴族に何かされるのを恐れて、陛下が隠しているのだと思うが。

「もうすぐ学園を卒業し結婚する、という時期の夜会で事は起きた。陛下が媚薬を盛られたんだ。犯人は伯爵家の令嬢だった。その時に、たまたま具合を悪くした陛下を見つけ、介抱したのがロザリーだった。翌日、二人で寝台にいるところを見つかって騒ぎとなり、陛下はその責任を追及されロザリーを娶《めと》ることになってしまった」

「その媚薬を盛った犯人の伯爵令嬢って」

「俺はロザリーの指示だったと思っている。いくらなんでも都合がよすぎる。たまたま陛下を見つけたのが普段は近くにいることもないロザリーだと？　そんな偶然があるわけない」

それに仲が悪かったロザリーが陛下を助けるために共寝するはずがない。その気がなければ、侍女にでも押し付けて終わりだ。どう考えても最初からそれを狙ったとしか思えない。

陛下自身も罠にはめられたということには気がついただろうけれど。

「結果的に罠にはまったとはいえ、公爵令嬢に手を出してそのままというわけにはいかない。身分的にロザリーのほうが上だったために王妃になり、マーガレット様は少し遅れて嫁《とつ》ぎ、側妃となった。今だったら俺がなんとかすることもできたが、当時の俺は六歳だった。後から調べて真相を知っても、どうすることもできなかった」

俺が動けるようになった頃にはすでに陛下はロザリーを王妃としていて、ヒューバートが産まれた後だった。

普通ならば側妃を娶《めと》るのは王妃が子を産まなくなって三年以上たってからだ。その上で王妃の許可を取って側妃を娶《めと》るはずなのだが、マーガレット様が側妃となったのは王妃を娶《めと》った半年後だった。

そのため二人の第一子、ヒューバートとジョージルは一歳しか離れていない。

王妃と側妃の子の年齢が近ければ内乱の種になりかねない。だからこそ側妃を娶《めと》る時の法は厳格に定められている。

なのに、どうしてこんな法を無視した状況になっているのか。

それはその夜会の時には陛下とマーガレット様は婚姻の一か月前で、もう王宮で寝室を共にしていたからだ。ロザリーを王妃にすると決まっても、マーガレット様との婚約をなかったことにできなかった。こうして例外的に王妃と側妃が並び立つような状況になってしまっている。

このことを疑問に思い、調べさせた報告を読んだ時には怒りで震えた。ロザリーの浮気の証拠が山ほど出てきたからだ。

すべてを公表することも考えたが、俺が目立てば国が荒れる原因にもなる。俺が男神の加護を持っていることを知る貴族たちが騒ぎ出すのが目に見えていた。陛下から王位を奪いたいわけじゃない。結局は黙るしかなかった。

それに騒げばヒューバートとフレディがどうなるかもわからない。幼い甥《おい》たちが王宮から追放されることは望んでいなかった。それが今となって、こんなことになるとは思わなかったが。

「いくら先生でもそんな幼い時のことはどうしようもありません」

慰《なぐさ》めてくれるリーファの優しい声に甘えたくなる。幼かったのだから仕方ないと。

だけど、それなら今のこの状況は誰のせいなんだ？　ロザリーの不貞を知っていて黙っている俺のせいも多少あるだろう。

「それもそうだが、あれがなかったら今の問題はなかったのかなと思うと。叔母のジャニス夫人が厳格な人でね。陛下は頭が上がらないんだよ。俺もだけど。媚薬の件は説明したとは思うが、手を出してしまったのも事実だし。そのことが公《おおやけ》になってしまった以上、ロザリーは他に嫁《とつ》げない。だから責任を取らざるを得なかったんだ」

そうだ。ジャニス夫人がいる。

とても厳格な夫人からどうしてあの王妃が産まれたのかと思っていたが、夫人の力を借りる手もあったな。今なら力を貸してもらえるかもしれない。

「先生？　どうかしたんですか？」

考え込んでしまった俺の顔をリーファが覗き込んでくる。その心配そうな顔が愛おしくて、つい抱きしめる。

「リーファ。これから少しだけ忙しくなる。お前を絶対に手放さないために、しなきゃいけないことがあるんだ。一か月くらい、リリアと一緒に家で待っていてくれるか？」

「一か月も会えなくなるんですか？」

「いや、学園には今まで通り一緒に行くし、夕食も一緒に取る。その後の時間が忙しくなるから、ゆっくり話す暇がなくなるだけだ。我慢できないのは俺のほうかもしれないけれど」

「わかりました。さみしいですけど、我慢します。リリアと一緒に待っていますから、なるべく早く終わらせてくださいね？」

そんなことを言われたらますます離れがたくなる。無意識なのだろうが、リーファにさみしいとか我慢すると言われるとつらい。

「ああ、わかった。全力で終わらせてくるから、そしたら一緒に寝てもいいか？」

「え？」

「お前を、お前のすべてを俺のものにするのは卒業まで待つけど、寝ている時も近くにいてほしいんだ。ダメか？」

「……いいえ。そのお仕事が終わったら、先生とずっと一緒にいます」

「よし。頑張って早く終わらせてくるよ」

先生と呼ばせるのも卒業までかな。

面倒なことは早く終わらせてリーファを安心させたい。いや、安心するのは俺のほうかもしれないけれど。これからしなきゃいけないことの見通しが立った。

まずは公爵夫人に会いに行くか。


思ったよりも時間はかかったが、なんとか議会の開催に間に合った。

そのことの相談をするために謁見室《えっけんしつ》に入ると、陛下の顔色は心なしか悪かった。俺が入室するとすぐに宰相が人払いをして出ていく。静かになった部屋で、陛下の近くに椅子を持っていって座る。

近くで見るとやはり顔色が悪い。少し痩《や》せたようにも見える。

「どこか体調が悪いのか？　顔色が悪い」

「いや、先月の夜会のメイヤ王女の件で、フランデル国王との話し合いが終わったところなんだ」

「あぁ、ヒューバートがやらかした件か。もしかして、他にも何かあったのか？」

「騎士団の小隊が王女を隣国まで送り届けたのだが、どうやらその間に小隊の騎士すべてに手を付けたらしい……」

あの王女は本当にどうしようもないな。騎士団の小隊って二十名くらいか……隣国に帰るまでの時間でよくそれだけ手を出したものだ。その小隊は騎士団に戻って来た後、一から鍛え直しだろう。

護衛する他国の王女に迫られても、毅然《きぜん》とした態度で断らなければいけない。何かあれば外交問題になるのだから。断り切れずに関係を持ってしまったのなら、間違いなく懲罰《ちょうばつ》対象だ。

「だから王女の護衛には女性騎士をつけろとヒューバートに言っておいたのに。評判以上のふしだらさだな。それでフランデル国王が何か言ってきたのか？」

「いや、フランデル国王からは謝罪があった。許可なく国外に出たこともそうだが、婚約を断られたお前に会いに行くなど失礼をしたと。メイヤ王女は女伯爵にして王都から遠い領地に送ったらしい。もう何があっても王族の名は使えない。貴族令嬢の恨みを多く買っているそうだから、没落するのも時間の問題だろう」

「あぁ、次に何かあったら王族から抜くと言っていたな。さすがに他国にまで迷惑をかけたんじゃ許さなかったか」

これまで恋人や夫を奪われた者たちが仕返ししたら、後ろ盾のない伯爵家なんて没落するのもあっという間か。

「それは別としてうちの問題なのだが、騎士団内でその話がもれて婚約を白紙にされた騎士が三名。風紀が乱れたと他の隊からの苦情も来ている」

「問題はそっちか。なるほどね。で、ヒューバートへの処罰は？」

「王妃が止めてしまって、何も処罰できていない。これでは臣下に示しがつかない。はぁぁぁ」

それで顔色がよくなかったのか。俺に警告された後だというのに王妃はおとなしくする気がないようだ。

王妃派の者はいいとしても、他の貴族たちからは文句が出るだろう。国王として王妃と王太子がそれでは悩みが尽きないよな。

夜会から一月《ひとつき》半、三日後の議会のために準備をしてきた。だが、これを実行するかどうかは陛下の判断次第だった。

俺には、弟としてどうしても言いたいことがあった。

「なぁ、兄さん。俺はずっと待っていた。ラーシュ助けてくれって、言ってくれないかと。その一言があれば俺は助けられるのにってずっと思っていた」

「……ラーシュ」

ハッとした顔で俺を見る兄さんに、話を続ける。今は臣下としてじゃない。弟として話したい。兄さんが一言お願いしてくれたら、俺は兄さんのためにしてやれることがあるんだ。

「兄さん、俺の手は必要か？」

いくら力があっても、魔術で証拠を掴んでも、この国をどうするかを決めるのは兄さん、陛下にしかできないことだ。だから言ってくれ。俺の力が必要だと。

「……頼む。俺を、この国を助けてくれ。お前が王になる気がないのは知っていた。だから助けを求めていいのか迷って、結局は言わなかった。だが、このままでは国が潰れる。頼む、ラーシュ。俺に手を貸してくれ」

「あぁ、任せてくれ。もう準備はできている。あとは兄さんの気持ちだけだった。大丈夫、この国を正常な状態に戻すよ」

これですべての準備が整った。あとは実行するだけだ。

有力な貴族の当主たちが集められて開かれる議会は、この国にとって大事な件を決定する時にだけ開かれる。通常はあらかじめ議題が知らされ、どう決定するかもわかっていることが多い。それなのに、今日は何一つ知らされていない。集まった貴族たちが騒ぐのも無理はなかった。

「本日の議題はなんでしょう？」

「あぁ、貴公も知らされていないのですか？　私は王太子様の側妃選びを開始するのかと思っていましたが」

「それなら先に議題を知らされていてもおかしくないのに、今日の議題はなんの情報も入ってこなかった。ですが、王太子様の側妃選びは行われるでしょうな。ミルフェ様に子が産まれずに三年経ちましたから。このままですと第二王子のほうに先に子が産まれてしまうかもしれません。そうなったら王妃様が黙っていないでしょうし」

「そうなる前に早く側妃を娶《めと》っていただかないとまずいですな。候補はリンデルバーグ公爵家の令嬢がいましたか。あとはローデル侯爵家の令嬢も十八歳になったはずです。どちらも婚約していないのは側妃候補になるつもりでしょう」

「だが、確かその二人はどちらも問題がありましたな。学園で婚約者のいる王子に毎日声をかけてつきまとっていたとか。もしそんな令嬢が側妃になって国母《こくも》になるようだと困りますなぁ」

「ふむ。他にいい令嬢がいればいいのですが。あぁ議会が始まりそうですな。え？　王弟殿下？」

「ええ？　王弟殿下が陛下と一緒に？　なぜ？」

ざわざわと貴族たちに疑問の声が広がっていく。一度も議会に出席したことのない俺が陛下の隣にいることで、貴族たちが動揺しているのが伝わってくる。

前回の夜会で初めて顔を知った者も多いほど、今まで社交をしてこなかった王弟。優秀だと噂《うわさ》されていても貴族とはまったくと言っていいほど付き合いがない。それは王位を狙わないという意思表示のためだと知っている者も多かった。

だからこそ、議会に顔を出すという行動の意味がわからなくて困っているだろう。

「あー静かに。今日はラーシュも出席する。本日の課題はこの国にとって大事なことであるため、俺の相談役としてラーシュも出席させる。よいな？」

陛下がそう言うと議会は静まり返る。

「まず、資料を渡す。全員にいきわたったところで話を始める」

近くにいた文官に目で合図を出すと、貴族たちに資料を配り始める。全員にいきわたったのを確認して俺が話を始める。

「それでは第一王子ヒューバートの廃嫡と、第二王子ジョージルを王太子に指名することについて説明をする」

「どういうことですか！」

「ヒューバート様を廃嫡！　そんなことできるわけないでしょう！」

「そうだ！　王妃様がそんなことを許すわけがない！」

「こんな話し合いは無意味だ！　すぐさまやめるべきだ！」

議会中に怒号が飛び交う。王妃派の貴族にとって、これは許すことのできないものだ。納得するわけはないし、激しく反発して当然だと思う。

王妃派以外の者も突然のことに騒然としている。今まで王妃の言いなりになっていた国王が突然こんな行動に出たことに疑問を持ったのか、いったいこれはどういうことだと騒ぎ始めた。

予想通りではあるが、どこから説明をしようか。騒いでいる貴族たちの顔を順に見ていくと、少しずつ声が小さくなる。俺が見ている前では文句が言いにくいらしい。

だんだんと静かになっていくにつれ、目立つのを恐れて文句を言う者はいなくなった。

「では説明する。まず、王妃だったロザリーは離縁された」

「「「は？」」」

多くの貴族たちが理解できなかったのか動きが止まる。衝撃が大きすぎて、頭が理解するのを拒《こば》んでいるのかもしれない。だが、理解するのを待つ気はなく、彼らを無視して話を続ける。

「すでに王妃は王妃ではない。公爵家に戻っている。長年の不貞を恥じ、ジャニス夫人が公爵家に連れ戻した。その際に陛下とは離縁する書類に署名をしたことから、今の王妃はマーガレット様となっている。ここまでで質問は？」

皆同じように口が開いたままになっている。

王妃ロザリーの長年の不貞、それはほとんどの貴族が知っていたはず。この議会の中にも不貞相手が何人もいるのだから。今さらそんなことで離縁するとは思ってもいなかったに違いない。

おそらくロザリーが一番そう思っていただろうけど。

ジャニス夫人に不貞の証拠をすべて見せた時の怒りはすさまじく、今すぐ王宮へ行って娘を引きずって帰ってくると言い出したのを止めるのは大変だった。

こちらも準備があると言ってなんとか説得し、昨日まで待ってもらっていた。

昨日の早朝に王宮に来たジャニス夫人はロザリーを叩き起こそうとしたが、その寝室に浮気相手がいたのもまずかった。二人とも裸で一緒の寝台で寝ていたのだから、言い訳できるわけもない。

ロザリーは夫人に頬を何度も叩かれ、泣いているのもかまわずに叱られ続けた。

さすがに離縁届に署名するのには渋ったらしいが、夫人に一喝され署名した。

王宮にあるロザリーの私物はそのまま、着替えすらさせてもらえず毛布で巻かれたような状態で馬車に押し込められ、王都にある公爵家の屋敷へと連れていかれた。

「あの、王妃様の不貞の証拠はあるのでしょうか？」

恐る恐る手を挙げたのは側妃派の侯爵だった。この侯爵は王妃と関係していなかったはずだが、信じられなくて確認したというところか。

「証拠はある。すべてのとはいかないかもしれないが、ほぼ全員分の証拠がそろっている。いつどこで会っていたか、手紙のやり取りはどうだったのか、寝室内のことも魔石で写し取っているので見たらすぐにわかる」

俺の言葉に王妃と関係があった者たちが真っ白になっていく。今まで王妃が力を持っていたから、従っていた者たちばかりだ。

だけど王妃が離縁し、王太子が廃された後は？　王妃と関係を持っていたことがわかったら、処刑される可能性もある？　そのことに気がついて、血の気が引いているのだろう。

「王妃自体が王家の血を引いていて、王位継承権を持っていたことから、今回のことは関係した貴族の処罰は求めないつもりだ。ロザリーに言われて断れなかった者もいるだろうし、なにしろ関係を持ったものが多すぎるからな。全員を処罰していたらきりがない。だが、罪は罪だ。異議を訴え出る者にはそれなりに証拠を出し、きっちりとわかってもらう。そうなった場合は処罰も検討する」

これで文句を言う者は出てこないはずだ。たとえ文句があっても言えば自分の罪を認めさせられ、処罰される可能性もある。黙っていたほうが得だと誰もが思う。

「しかし、ロザリーの罪はそれだけではなく、不貞の証拠がそろっていると知ったロザリーは自身が王になろうと画策していた。自身が王になれば二人の王子の王位継承権ははく奪されないと思ったようだが、その罪は重い。処刑も考えたが、元王女であるジャニス夫人が責任をもって幽閉すると謝罪したので、それで手を打つことにした。幸い、画策しただけで実行には移されていなかった。これにより、公爵家の領地と爵位は王家に返上される予定だ」

不貞を働いていただけでなく、陛下に代わって国王になろうとしていたと聞いても、ほとんどの者が驚かない。今まで陛下よりも権力があると思われていたのだ。ロザリー自身も陛下は必要ないとよく言っていた。

だが、不貞だけでなく反逆罪が問われ、生家の公爵家も取り潰されることになった。これで完全にロザリーは権力を失った。

「ロザリーが産んだ王子は二人とも陛下の子ではないと判明したため、陛下の子はジョージル王子だけになる。成人し妃も娶《めと》っているジョージル王子が王太子になるのは当然のことだ」

何人かの貴族がうなずいて理解を示す。側妃派だけでなく、中立派の貴族たちも賛成のようだ。王妃派だった者たちは自分の保身のことでいっぱいで、王太子のことまで考えられない。まだ衝撃から立ち直れないのかぼんやりしている。

「ジョージル王子を王太子にすることに反対する者はいるか？」

「あの！」

誰も反対しないだろうと思っていたのに、中立派の侯爵がめずらしく手を挙げた。あまり前に出てこない侯爵だと思っていたが、まさか反対なのか？

「ジョージル様は素晴らしい王子ですが、私は王弟殿下に国王になっていただきたいのです！」

「は？」

まさかの俺派だった？　ほとんど話したこともないのに。

先ほどまで静まり返っていたのが嘘のように騒然となる。中立派の貴族たちから次々に賛同する声が上がり、思わず頭を抱えたくなる。

「王弟殿下は神の加護をお持ちでしょう？　しかも男神の加護だ。王弟殿下こそ国王の座につくべきです！」

「なんですと!?　神の加護！」

「しかも男神の加護ですか！」

「それなら王弟殿下が国王になるべきでしょうなぁ！」

侯爵が俺を推したのは神の加護を知っていたからか。しまったな、これは予想外だ。

「まさか王弟殿下が加護持ちだとは」

「なんと素晴らしい！」

議会中に俺を国王にという賛同の声が広がり、収拾がつかなくなる。どうやってこの騒ぎを収めようかと眺めていると、陛下の一声で議会は静かになった。

「静まれ」

中立派の貴族たちが期待を込めた目で陛下を見る中、陛下は俺へと問いかけてきた。

「ラーシュ。お前はどう思う？」

いつも通りの陛下に落ち着いた声で問われ、焦っていた気持ちが落ち着く。陛下が何をしたいのかがわかり、俺もそれに乗ることにする。

「俺は国王になるつもりはない」

「そんな！」

「王弟殿下こそ国王になるべきですよ！」

また騒がしくなる貴族をそのままに俺は続ける。

「俺が産まれた時、先代国王は俺を王太子にするかどうか悩んだと聞いている。だが先代国王が王太子に選んだのは陛下だった。俺はそれが正しかったと思っている」

俺を国王にしなかったのは父、先代国王の考えだったと聞いて中立派の貴族たちも口を閉じる。

うかつに何か言えば先代国王の考えを否定することになりかねない。

「先代国王が苦労して周辺国と結んだ同盟を、陛下が維持していることでこの国の平和は保たれている。だが、そこで男神の加護を持っている俺が国王になったとしたら、おそらく他国はこう思うだろう。きっと戦争を仕掛けてくるに違いないと」

ハッとした顔になって下を向く貴族たちが数名見えた。俺を国王にする危険性に気がついた者がいるようだ。

「今、この平穏な国を維持していくために必要なのは男神の加護ではない。陛下の思想をそのまま受け継ぎ、周辺国と共に生きることのできる国王だ。俺はジョージルなら立派な国王になると思っている」

「ですが！」

まだあきらめきれないのか、惜しむような声が聞こえてくる。

仕方ない。誰かに生贄《いけにえ》になってもらうか。一番先に俺を支持した侯爵に向かって声をかけた。

「さて、侯爵。侯爵は内乱を起こしたいのか？」

「は？」

「王妃が王宮から去り、俺と陛下はジョージルを次の王に選んだ。ヒューバートとフレディを廃嫡するという前代未聞の事態だ。このような時こそ、国を一つにしていかなければならないというのに……それなのに他の者を王にというのは国を分ける気なのか？」

「……っ！　いいえ！　そういうつもりではっ」

「では、なぜ俺を国王になどと言い出した？　陛下やジョージルに不満があると言うのか？」

「いえ、そういうわけでは……」

「ここできっぱりと言っておくぞ？　俺は国王になる気はない。もし、俺を国王にするという派閥ができたとしても、俺は関係ない。そして……」

議会中の貴族たちを見渡してはっきりと宣言する。

「俺は男神の加護を持っている。ということは、俺は戦争で負けることはない。その俺がジョージルを次の王として推す」

俺を推す貴族たちだけではなく、王妃派の者たちにも言い聞かせるように。

「ジョージル以外の者を国王にと推す者がいれば、俺の敵だ。俺は内乱であっても負けることはない。俺の敵になったとしたらどうなるか、わかっているよな？　なぁ侯爵？」

「は、はいっ！　申し訳ございません！　二度とあのようなことは申しません……どうかお許しを！」

青ざめた侯爵は椅子から落ちて、床にひれ伏して謝り出す。そこまで怯えなくてもいいと思うんだが……少しやりすぎたか。これ以上おかしなことになる前に議会を終わらせてしまおう。

「わかってもらえればいい。これで何も問題ないな？」

「皆がラーシュを推す気持ちはわからないでもないが、この平和な時代にはラーシュの力は強すぎる。ラーシュには王族に残ってジョージルを支えてもらうくらいがちょうどいいのだ。それでは、本日より王太子はジョージルとする。よいな？」

その言葉にすべての貴族たちが頭を下げて肯定する。

この時をもって、王妃マーガレットと王太子ジョージルが認められた。そして同時にヒューバートとフレディが持つ王位継承権のはく奪も決定した。

側妃派の貴族たちがうれしそうな顔を隠しもせずに退出すると、疲れた顔をした中立派の貴族たちが後に続く。

その後を血の気のない真っ白な顔をした王妃派の貴族たちが、フラフラと退出していった。

会議室に残ったのは俺と陛下、そして宰相の三人。

「まさか俺を国王にと言われるとは思わなかったよ」

なんだか必要以上に体力と気力が奪われた気がする。大きく息をつくと陛下は笑っている。

「俺は予想していたぞ。なぁ、宰相」

「ええ。中立派の貴族たちがラーシュ様を推しているのは有名な話でしたから。王宮にめったに来ないラーシュ様は気がついていなかったようですが」

「……知らなかった。それなら先に言っておいてくれよ。面倒なことになったって少し焦ったよ」

「俺はお前が王になる気ならそれでもいいからな」

「勘弁してくれよ。ジョージルならいい王になるだろう。それで兄さん、ロザリーと何を約束していたんだ？」

先ほどの議会で王妃だったロザリーの離縁が公表された。ロザリーはジャニス夫人の監視下で幽閉される。公爵家の領地と爵位も返上されてしまえば、元王族という肩書だけしかない。これでロザリーの権力は完全に無力化されたことになる。

もう話してもらってもいいだろう。ロザリーと何を約束したせいで身動きが取れなくなっていたのか。

「それも知ってたのか」

「知っていたわけではないよ。まぁ、薬を盛られて寝たからと言って、ああも言いなりになっているのはおかしいと思っていた。マーガレット様に関することだろうとは予想していたが、何を約束したんだ？」

「ロザリーを王妃にする代わりに、半年後にマーガレットを娶《めと》る許可を出させた。それとマーガレットと生まれてくる子の安全を」

「すでに寝室を共にしていたなら娶《めと》るしかなかっただろう？」

「純潔でなくてもかまわない、そう言って公爵家のミシェルから娶《めと》りたいと打診が来ていたんだ」

特例でマーガレット様が側妃になった理由は、すでに陛下と閨《ねや》を共にしていたからだった。

そんな令嬢を娶《めと》る者はいないだろうと普通なら考える。それが公爵家の嫡男が娶《めと》ると言い出したら、側妃にできなかったかもしれない。

ロザリーの兄のミシェル。昔から妹の言いなりといった感じで、従兄ではあるがほとんど話したこともない。

「どうして公爵家の嫡男が？」

「マーガレットが王妃になれなかったのはロザリーが王妃になるからで、ミシェルは兄としてその責任をとると……おそらくそれもロザリーの手だったのだろう。ロザリーから私の言う通りにするのなら、マーガレットを側妃にしてもいい、兄のことは説得すると言われた」

「それでロザリーのことを好きにさせていたのか。ヒューバートとフレディが自分の子じゃないのはわかっていたんだろう？」

「もちろんだ。俺は王妃のもとには一度も通っていない」

「……そりゃ自分の子じゃないとわかるな」

「ロザリーの子なら王家の血を継いでいる。王宮での鑑定でも問題なく認められた。ロザリーに似るのは困るが、ジャニス夫人の孫でもある。教育次第でなんとかなるだろうと思っていたんだ」

「ならなかったな」

俺と陛下のため息が重なった。

泣き叫んでいるロザリーを力ずくで引きずっていったジャニス夫人。おそらくロザリーは厳しく育てられてきたはず。その教育が正しくなかったのかはわからないが、少なくともヒューバートの教育は間違ってしまった。

これで残る問題は、廃嫡を告げなければいけないヒューバートだ。

「まさか王命を覆《くつがえ》そうとしているとは」

「前国王の王命を現国王が覆《くつがえ》すという意味をわかっていない様子だ。それに、リーファを手に入れるためなら陛下を殺そうとしたかもしれない。あいつはすぐに返してもらうと言っていた。あのまま王太子だったとしても国王になるのはずっと先の話だが、ヒューバートがそれを待てるようには見えなかった。ロザリーが王になるつもりだということは、あの時点ではヒューバートは知らなかっただろうが」

「そうか。俺を殺してでもリーファを手に入れたいと。俺を狙っていたのはロザリーだけでなく、ヒューバートもか……。俺が父親じゃないと知っているのなら、さほど殺すことに抵抗がないかもしれない」

あぁ、そうか。父親だと思われていないのか。あれだけロザリーのそばにいたのなら、ロザリーの不貞は気がついているだろう。ヒューバートの本当の父だと思われる前侯爵はもう亡くなっている。母親のロザリーだけが大事なのかもしれない。

それにしてもなぁと、また俺と陛下のため息が重なる。疲れて会話が進まない俺たちに宰相が先を促《うなが》す。

「陛下、ラーシュ様、それで今後についてですが、どういたしますか？」

「ああ、すまん。そうだった。それが問題だったな」

「ヒューバートとフレディは王子ではないが、一応はジャニス夫人の孫だ。王女の孫として王族に残すこともできるが、どうする？」

「それはそうだが、王族に残せばジョージルが苦労するだろう。二人には王領を与えて公爵としよう。公爵を名乗れるのは一代限りで、子の代からは侯爵とする」

「そうか。フレディには俺が伝えておくが、ヒューバートへは誰が伝える？」

「俺が伝えるよ。父親としての最後の仕事だな」

「わかった。あとは王妃派の貴族への対応だが、これを用意してきた」

持っていた鞄から手紙の束を出して宰相に渡す。王妃派の貴族にあてた手紙だが、まだ封を閉じていない。俺が送るよりも陛下の名で送ったほうがいいだろう。

「ロザリーと関係があった者へ送る手紙だ。再びロザリーと連絡を取ろうとしたり、ヒューバート側についたりするのであれば容赦しない。そういう内容の警告文だ。中を確認して問題なければ王印を押して送ってくれ。なるべく早く、そうだな。ヒューバートに告げる前に出してくれるか？」

「ヒューバートが動くと思っているんだな？」

「あれだけリーファに固執していたんだ。あきらめるとは思っていない。とはいえ、素直にあきらめてほしいけどな。これで私兵を貸せとか貴族に言うようだと、さすがに助けてやれない」

「そうだな。わかった。ヒューバートに話す前に手紙は送る。その上で馬鹿な真似はしないように伝えておこう。俺も子として育ててきた者を処刑することはしたくない」

「それじゃあ、頼んだ」

会議室を出ると、もう夕方に近くなっていた。俺にできることはすべてしたつもりだ。

あとは陛下と宰相に任せ、俺はリーファが待つ家に戻った。

◆　◆　◆

忙しいのも今日の会議で終わると言って王宮に向かった先生を見送ってから三時間後。ずっと執務室で仕事をしていた私はジャックに注意されていた。

「リーファ様、あまり無理をなさってはいけませんよ」

「ええ、わかっているわ。だけど、先生が頑張っているのに私だけ休むのも……」

「気持ちはわかりますが、一度休憩いたしましょう？」

「そうね。そうするわ」

しなければいけないことがあると言って、この一か月半、先生はいつも以上に忙しそうだった。

夕食は共にしてくれていたが、それ以外にはゆっくり話す時間もない。

会議が終わればゆっくりできるという話だったけれど、こんなにも休まないで身体は大丈夫だろうか。

それで私も頑張らないと思って仕事をしていたら、あっという間にお茶の時間を過ぎていた。無理をしないという約束で屋敷の仕事を任せてもらっているのだから、止められたらそれ以上はできない。

　あきらめて休憩しようとソファへと移動した。その時、何か大きな声が聞こえた。

「ジャック、今の声は？」

「ええ、聞こえました。なんでしょうか」

　耳をすますと、怒号のような男性の声が玄関のほうから聞こえてくる。それが少しずつ近づいている気がして、ジャックを見ると険しい表情になっていた。やがて、部屋のドアを開けて外を窺《うかが》っていたリリアがドアを閉めて私へと駆け寄ってきた。

「……リーファ様、今すぐ隠れてください」

「え？」

「あれは……王太子様の声です」

「ええ？」

　ヒューバート様がどうしてこの屋敷に？　先生がいないからといって、王弟殿下の屋敷に無理やり押し入ってくるとは。

「きっと王太子様の狙いはリーファ様です！　早く、この衝立《ついたて》の後ろに！」

「え、でもっ」

　リリアに押されるようにして、衝立《ついたて》の後ろへと隠される。

「いいですか、リーファ様。何があってもここから出てこないでください」

「……わかったわ」

執務室の中にはジャックとリリア。テーブルの上には一人分のお茶の準備。それだけなら私がここにいたとはわからないと思うが……どうしてこんなことに。

本当にヒューバート様がここに？　不安に感じながら隠れていると、執務室のドアが乱暴に開けられ、中にどやどやと誰かが入ってくる音がする。

衝立《ついたて》の隙間から覗いてみると、そこには近衛騎士を連れたヒューバート様がいた。

「いったいなんの騒ぎでしょうか、王太子様。この屋敷は王弟殿下のものです。王太子様でも勝手に侵入すれば罪になります」

「うるさい。お前は家令か？　リーファはどこにいる！」

「リーファ様になんの用があるというのですか？　王弟殿下の許可なく会わせることはできません！　このままお帰りください！」

追い返そうとするジャックに、ヒューバート様が鼻で笑う。

「いい度胸だ。リーファを隠すのなら容赦はしない。俺に逆らった罪で切り付けてもいいんだぞ？　騎士たち、こいつらを捕まえて吐かせろ」

「……王太子様、ですが……そのようなことは」

「いいからしろと言っている。近衛騎士でいたいなら俺の命令通りに動け」

「しかし、ここは王弟殿下の屋敷ですし、リーファ様は王弟殿下の婚約者です。この屋敷の対応は正しいと思います」

無理やりここまで連れてこられたらしく、近衛騎士が拒否をする。さすがにこんな無理をしてしまえば近衛騎士であっても処罰は免《まぬが》れない。命令を断っても仕方ないと思うのに、ヒューバート様は頭に血が上ったのか、近衛騎士の腰から剣を抜き取った。

「あ！　お返しください！　それは危険です！」

「お前ができないというのなら、俺がやる。俺なら罪にならない」

そんなわけはない。無理やり王弟の屋敷に押しかけて使用人を傷つけるようなことがあれば、それが王太子であっても罰せられる。

王妃様の権力は先生には通用しない。罪に問われるのは間違いないのに、ヒューバート様は何をしても許されると思っているようだ。

……どうしよう。このままではジャックとリリアが傷つけられるかもしれない。悪いのはヒューバート様でも、二人は抵抗することができない。下手に抵抗してヒューバート様が怪我をすれば、責められるのは先生だからだ。

ここでヒューバート様に発言できるのは……私？　私なら、ヒューバート様に対抗できる。

迷いはしたが、衝立《ついたて》の後ろから飛び出した。

「リーファ様！　出てきてはいけません！」

「リーファ様！　どうして！」

すぐにジャックとリリアから責められたが、この屋敷でヒューバート様に言い返せる身分なのは私だけだ。ジャックとリリアを守るにはこれしかなかった。

「なんだ。そこにいたのか。リーファ。迎えに来たよ」

こんな状況なのに、私の姿を見て目を細めて笑うヒューバート様に異様なものを感じる。信じられないが、自分が悪いとは少しも思っていない様子だ。

「ヒューバート様、どうしてこのような真似をしたのですか？」

「ん？　迎えに来たと言っただろう。叔父上に捕らえられたリーファが心配で、こうして無理をしてでも助けに来たんだ。早く王宮へ帰ろう」

「は？」

叔父上に捕らえられた？　私が？　それに、助けに来たって……ヒューバート様はそう信じているということか。

「私は捕らえられてなどいません。婚約者として、この屋敷に住んでいます。ヒューバート様は王宮へお戻りください」

「何を言っているんだ？　あぁ、そうか。叔父上に騙《だま》されているのか。大丈夫だよ、心配しなくても。叔父上の説得は母上がしてくれる。リーファはこのまま俺の妃になればいいんだから」

「お断りします！」

「うんうん、もう何も聞かない。叔父上から離さないと元のリーファには戻らないんだろう。お前たち、リーファを連れて帰る。連れていけ」

何を言っても私が断るはずがないと思っているヒューバート様には通じない。困りながらもヒューバート様の手を避け、逃げようとすると近衛騎士に声をかけられる。

「リーファ様、申し訳ありません。王宮へお連れします……」

こんな仕事はしたくないという顔の近衛騎士におそるおそる手を掴まれそうになるが、それも避ける。

「あなたたち、私は第一王女です。私に命令できるのは陛下だけです！」

「……っ！」

私が王女だということを思い出したのか、近衛騎士が即座に離れる。

よかった。それでも関係ないと言い出さなくて。近衛騎士は腐っているわけじゃなさそう。

「なんだ！　お前たち、早くリーファを捕まえろ！」

「いいえ、近衛騎士に命じます。ここは王弟殿下の屋敷です。ヒューバート様をすぐに王宮へと送り届け、このことを陛下に報告しなさい！」

「かしこまりました！」

近衛騎士に命令したのは、ヒューバート様のほうが早かった。だが、近衛騎士は私へと返答し、ヒューバート様の腕を捕らえた。

「なぜだ！　どうしてお前たちはリーファの言うことを聞くんだ！」

「ヒューバート様、同じ王族からの命令であれば、正しいほうに従わなければなりません。ここは王弟殿下の屋敷です。ヒューバート様が勝手に入り込んでいい場所ではありません。私どもはリーファ王女様の命令に従い、ヒューバート様を王宮へと送り届けます。失礼します」

あぜんとしているヒューバート様は、そのまま近衛騎士に担ぎ上げられ連れていかれた。最後の近衛騎士が深々とお辞儀をして出ていったのを見届けたら、気が抜けて身体の力まで抜けてしまった。

「リーファ様！　大丈夫ですか⁉」

絨毯《じゅうたん》の上に座り込んだ私を、すぐにリリアが抱き上げてソファに座らせてくれる。

「どうしてこのような無茶を……」

「ごめんなさい、ジャック。リリアも心配したわよね。でも、先生が留守中の屋敷では一番身分が高いのは私なの。王族のヒューバート様に言い返せるのは私しかいなかったのよ」

「ですが！　何かあれば殿下に叱られます！」

「それは……一緒に謝ってくれる？　だって、二人が怪我をするのは嫌だったのよ」

思わず拗《す》ねた口調になってしまったら、ジャックもリリアもまったくもうと肩を落とす。

叱られるのはわかるけれど、この屋敷の女主人として使用人を守らなければいけないと思ったから。

きっと先生は心配して怒るけれど、わかってくれると思う。先生だって同じように考えるはずだもの。

それから少しして王宮から帰って来た先生は怒っているはずなのに、何も言わなかった。怒られると覚悟していたのに何も言われないことに驚いたけれど、先生は私を強く抱きしめた。

「無事でよかった……本当に、何もなくてよかった……」

「……ごめんなさい」

その身体が震えているのを感じて、怖いもの知らずの先生が私を失うかもしれないと恐れていることに気がついた。

こんなにも大事に愛されている。

もうこんな思いをするのはごめんだと先生が呟いた時、心から反省した。

10

父上から謹慎を申し付けられて不貞腐《ふてくさ》れていたら、今日の午後に俺の私室を訪ねてくると連絡が来た。また叱られるのかと思ったが、ミルフェも同席させるようにと伝えられた。ミルフェが同席するということは、俺の側妃問題だろうか。

今、側妃のことを出されるとまずいな。リーファが叔父上の婚約者となっている今はリーファの名を出すことは許されない。

俺の側妃になるはずだったリーファは、父上が王命で叔父上の婚約者にしてしまった。慌てて抗議したものの、王命は覆《くつがえ》せないと退《しりぞ》けられた。

いつもなら母上の言うことをそのまま聞いてくれるのに、今回はなぜか聞いてもらえない。リーファを側妃にすると決めたのは母上なのに。母上ですらあきらめろという。

調べてみたらすでにリーファは叔父上の屋敷で一緒に住んでいる。そんな状況ではリーファの純潔が結婚まで失われない保証はどこにもない。思えば思うほどいらだって、何か手はないのかと考え続けていた。

三日前、叔父上を王宮内で見かけ、今ならリーファを取り返せると叔父上の屋敷に向かった。王都にある叔父上の屋敷は叔父上付きの護衛騎士が守っているが、王太子である俺が命令すれば逆らえない。そう思って近衛騎士を連れて、叔父上の屋敷に押し入った。

すぐにリーファの私室に向かうつもりだったが、その場所がわからず、とりあえず執務室に向かった。家令がいるはずだから、案内させればいい。そう考えて家令と話していたら、リーファも執務室にいた。

やっと見つけたリーファは相変わらず可愛らしくて、泣きそうな顔をしていた。早く保護してやらなければと、一緒に帰ろうと呼びかけた。だが、叔父上に洗脳されているのかリーファは言うことを聞いてくれず、こうなったら無理やり連れて帰るしかないと思った。叔父上から離してしまえば従順なリーファに戻るだろうと。

まさか……同じ王族としての権力を使われるとは考えもしなかった。側妃の養女になったということは聞いていたが、俺の側妃になるのに問題はないと思っていた。それをあんな風に利用されるとは……賢いとは聞いていたけれど、それがあだになった。

近衛騎士に担がれるように王宮に連れて帰られた後、報告を受けた父上には私室で謹慎するようにと言われた。私室の前には父上付きの近衛騎士まで配置され、外に出られない。こんなところで謹慎している場合じゃないのに。

父上は何もわかっていない。だから、リーファと叔父上との婚約なんて王命を出してしまうんだ。こんなにも話がわからない父上が国王だなんて認められない。この国は母上が動かしてきたのに、大事な時に俺の邪魔をしてくるなんて。

……父上が死ねばいいのか、そう考えるのに時間はかからなかった。きっと心のどこかでそう思っていたから、王命で取り返すなんて発言をしたのだろう。

あの時はそこまで考えていなかったが、俺が国王になるのは数年先の話だ。その間にリーファと叔父上が結婚し、子が生まれでもしたら……もう取り返せない。

もしかして父上が急に訪ねてくるのは、俺が父上を殺そうと考えていることが知られたせいだろうか？　少し不安になったが、具体的な行動はまだしていない。そう思い直して気持ちを落ち着けた。

父上が来る時間となり、ミルフェと待っていると部屋の扉が開かれた。父上と宰相、数名の近衛騎士が部屋に入ってくる。立って礼をしながら待つと声がかかり、ソファに座るように言われる。父上が座った後で向かい側に俺が座り、その隣にミルフェが座った。

「今日は大事な話があってきた」

「なんでしょうか？」

「うむ、落ち着いて最後まで聞いてほしい。王妃は、いやロザリーは公爵家に帰った」

「え？　母上が公爵家に帰ったのですか？　もしかしてお祖父様《じい》かお祖母様《ばあ》に何かありましたか？」

生家を嫌っていた母上が帰るなんて、それくらいしか思いつかなかった。高齢のお祖父様《じい》たちに何かあったのかもしれない。

「ロザリーとは離縁した」

「「は？」」

思わず聞き返してしまったが、それはミルフェも同じだった。重なった声に隣を見ると、いつも淑女の顔を崩さないミルフェが口を開けたままぽかんとしている。

「ロザリーの長年の不貞を知ったジャニス夫人がそれを恥じ、離縁させて公爵家へと連れて帰った」

「お祖母様《ばあ》が……まさか」

「数日前の話だが、王宮へロザリーに会いに来たジャニス夫人は、寝室で浮気相手と一緒に寝ているロザリーを見てしまったようだ。不貞を働いている娘を目の当《まあ》たりにしたジャニス夫人の怒りはすさまじく、そのままロザリーを引きずって連れて帰ったよ」

「はぁ……お祖母様《ばあ》が」

あれだけ王宮内で権力を持っていた母上が離縁して公爵家に連れて帰られた。長年の不貞を恥じてって、お祖母様《ばあ》は知らなかったのか。貴族なら誰でも知っているようなことだと思っていたのに。

「今の王妃はマーガレットだ。そして、王太子はジョージルとなった」

「!?」

父上に言われた意味が理解できない。そう思ったのは一瞬で、立ち上がって声を荒らげていた。

「父上！　どういうことですか！　母上が離縁したのはわかりましたが、どうしてジョージルが王太子に！　王太子は俺です！」

「まずは落ち着いて座れ。ロザリーがヒューバートとフレディは俺の子ではないと証言した。そのため俺の子だと証明されているジョージルが王太子となる。これはすでに議会で承認された」

「そんなっ！」

「お前も知っていたんじゃないのか？　お前は俺の子ではなく、王位継承権も本当はないのだと」

「いや、それは……」

知っていた。俺もフレディも父上の子ではないと。

だけど、母上の子なら王家の血は継いでいる。生まれた時の王族鑑定でも問題なかったと聞いていた。だから父上の子じゃなくとも王太子でいられると思っていた。

そんなわけはないのに、どうしてそう思っていたんだろう。いくら王女の孫だからといって、王位継承権の順位は低くなる。間違いなく父上の子であるジョージルのほうが上に来るのは当然で、こうなることはわかっていたはずだ。

「お前たちはジャニス夫人の、元王女の孫ではあるが、すでにジャニス夫人は王族を抜けている。王位継承権を渡すことはできない。今後は王領を渡して公爵になってもらう。お前たちの子からは侯爵となるが、問題ないだろう。ロザリーに王家の血が入っていなかったら、ロザリーもお前たちも処刑しなければならないところだった」

俺に王家の血が入っていなかったら処刑されていた？　考えてみればこの国の法では王族の身分

を偽《いつわ》ることは死罪に相当する。父上の子ではないのに王族を名乗っていた俺たちが許されるのは、この身体に王家の血が流れているから、そのおかげだ。

呆然としていた俺の隣から震えた声が聞こえた。父上が話す内容の衝撃で聞くだけになっていたミルフェだった。

「お前たちの子……？」

「そうだ。ミルフェは公爵夫人となる。これからもヒューバートを支えてやってくれ」

「そんな……嫌です！　私は離縁されて下賜《かし》されるんですから！」

叫ぶように訴えるミルフェに、父上は冷たく言い放った。

「何を言っているんだ？　下賜《かし》を決めることができるのは国王だけだ。誰がミルフェを下賜《かし》すると決めたというんだ？　俺はそんな話をした覚えはないぞ」

「あっ……」

失言に気がついたミルフェが真っ青になって固まる。

俺は、いや俺たちは母上ができると言ったことはなんでもできるのだと思っていた。だからミルフェの下賜《かし》も母上の許可があればいいと思い込んでいた。本当は俺が国王にならない限り、ミルフェを下賜《かし》できない。それなのに下賜《かし》されると言い始めたのだから……

まずい。冷たい目でこちらを見る父上に、どう言い訳をするか。

「俺を殺して国王になるつもりだったのか？」

その目は言い逃れを許さないと言っているようだった。背中を嫌な汗が流れていく。ほんの数秒が何時間にも感じられた。

「お前がすぐにでも国王になる気だったのはわかっている。リーファを娶《めと》るには王命を出すしかない、そう言っていたのだろう？」

「……」

確かにそんなことを言ったが、ここで認めるわけにはいかない。認めた瞬間に二人とも生涯幽閉もしくは処刑される運命が待っている。

「……申し訳ありません。私の勘違いです。私の不勉強で、王妃様の許可があれば下賜《かし》の許可を出せるのだと思い込んでおりました」

隣で真っ青になったミルフェが父上に頭を下げる。そのミルフェに合わせて俺も頭を下げた。

「俺もそうです。母上が許可すればいいのだと思っていました……申し訳ありませんでした」

リーファの件は間違いなく俺が国王になろうとしていたのだが、ごまかせるならごまかして終わりにしたい。ミルフェの下賜《かし》の件は本当に誤解していたのだから。

ふぅーっと長いため息が聞こえた。

頭を下げたままだから父上の顔は見えない。表情がわからないことがこんなに怖いことだとは思っていなかった。

「ロザリーのせいか。まぁそれはもうどうでもいい。ロザリーが社交界に出てくることは二度とない。生涯幽閉されて、公爵家の領地と爵位は近々返上されることになっている」

「生涯幽閉？　爵位の返上？」

まさかそこまで母上の力が封じられているとは思わず、驚いて聞き返してしまう。

「ロザリーは俺を殺して自分が王になろうとしていたようだ。幸い、計画を実行する前に知ることができた。計画が動き始めていたら、ロザリーだけでなく関わった者すべて処刑だっただろう」

顔色を変えずに告げられたことで、本当に危なかったと実感する。

父上を殺して俺が国王になればリーファが戻ってくると思っていた。誰かにそのことを話していたとしたら、どんな処罰が待っていたかわからない。

「お前たちは公爵となって、それで助かったと思っているかもしれないが、そうではない。お前たちもそのことをこれから嫌というほど理解させられる」

「……それはどういう意味ですか？」

処刑されることなく公爵になることが決まっているのに、助かっていない？　これ以上何か処罰を受けるとでもいうのか？　俺は何もしていないのに。

「わからないか？　ロザリーは今まで自分のしたいようにしてきた。当然それによって被害を受けた貴族たちも多い。今後、ロザリーが力をなくしたとなれば、仕返しが来るだろう。ロザリーがいなければ、その権力を利用していたお前たちに」

ひぃとミルフェが怯えたような声を出した。仕返しと聞いてミルフェが怖がる気持ちはわかるが、そこまで怯えるものか？

母上の被害を受けた者……俺に心当たりはなかった。だが権力を持つ者がそれを失って仕返しをされるというのはよくある話だ。母上が幽閉されるとしたら、その仕返しは俺たちに来る？

「ヒューバート、ピンとこない顔をしているな。まさかロザリーがしていた仕打ちを知らないというのか？」

「母上はそれほどまでに恨まれているのですか？」

「王妃でなければ何度も殺されていただろう。俺も殺したいと思ったことは何度もある」

「父上まで⁉」

仲がよくないとは知っていたが、まさか母上を殺したいほど恨んでいるとは。

あれ？　俺は父上の子ではない。母上の子ではある。もしかして父上も俺に仕返ししたいと思っているのだろうか。先ほどの汗が乾かないうちに、また背中を汗が伝って落ちた。

「そういえば、下賜《かし》の動きがあったのは聞いていた。その相手もな。近衛騎士のハンズだろう？」

下賜《かし》の予定だった相手の名前が出て、ミルフェの顔がさっと赤くなる。父上の、国王付きの近衛騎士ハンズは侯爵家の嫡男だ。ミルフェよりも二歳年下になる。

ハンズは近衛騎士になって二年目だが、剣術大会で優勝している。それを見たミルフェがハンズのもとに嫁《とつ》ぎたいと言い出したのだ。

「ハンズには家族も認めている恋人がいる。女性騎士ということで、お互いに職務が落ち着いてから結婚するつもりだったようだ。そこを王妃に邪魔され侯爵家から苦情が来ていた。下賜《かし》を受けるつもりはございませんと。迷惑がられていたぞ？　これも知らなかったのだろう？　しかも子を産めないミルフェを嫡男に下賜《かし》できるわけがないだろう。家の存続に関わってくるのだぞ？」

「でも、それは一度も閨《ねや》を共にしていないからで！」

「ミルフェ！」

俺に咎《とが》められて、ミルフェはハッとした顔で固まった。子を産めないと言われて言い返したかったのだろうが、それはまずい。

王太子妃になった時に初夜の確認は済ませてある。母上が用意した血をシーツにつけて渡しただけの確認だった。それも国王へ虚偽の報告をしていたことになる。ミルフェの告白は、父上に嘘をつきましたと叫んだようなものだった。

「本当にお前たちが国王と王妃にならずに済んでよかったよ。何一つこの国の法を理解していない。そんな者たちにこの国を任せるわけにはいかない」

「「……」」

「この国はジョージルが継ぐ。王弟であるラーシュもそれに賛成して後見してくれることになった。ロザリーがいなくなり、王妃派の貴族が一掃された。この国の法よりも王妃の命令が優先されていたような状況は終わる。今後はまともな国になっていくことだろう」

言い返す言葉がない。俺もミルフェもこの国の法よりも母上の言葉に従ってきた。国王と王妃になったとしても、きっと母上の言いなりになっていただろう。

だが、もやもやは残る。ジョージルに王太子の立場を奪われ、リーファを叔父上に奪われる。俺には何も残らない。どうしたらこの状況から逃れられる？

「最後に何か言いたいことはないか？」

これが最後。国王である父上と会う機会は最後だということか。気がついたら、床に座り頭を下げていた。

「……何をしている？」

「お願いします！　最後のお願いです！　リーファを。リーファを俺にください！」

もう母上には頼れない。自分の力は何もない。残っている手段は父上にすがることだけだった。

どうしてもリーファだけは手に入れたい。そうすればすべてがうまくいく。

女神の加護を持つリーファを手に入れたら、俺は幸せになれるはずだ。

父上からの返事を待って、そのまま頭を下げ続けた。叶えてくれるまで何度でもお願いするつもりだ。

「お前はリーファではなく、神の加護が欲しいのだろう」

「神の加護を持つ、リーファが欲しいのです」

隠すつもりはない。神の加護がなければここまで欲しくはない。確かにリーファの容姿は可愛らしいと思うが、神の加護を持っているから特別なのだ。

「そうか。では、なおさら渡すわけにはいかないな」

「なぜですか⁉」

「神の加護を持つ者は王族が娶《めと》らなければいけない」

「……？」

今さら何を言い出すんだ。そんな当たり前のことを。

「お前はもう王族ではない」

「っ‼」

「王族ではないお前には、娶《めと》る資格すらない。わかったな」

もう王族ではない……先ほど公爵になると言われたばかりなのに、理解できていなかった。

父上に会うのも最後だと言われたのに。あれはもう夜会に呼ばれることすらないという意味だ。

「明日には王宮から出ていって、お前が領主となる王領にある離宮に移ってもらう。だが、数年は謹慎処分とする。この国の法を学び直し、反省するまでは離宮から出ることは許さん。手紙のやり取りや、貴族との交流も認めない。いいな？」

「それはあんまりです！」

貴族との交流や手紙のやり取りを禁じられたら何もできなくなる。母上の味方だった貴族たちを俺につけて、もう一度権力を持つことができなくなる。

「ヒューバート。これはお前たちを守るためでもある。ここから出たら、周りは敵だらけだぞ？どうやって身を守るというんだ？」

「え？」

「王妃と身体の関係があった貴族には警告文がすでに送られている。ヒューバートから連絡があった時点で王宮に報告しなければ処罰すると。みな、爵位をはく奪されてまでお前の味方になることはしない。お前が誰かに連絡したらすぐに王宮に報告が来て、お前たちは処刑される。わかるな？」

「……そんな」

母上の味方だった貴族たちが俺を裏切る？　まさか。あんなに母上にべったりだった者たちが、そんな簡単に離れていくものか。だが、すでに警告文を送っている？　連絡しただけで処刑？　どうしてこうまでも俺の動きを止めようとするんだ？

「離宮へついていく騎士団は俺の手の者だ。何かあればすぐに報告が来る。隠せると思うな。はっきり言うぞ。死にたくなければ何もするな。少しでもおかしな真似をすれば、処刑するしかない。俺やラーシュの情けは期待するな。わかったな？」

「……」

身体に力が入らず、俺もミルフェも床に崩れ落ちる。それを見た父上は何も言わずに部屋から出ていった。部屋の中にいる護衛騎士も侍女も、俺たちと目を合わせようとしない。

味方が誰もいない……その意味を理解するのに時間はかからなかった。

11

卒業まであと一か月となり、学園に通うのも残りわずかとなった。いつも通り、先生とリリアと馬車で学園へと向かう。

「あぁ、リーファ。今日は会議がある。帰るのが少し遅くなるが待っていてくれるか？」

「はい。じゃあ、学園長室のお掃除をしながら待っていますね」

「いや、かなり遅くなるかもしれない。来年度の入学者の見直しをするんだ」

「今頃になって見直しですか？」

来年度の入学式まであと二か月もない。こんな直前になって入学者の見直しとはどういうことなんだろう。

「王妃が戸籍を偽装していたのは、侯爵家だけではなかった。他にも妾《めかけ》の子を実子として登録させていたのが何件も見つかった。入学予定者にも何人かそういう者がいて、取り消しにすることになっていた。だが、今まで跡継ぎにするからと引き取られて厳しく育てられたのに、貴族として認められないのであればいらないと放り出す家が出てきた」

「それは……あまりにひどいです」

妾《めかけ》の子は貴族にはなれない。それは法で決まっているから仕方ないことではある。でも、王妃の権力で法が歪《ゆが》められ、貴族の都合で振り回され、学園の入学直前になって放り出されたらたまったものではない。

「そうだよな。王妃の横暴を許していた王家の責任でもある。そこで、そういった者たちは平民でも学園に入学を認めることにした。あぁ、家を継ぐのを認めるつもりはない。そこは法改正するべきではないと思うからだ」

「平民の立場のまま学園に入学させるのですか？」

「そうだ。以前から話は出ていた。平民でも魔力を持つ者はいる。それを王家が保護して教育を受けさせてもいいのではないかと。優秀な者は王宮や王領の使用人として採用する」

なるほど。確かに平民で魔力がある者を放置するよりも、王家が管理したほうがいい。優秀ならなおさら、平民の立場でいられると困ることになるからだ。

「それを決定するための会議ですか？」

「ああ。問題は多いが、巻き込まれた子どもたちをそのままにしておくわけにはいかない。早く決めて、安心させてやりたい」

「そうですね。巻き込まれた子たちはかわいそうです。会議、うまくいくといいですね」

「うん、だから、かなり待たせてしまうし、その間お腹も空《す》くだろう？」

「え？」

お腹が空《す》く？　私、そんなに食いしん坊だと思われている？

「待っている間、カフェテリアでケーキでも食べておいで」

「ケーキですか？」

「ああ。一人で食べているのはみっともないから、リリアを連れて。二人でケーキを食べて待っていてくれ」

そこまで言われて、なぜこんな話をされているのかわかった。リリアと一緒にケーキを食べに行きたいって私が言っていたのを聞いたからだ。裕福な貴族令嬢だったら、リリアにもご馳走してあげられるのにって思っていた。

「先生！　ありがとうございます！」

「ああ。リリア、悪いがリーファに付き合ってやってくれ。ケーキはいくらでも食べていいぞ」

「ありがとうございます。喜んでお供いたします！」

二人で手を取り合って喜んでいたら、それを見た先生がうれしそうに笑っていた。

放課後、わくわくしながらリリアを連れてカフェテリアに向かう。カフェテリアに入ったら、何も言わなくても奥の半個室へと案内された。どうやら先生が予約しておいてくれたようだ。

「ここがカフェテリアなのですね」

「リリアは来たことなかった？」

「はい。いつもは侍女待機室か、文官執務室にいましたので」

「そうだったの。ふふ。リリアはケーキどれにする？」

「リーファ様と同じものにします」

「じゃあ、苺のソースがかかったチーズタルトでいい？」

「はい！　美味《おい》しそうですね」

こんな会話をするのが夢だった。姉のように思っているリリアと気兼ねなくお茶とケーキを楽しむことも。

ずっと叶えられなかったことが、先生の一言で叶ってしまった。うれしくて普通に話しているだけなのに笑ってしまう。

「そういえば、あの苺味の飴《あめ》ですが」

「え？　飴《あめ》？」

苺味の飴《あめ》って、先生から手伝いのお礼としてもらった飴《あめ》のことかな。リリアに一粒あげようと思ったのに断られたんだった。

「あれは……いただきものなどではありません」

「え？」

「リーファ様が甘いものが好きなのに我慢されていると知った王弟殿下が、ご自分で買いに行かれたものです」

「先生が自分で買いに行った？」

あの時、もらいものだけど甘いものが得意じゃないからと渡されたのに。本当は私のためにわざわざ買いに行ってくれたものだった？

「ユランが一緒に買いに行ったそうです。時間をかけて悩んで、ようやく決めたものだったとか。大げさなものだとリーファ様に遠慮されてしまう可能性があるし、ケーキだとすぐになくなってしまう。少しずつ長く楽しめるようにとあの飴《あめ》にしたそうです」

「そうだったの……知らなかった」

「今、話したことは内緒にしてください。ユランが怒られますので」

「ふふ。わかったわ。教えてくれてありがとう」

あの飴《あめ》を受け取った時も宝物のようだと思った。今になってあの飴《あめ》だけじゃなく、あの時の思い出そのものが宝物なんだと気がつく。

あの時は先生と学生の関係で、私はフレディ様の婚約者、先生はふれてはいけない人、想ってはいけない人だった。私のためにあの飴《あめ》を選んでくれたことがうれしくて、今すぐ先生に抱き着きたくなる。

ふわふわと幸せな気持ちでケーキとお茶を楽しみ、リリアと素敵な時間を過ごせたが、窓から見える景色が暗くなり始め、学園長室に戻って先生の帰りを待とうと席を立つ。

カフェテリアから出ようとしたら、窓際の端の席に一人の令嬢がぽつんと座っているのが見えた。

遠くから見てもわかる黒髪はフェミリア様だ。

先生にきつく言われた後、フェミリア様から他の令嬢たちが離れていったのには気がついていた。王弟殿下ににらまれた令嬢のそばにいて、自分たちに被害が及ぶのを恐れたのだろう。それ以来、フェミリア様はずっと一人で行動している。

フェミリア様には先生と婚約してすぐの一件以外、何かひどいことをされたり、嫌味を言われたりしたことはない。一方、私にずっとひどいことをしていた令嬢たちは皆忘れてしまったのか、平気で近づいてこようとする。たった一人、フェミリア様だけだ。私への態度が変わらなかったのは。

このままでいいのかな。学園を卒業してしまえば、会う機会はぐっと少なくなる。

「……リリア、少し話してきてもいい？」

「リンデルバーグ公爵令嬢ですか？　……わかりました。放っておけないのですね。少しだけですよ？」

「うん、ありがとう」

席の近くに行くと、フェミリア様が私に気がついて読んでいた本を置いた。もしかしたら読書の邪魔をしてしまったかもしれない。

「フェミリア様、少しいいかしら？　ここ、座ってもいい？」

「ええ。どうぞ、お座りください。私もリーファ様とお話ししたいと思っておりました。卒業する前に、最後にお話ししたかったのです」

話そうと思ったけれど、何か話すことがあったわけではなかった。とりあえず声をかけてみたら、意外にもフェミリア様から私に話したいことがあったらしい。

以前とは違って、すっきりした表情のフェミリア様。どこか苦しそうだった半年前とは何もかも違うように見える。

言い訳になるかもしれない、そう前置きしたうえでフェミリア様は話し始めた。

「リーファ様には迷惑をおかけしてばかりで、本当に申し訳ありませんでした。私があれだけフレディ様に声をかけていたのには事情がありまして……リーファ様がフレディ様と婚約した少し後の話です。リンデルバーグ家に王妃様から命令がありました。私とフレディ様を結婚させるので、私に婚約者を作らないようにと」

「え？」

「リーファ様との婚約は仮のもので、学園を卒業する前には解消する。その後、すみやかに私とフレディ様を結婚させる、そういうお話でした。仮ではあってもリーファ様と婚約中であるため、口外しないようにと。王妃様の命令とはいえ最初は疑いましたが、お茶会でも夜会でもリーファ様とフレディ様はよそよそしくて、お二人もそのことを知っているのだと思っていました。リーファ様も婚約解消する予定だというのは知っていましたよね？　だからフレディ様を放置していらしたのですよね？」

「……すみません。まったく知りませんでした。おそらくフレディ様はご存じだったかと思います。放置していたのはちょっとフレディ様の態度にイライラしていたからで……フェミリア様のことは関係ありませんでした」

私は知らなかったけれど、フレディ様がフェミリア様の誘いを断らなかったのはそれが原因なのかもしれない。嫌そうにしながらも、フェミリア様の誘いにうなずいていた。王妃様から話をされていたのであれば、あの行動も納得できる。

「そうでしたか……それではリーファ様から見たら、私はただのふしだらにしか見えませんでしたわね……重ね重ね申し訳ありませんでした」

「いえ、そういう意味では気にしておりませんでしたので大丈夫です」

「学園では同級生として次第に仲良くなっていこうと考えていましたが、ローデル侯爵家のジェニファ様がフレディ様に声をかけているのを見て、ジェニファ様に奪われると思ってしまったのです。私の心の中ではフレディ様は私のものでした。ずっと将来の結婚相手だと信じていたのです。ジェニファ様に奪われたくないと、私もフレディ様に声をかけるようになりました」

そうだ。フェミリア様も積極的ではあったが、それよりも強引な方がいた。

金髪青目のジェニファ様は綺麗なだけでなく、金髪のフレディ様と一緒にいると一対のお人形のように見えた。隣国特有の黒髪を持つフェミリア様にとって見たくない光景だったのかもしれない。

もっとも、ジェニファ様はフレディ様とお義姉《ねえ》様の話が出た時点で、すぐさま違う令息のもとへ行っていたけれど。あれほど強引に近づいていたのはなんだったのかと思うくらいだった。

話を聞けば聞くほど悪いのは王妃様で、フェミリア様は被害者に思える。

フレディ様を自分の結婚相手だと信じていたのなら、私やフレディ様に寄ってくる令嬢は嫌で仕方なかっただろう。

ましてや、あのフレディ様が相手だ。誰のそばにいても無表情で笑いかけることもないが、令嬢たちが近寄るのを拒否することもない。フレディ様に声をかける令嬢が日ごとに増えていくのを見たら、気が気じゃなかったはずだ。

「私が言うことではありませんが、フェミリア様はフレディ様を本当にお好きでしたのね。ずっとつらい思いをされて、それなのに義姉が申し訳ありません」

「いえ、それもリーファ様のせいではありませんわ。後からそのお義姉《ねえ》様の話を聞きましたが、結局はフレディ様とお義姉《ねえ》様の婚約話はなかったそうですね。それだけは安心いたしました。でも、フレディ様とは縁がなかったのだと思います。あの頃の私は少し、いえ、かなりおかしくなっていました。婚約者がいるフレディ様につきまとうことがどれだけ恥知らずな行為なのか、考えもしませんでした。フレディ様を奪われたと思い込んで暴走してリーファ様を逆恨みして。あの日、王弟殿下にはっきり言ってもらわなかったら、今も思い違いをしていたかもしれません」

フレディ様に近づいていた令嬢たちは皆、はしたない令嬢だと噂《うわさ》されていた。公爵令嬢であるフェミリア様ならなおさら。他の令嬢の手本にならなければいけない立場なのに、何を考えているのかと。

「私はただ公爵家に生まれただけ、本当にそうでした。演習以外ではどの科目も優秀なリーファ様に勝てるのは魔力があることのみ、その魔力ですら大したことないのに」

「私が他の教科を頑張っていたのは魔力がなかったからです。ないものを他で補おうとしていただけです」

「補おうと思ったからと言って優秀な成績を取り続けることはできませんわ。リーファ様が努力なされたからです。本当に、今になってみればすぐわかることですのに」

魔力がないのに王子の婚約者ということで学園の入学が特例で認められた時、せめて他の科目は負けないようにと決意し、頑張ってきた。

授業でわからなかったところは家で勉強しなおし、執事としてユランが来てからはユランに教えてもらっていた。

あれ？　言わなくても私の苦手なところをユランがわかっていたのって。きっと、あれも先生の指示だったんだ。私が努力していたことを先生が知っていてくれたのだと思うと胸が温かくなる。

「もう気にしないでください。フェミリア様の事情はわかりました。王妃様と約束をしていたのであれば、フェミリア様もフレディ様の婚約者だったのでしょう。フレディ様を奪われて悲しかったのなら、私よりもずっと誠実にフレディ様を想われていたのでしょう？　こうなってしまって残念ですけど、最後にフェミリア様のことを知ることができてよかったです」

謝罪を受け取るとフェミリア様はほっとした様子で少しだけ笑った。いつものように妖艶《ようえん》な微笑みではなかったけれど、フェミリア様の心が見えるような綺麗な笑みだった。

「リーファ様……ありがとうございます。私は卒業したらフランデル国に行くことになりました。評判が悪い私では嫁《とつ》ぎ先も見つかりません。ちょうどお母様の生家の侯爵家から跡継ぎがいなくて困っていると言われまして。フランデル国に行き、侯爵家を継いで婿《むこ》を探します。あの国の社交界は婚約破棄騒動が頻繁に起きたとかで、多少の評判の悪さでは目立たないそうですから」

「まぁ、フランデル国に。フェミリア様の黒髪黒目はフランデル国王家の色ですものね。きっといい方に出会えますわ」

「ふふふ。リーファ様からそう言っていただけると素敵な令息と出会えそうな気がいたします。あぁ、カフェテリアが閉まる時間ですね。そろそろ、お暇《いとま》いたしますわ」

気がつけばすっかり話し込んでしまって、カフェテリアが閉まる時間になっている。窓の外を見ると完全に日が落ちていた。

こんな時間まで校舎に残っている学生はいないため、あたりは静まり返っている。そろってカフェテリアから出ようとした時、誰かが駆け込むように入ってきた。

「あ！　こんなところにいた！　やっと見つけたわ、リーファ！」

「え？」

カフェテリアに入ってくるなり私の名を呼んだのはカミーラお義姉《ねえ》様だった。

自分が在学時に着ていたものなのか、学園の制服姿だ。私が着ているのと同じボレロとワンピースではあるが、形がおかしい。お腹のあたりがパツパツになっていて、丸く突き出ている。妊婦なのにそんな窮屈な服を着ていいのかと思ったが、問題はそこじゃない。

どうしてお義姉《ねえ》様が学園に？

先生が王弟殿下だと公表してから学園の警備は厳しくなっている。王弟殿下へ会いに貴族たちが押しかけてこられないようにと、学生以外の者は立ち入れなくなっているのだ。これは陛下の指示によって決められたもので、高位貴族であっても破ることはできない。

お義姉《ねえ》様の登場に驚いて動きを止めた私とフェミリア様とは違って、リリアはすぐに私の前へと出た。さっと私たちを隠すようにしてからお義姉《ねえ》様に問いかける。

「どうしてここにいるのですか！」

「そんなのリーファに会いに来たに決まってるわ！」

「私に？」

「ええ、そうよ！　王弟の屋敷なら会いに行けると思ったのに中に入れてくれないし、リーファにも会わせてくれないせいで仕方なく学園に来たんだから。私とお父様がこんなに苦労しているのは全部リーファのせいよ。あなたの代わりに家を継いでいくのだから、お金くらいは出しなさいよ！」

「へ？」

お金？　苦労している？　確かによく見ると髪はぼさぼさ、肌は荒れて少し痩《や》せたように見える。茶色い髪も汚れているのか黒ずんで固まっている……もしかして湯あみしていないの？　全体的に薄汚れている感じがしているのはお金に困っているから？

だとしても、どうして私がお金を出すことになるのかわからない。

「何を言い出すのかと思えば……リーファ様はもう子爵家とは関係ありません！　金に困っている

のは自分たちのせいでしょう」

私があまりのことに黙っていると、リリアが言い返した。

「うるさいわね。侍女は黙ってなさい！　私はリーファに言っているの！　勝手に家を出て王族になったなんて言っても認めないわよ。お父様に見捨てられた存在のくせに生意気だわ！　せめて私たちの役に立ちなさい。王弟妃になるのならお金は有り余っているのでしょう？　困っている義姉を助けるくらいしなさいよ。いい？　すぐさまお金を送るのよ！」

興奮しているのか、かなりの早口で、私を指さしながらふんぞり返っているお義姉《ねえ》様に口を挟むことができない。

お義姉《ねえ》様は言っていることのおかしさにどうして気がつかないのだろう。私が承諾するはずがないのに。

楽しいことでも想像していたのかお義姉《ねえ》様はニヤニヤしていたが、私が返事をしないでいると、こちらに向かってこようとした。

私をにらみつけながらも口は笑っていて、どう見てもまともな状態には見えない。怖くて何かに縋《すが》りたくなって、前に立つリリアの服をギュッと掴む。

「待ちなさい！　王女への無礼は許されませんわ！　突然ここに入ってきて好き勝手言って、何様のつもりですか⁉」

こちらに向かってこようとしたお義姉《ねえ》様の前に立ちふさがったのはフェミリア様だった。

こんな普通ではない状況のお義姉《ねえ》様に注意するなんて危ない、そう思ってフェミリア様を止めようとしたが、リリアに動かないようにと小さな声で注意される。

リリアが前に出なかったのは、私が服を掴んでしまっていたからのようだ。

フェミリア様がお義姉《ねえ》様に注意したことで、二人は大声で言い合いを始めて手がつけられそうにない。

「リーファ様、興奮している相手に近づかないほうがいいです。あれだけ大声で叫んでいれば護衛騎士が気づいて駆けつけます。もう少しだけ我慢してください」

「でも、フェミリア様が危ないわ」

「申し訳ありませんが、私はリーファ様の護衛です。離れることはできません」

フェミリア様が危険なことはリリアもわかっているが、首を横に振る。

せめてお義姉《ねえ》様を興奮させすぎないようフェミリア様に言いたいが、フェミリア様も興奮しているのか注意しても聞いてくれそうにない。

「なんなの？　あんたは関係ないでしょ？　姉妹の話に口挟まないでくれる？」

「いいえ。以前は姉妹だったかもしれませんが、今は違います。リーファ様は第一王女です。子爵令嬢がそんな口をきいていい相手ではありません！　すぐさま下がりなさい！」

「なんですって！　リーファが王女だなんて、認めないって言ってるでしょう⁉　いいからどきなさいよ！」

どこからそんな力が出るのかと思うくらい強い力で突き飛ばされて、細身のフェミリア様は後ろへ飛ばされるように倒れた。その先がグラスの置いてあるテーブルだったことで、いくつかが割れて大きな音がした。

「フェミリア様!!」

フェミリア様はすぐに起き上がったが、倒れた際に負傷したのか手のひらから血が出ている。

深く切ってしまったのか、ポタポタと血が落ちるのを見て、フェミリア様の顔が真っ青になっていく。

「フェミリア様！　リリア、フェミリア様をすぐに医務室に！」

「はっ。ちょっと血が出たくらいで大げさね。私の邪魔するからよ。ほら、リーファ。早く返事しなさいよ。あんたが出てこないからその女が怪我したんじゃないの」

目の前で血を流しているフェミリア様を見ても、まったく態度を変えないお義姉《ねえ》様にさすがに腹が立つ。どうしてこの人にここまで馬鹿にされないといけないのか。

「いいかげんにして！　義理の姉だからって、家族だなんて思ったことない！　もう縁はとっくに切れているわ！　あなたなんて他人以下の関係よ！　二度と顔を見せないで！」

「なんですって!?」

あ、まずいと思った時には遅かった。

私をにらみつけたお義姉《ねえ》様が、床に落ちていたグラスを掴んだ。それを見たリリアが私を庇《かば》おうとして前から覆いかぶさってくる。リリアにグラスをぶつけられてしまうと思ったその時、先生の低い声が聞こえた。

「確保！」

その言葉と共に、どこからかたくさんのロープがお義姉《ねえ》様に飛んでいった。ロープが空中で動いて、まるで蛇のようにお義姉《ねえ》様の身体に巻き付いていく。持っていたグラスが床に落ちて割れ、その横に転がるように倒れたお義姉《ねえ》様の両手両足を縛りロープの動きは止まった。

「リーファ！　大丈夫か？」

「先生！」

いつの間にかすぐ隣に先生が来ていた。お義姉《ねえ》様を捕まえたロープは先生の魔術のようだ。

「な、何よこれ、気持ち悪い！　離しなさいよ！」

床に転がされたお義姉《ねえ》様が動こうとするが、縛られているため起き上がれないでいる。

数名の護衛騎士たちが慌てた様子でカフェテリアに入ってきて、こちらへと向かってくる。どうやら先生は一緒に来た護衛騎士を置いて、先に来てしまっていたらしい。

「王弟殿下、リーファ様、ご無事ですか！」

「不審者はどこですか！　お怪我はありませんか！」

「問題ない、もう不審者は確保した」

あぁ、これで大丈夫。そう思ったら力が抜けて床に座り込んだ。

だが、安心してばかりではいられない。

「先生、フェミリア様が怪我を！　医務室へ連れていってください！」

「わかった。リリア、よくリーファを守ってくれたな。フェミリア嬢を医務室まで連れていってくれるか。ここはもう任せていい」

「わかりました！　フェミリア様、失礼しますね」

リリアがフェミリア様に声をかけて抱きかかえると、急いでカフェテリアから出ていった。フェミリア様の顔はまだ青ざめていたけれど、医務室ですぐに治療できれば傷跡が残らないで済む。

これでもう本当に安心していいと思ったのは一瞬で、先生の護衛騎士への指示はまだ終わっていなかった。

「この女は学園への不法侵入の上、王女への暴言、公爵令嬢への暴行と傷害だ。一応身分は子爵令嬢だから貴族牢へと入れるように」

「……ぃ！　……っ！」

いつの間にかお義姉《ねえ》様の口には布が巻かれていて、何か叫んでいるようだが聞こえない。

「それと、学園に来たのは一人ではないはず。父親の子爵が馬車で待機しているだろう。それも捕まえて牢に入れるように。絶対に逃がすな」

「「はっ！」」

一人の護衛騎士がお義姉《ねえ》様を持ち上げて、担ぐようにして連れていった。他の護衛騎士は持ち場を確認した後、お父様を捕まえに走った。

「大丈夫か？　震えている。知らせを聞いて急いで駆けつけたが、もっと早く来るべきだったな。こんな怖い思いをさせてしまうとは……」

気が抜けて床に座り込んだ私を先生が抱き上げてくれる。その胸にしがみつくようにすると先生の香りに包まれ、優しく髪を撫でられた。すぐ近くに先生がいることが実感できて、ようやく安心する。

「いいえ。ありがとうございます。もう少しでリリアが私を庇《かば》って、グラスをぶつけられるところでした」

「あぁ、間に合ったようでよかった。リリアはリーファを守るのが仕事だ。離れないで守り切ったのならそれでいい。それにしても……学園に侵入してくるとは。あの身体で何を考えているんだ」

「本当に驚きました。まさか学園で会うことになるなんて思ってもいませんでした。先生が来てくれてよかったです。いつも助けてもらってばかりで……ありがとうございます」

「それが俺の役目だからな」

本当にいつも先生に助けてもらってばかりいる。いろんな思いを込めて、今度はしっかりと先生に抱き着いた。

12

リーファの義姉カミーラは、王宮内の貴族牢に入れてあった。

これは一時的に罪人を入れておくための牢で、長期間入れておくような牢ではない。同時に捕まえた父親の子爵のほうは地下の貴族牢に入れてある。カミーラだけ王宮内の貴族牢に入れたのは理由があった。

カミーラのお腹の中にはフレディの子がいる。疑わしくても、産まれるまではそれを考慮しなければならない。そのため医術師が待機している王宮内の貴族牢に入れることにしたのだ。このまま、貴族牢内で出産させるために。

貴族牢の部屋に入ると、部屋の中には鉄格子がつけられている。太い金属の棒が格子になっているもので、とても頑丈にできている。鉄格子には鍵付きの扉がつけられていて、こちら側に出てくることはできない。

鉄格子の手前に待機している牢番の騎士二人を見ると、どちらの騎士もうんざりといった顔をしていた。

「あ、来たわね！　私をここから出しなさいよ！　なんで私がこんな目に遭わなきゃいけないのよ！」

やはり少しも反省していないようで、俺の顔を見てカミーラが食ってかかってくる。

かつて王弟にこんな口のきき方をする者はいただろうか。いくら礼儀を知らないと言っても、あまりにも無礼すぎる。不敬罪でどうにかすることもできるが、今さらだ。

「ああ、理由を言ってもどうせ理解できないだろう。それよりも喜べ。お前は出産が終わるまでここにいてもらう」

「はぁぁ？　なんでそんなこと喜ばなきゃいけないのよ！　冗談じゃないわ」

「子爵家に帰っても産婆《さんば》を頼む金もないだろう。どうやって産む気だったんだ？　まさか父親と母親に出産を手伝わせるつもりだったのか？」

「その金をリーファが出せば済む話でしょ！」

先日、学園に侵入してきた理由を聞いて、リーファに金を出させるつもりだったというのは聞いていたが、捕まっても考えを改めないカミーラには呆れるばかりだ。

何を考えたらあれだけひどいことをされていたリーファが、父親と義姉のために金を出すと思えるのだろうか。おそらく一生理解できない。

「もう他人のお前たちにやる金なんてあるわけないだろう。ここにいたら王宮の医術師たちに診《み》てもらえる。王妃マーガレット様の出産を担当した医術師だぞ。いくら金を積んだとしても普通は診《み》てもらえない」

「え？　そうなの？」

王妃と同じ医術師に担当されることが気に入ったのか、うれしそうな顔をする。特別扱いしてもらえるとでも思ったのか。

考えが甘いのか単純なのか、とりあえず納得するのならどちらでもいい。

「まぁ、そういうことだからおとなしくしているんだな」

「あ、ちょっと！　待ちなさい！　ここから出しなさいよ！」

カミーラの引き留める声を無視して部屋の外に出る。

出産するまで外に出さないのには理由がある。カミーラは産んだ子の髪色が違ったら死産にするつもりだったようだが、ここではごまかせない。そのことにカミーラが気がつくのはいつだろうな。

学園に侵入されたのは予想外でイラついたものの、結果的にはうまく利用できそうだと口元が緩む。

カミーラの元恋人たちの身辺調査の結果もそろそろ揃う。それで準備は整うはずだ。思わず笑い出してしまいそうな気持ちを抑えて、リーファが待っている屋敷へと急いで戻った。


深夜にもかかわらず寝室のドアをノックする音が聞こえた。

さすがにリーファもいる寝室の中に入ってくることはない。何か緊急の用事だと思い、近くにあったガウンを羽織ってドアを開けた。

「あぁ、ユランだったか。どうした？」

「カミーラが産気づいたというので報告に来ました。初産ですから、すぐには産まれないと思いますが、どうしますか？」

「そうだな。医術師には指示してあるよな？　俺は明日の昼頃に行くと伝えてくれ。もし俺が行くまでに産まれた場合は、あの女と子どもは別室に離しておくように」

「わかりました」

ついにカミーラの出産が始まったか。

思っていたよりも遅かったということは、やはりフレディの子ではなく、フレディの後で仕込んだ子という可能性が高い。

産まれた瞬間、髪色が違うことがわかれば、子どもに対して何をしでかすかわからない。

許可なく人が出入りできない貴族牢の中で、王宮の医術師が出産に立ち会っている。何をしても証拠隠滅することはできないが、あの女がそれを理解しているとは思えない。髪色がフレディや自分と違ったら、産まれたばかりの子どもを殺す危険性もあると考えていた。

「……先生、お義姉《ねえ》様の出産が始まったのですか？」

「起きたのか。リーファは気にしなくていい。まだ夜中だから、もう一度寝よう」

ガウンを脱いで寝台にもぐりこむと、するりとリーファが俺の腕の中に入ってくる。

初めて一緒に寝た時はかなり緊張していたようだが、慣れた今では素直に甘えてくれるようになった。やはり寝る時も近くにいてほしいと言ったのは正解だった。

「産まれた子はどうなりますか？」

「元気に産まれれば、引き取る先はいくらでもある。まぁ、フレディの子ではないだろうが、父親はわかるようになっているんだ。まずはその血縁者に育てる気があるか確認する」

「血縁者に引き取られる……私はその子に会えますか？」

半分とはいえカミーラとは血がつながっている。リーファにとっては甥《おい》か姪《めい》ということになるから、気になるのはわかる。

だが、優しいリーファのことだ。会ってしまったら無関係ではいられなくなる。

「残念だが、リーファは会わないほうがいいと思う。よそに引き取られる子に情をうつすのは危険だ。お互いに知らなければそのほうがいい」

「そうですね。わかりました」

「明日はリリアたちと家で待っていてくれ。帰ってきたらちゃんと報告するから」

「はい」

貴族牢に近づくと、悲鳴のような声が絶え間なく聞こえてくる。これはカミーラの叫び声か。出産時にもこれだけ叫ぶ元気があるとは。さすがに出産中だとわかっていて中に入るわけにはいかないから、貴族牢の前にいた騎士に状況を確認する。

「状況は？」

「二時間ほど前からあんな感じですね。叫んで暴れるので拘束《こうそく》しながらの出産になっています」

「叫んで暴れる？　痛みでか？」

「どうやら直前になって、ここで出産する意味がわかったようです。暴れて逃げ出そうとしたので、拘束《こうそく》しながらの出産になりました」

「ようやく気がついたのか。まぁ、フレディの子じゃないだろうからな。医術師相手に隠せないのは理解したか」

「直前まで色仕掛けでなんとか懐柔《かいじゅう》しようとしていましたけど……」

「……産気づいた状態なのに？　それは、予想以上のひどさだな。医術師の手当を増やしてやったほうがよさそうだ」

「そうしてあげてください。診察するにも苦労していたようです」

王宮にいる医術師はたいていが名門家出身の者で、診《み》る患者も高位貴族と決まっている。今までカミーラのような女に関わったことはないだろう。仕事とはいえ、気の毒なことをした。

「わかった。牢番や他の者にも特別手当を考えている。出産が終わっても、すぐにここから追い出すわけにはいかない。産褥《さんじょく》期が終わるまではここにいさせることになるだろう。大変だが、もうしばらく頼むよ」

「わかりました。特別手当が出るとわかれば皆も耐えられるでしょう」

「すまないな」

ここに俺が着いたのは昼過ぎだったが、そこからまた三時間ほど叫び声は続き、カミーラの子が産まれたのは夕方近くになってからだった。

どうやら産みたいという身体と、ここで産んだらまずいという思いが戦っていたらしい。最後は力尽きるように産んで、ぐったりと動かなくなって眠っていた。

産まれた子は元気な声で泣く、赤色の髪の男の子だった。


カミーラの出産から一か月と少し過ぎた頃、また一人で王宮に来ていた。向かうのはいつものように陛下がいる謁見室《えっけんしつ》ではなく、地下にある貴族牢だった。

灯りがぼんやりとして薄暗い地下に下りていくと、近衛騎士とは違う騎士服の門番が二人、頑丈そうな扉の前に立っている。

「ラーシュだ。陛下の許可は出ている。開けてくれ」

「「はっ!」」

連絡が来ていたのか、何も確認されずに扉は開かれる。

中に入ると通路が奥まで続いていた。門番が声をかけたところ、奥から牢番が出てくる。ひょろりと背が高い男が案内してくれるらしい。

手前には上級貴族用の牢がいくつかあるが今は使われていない。貴族牢は身分によって入れられる部屋が違うが、奥に行けば行くほどひどいものになる。

上級貴族牢はほとんど王宮の客室と変わらない部屋で、取り調べる時も丁重に扱われる。

下級貴族牢は、一応は部屋のように見えるが、平民が入る一般牢とさほど変わらない。部屋の中には鉄格子がつけられ、絨毯《じゅうたん》が敷かれていないむき出しの床、家具は質素な寝台一つだけ。用を足す時も外に出してもらえず、バケツが一つ置かれている。下手に暴れれば手足を拘束《こうそく》されて床に転がされることもある。

むき出しの牢ではなく部屋になっているのは防音のためでしかない。部屋の中、鉄格子の前で牢番が常時監視していて、中にいる貴族への配慮というものは存在しない。

「どちらの部屋から行きますか？」

「そうだな。女のほうから行くか」

「わかりました」

リーファの義母だったミルア・フェルディアン。

ハジェス男爵の末娘で、リーファの父リチャードの愛人だった女だ。

学園時代に同級生だったリチャードと恋人関係になり、婚約者がいるとわかっていながら、卒業後は侯爵家の別邸で一緒に暮らしていた。

娘のカミーラはリーファの半年前に産まれているが、リチャードの実子として戸籍登録されている。

これは通常ならありえないことだった。この国では正式に結婚していない貴族から産まれた子は貴族として認められないと法によって定められている。

カミーラを貴族として登録したのは前王妃だとわかっている。産まれた時にではなく、リーファがフレディと婚約した後に無理やり戸籍を変えたらしい。

牢番が部屋の前で止まり、扉を開けて監視している牢番に声をかける。問題なく、そのまま中にお入りくださいと言われ、部屋の中に入った。

ミルアはここに入れられてから、湯あみをしないどころか着替えてもいないせいで臭《にお》いがひどかった。監視の牢番は同じ部屋にいてつらくないのかと思ったが、これのために牢番の手当が高いのかと思い直した。

ミルアは暗い牢の中で寝台に座ったまま、うつむいている。動く気力もないのかもしれない。茶髪茶目のどこにでもいるような顔立ちの女。俺から見たミルアはそんな印象だった。

俺が部屋に入ってきたのには気がついただろうが、ちらりと見ただけで、またうつむいてしまった。

「ミルア・フェルディアンだな？」

「……はい」

「お前の処罰内容が決定したので伝えに来た」

「え？　……ここから出られるんですか？」

俺の言葉をどういう風に理解したのか、処罰が決まったと聞いてうれしそうに顔を上げた。

この牢にいるのはつらいかもしれないが、暴力を受けたり食事を抜かれたりすることはないはずだ。それなのに出られるのならどんな処罰でもかまわないと思うのだろうか。

「出られることは出られるが、わかっているのか？　処罰が決まったと言ったんだぞ？」

「ええ、聞きました。でも、私は何もしていません。大した罪にはならないのでしょう？」

「は？」

聞き間違いだと思いたかったが、ミルアの話はそこで終わらなかった。続けて愚痴《ぐち》を言い出した。

「いくら主人と娘が罪を犯したとはいえ、私まで牢に入れられるなんてひどいです。それも調べが終われば解放されると思って耐えました。こんなところにいるのはもう嫌です。早く出してください。屋敷に帰ったら、すぐに湯あみをして新しいドレスに着替えないと……」

「……何を言っているんだ？」

「え？」

「お前は自分の罪をわかっていないのか？」

「え？　罪？　私は何もしていませんよ？」

きょとんとした顔で答えられ、本当にわかっていなかったのだと知った。

牢番を見ると、二人とも首を横に振っている。どうやら牢に入ってからずっとこの調子で人の話を聞かなかったのだろう。

「まず、お前が子爵の愛人だったのはわかるな？」

「愛人だなんてひどい。リチャードはずっと私と暮らしていましたよ？」

「それはどうでもいい。結婚していなかったな？」

「後からにはなりましたが、結婚したのでいいじゃないですか。今は私が子爵夫人です」

「あぁ、お前はもう貴族じゃないぞ」

「は？」

処罰が決まった時点でリチャード・フェルディアンは平民に落ちている。同じく妻のミルアと娘のカミーラもだ。

今後は平民として処罰を受けることになると、理解してもらわなければ話が進まない。

「もうフェルディアン家という貴族家はない。取り潰しになったんだ」

「どうして！　どうしてですか!?」

「罪を犯したからに決まっているだろう」

「そんな……あんな大したことない罪で取り潰しになるなんて横暴だわ！」

「大したことない？」

何か誤解しているのかと思ったが、そうではなかった。

「娘の財産を好きに使って何が悪いの？　カミーラがお腹の子を王子の子だと思っていたのも仕方ないじゃない。身体の関係があったのだから、そう思うのも当たり前でしょう？」

「まだ何もわかっていないのか。まず、娘の財産と言うが、リーファはお前の娘じゃないだろう」

「リチャードの娘でしょう？　それに私の義娘なんだし」

愛人の立場の者が、正妻の娘の金を奪うことが正当だと思っているのか。ミルアからはまったく罪悪感というものを感じられない。

「お前たちがリーファに与えられた支度金を使い込んだのは、再婚するよりもずっと前だよな。もう十年以上使い込んでいる。その時点ではお前とリーファとはただの他人だ。このくらいは理解できるだろう」

「だって、リチャードが使っていいって言ったのよ？」

「あの金は王家から出されたものだ。準王族のリーファ以外が使ってはいけないことになっている。ただの他人でしかない、お前たちのドレス代にしていいわけないだろう」

「でも、結局は王子と結婚するのはカミーラでしょう？」

何を言われても罪の意識がないのだろう。あのカミーラの母親らしいといえばらしいが。面倒くさいと思いつつも、しっかりと説明しなければいけない。

「カミーラがフレディと身体の関係を持ったのは、カミーラがフレディに毒を盛って動けなくさせたからだ」

「え？」

「毒の後遺症でフレディは学園に通えなくなった。今後は公務も無理だと言われている。これから離宮に移り余生を過ごすことになる。それでも罪はないというのか？」

「カミーラがそんな真似を？　二人は恋仲ではなかったの？」

「それまで会ったこともないそうだ。フェルディアン家に行った用事も、婚約者であるリーファと話すためだった。それを騙《だま》して毒を盛って襲った上、腹の子も王子の子だと嘘をついた」

「まさか、そんなことを」

さすがに毒を盛るのは罪だとわかっているのか、顔色が変わった。カミーラだけではなく、両親も関わっていると思っていたが、ミルアは知らなかったようだ。

「王子に毒を盛る、襲う、王族の子だと偽証する。どれ一つとっても、処刑されるに値する重罪だ。その場合、親であるリチャードとミルア、お前たちも同じ罪を背負い処刑されることになる」

「……嘘……嫌よ！　そんなの！　私関係ないわ！」

「母親だろう」

「母親だってそんなの関係ないでしょう！　カミーラがしたことじゃない！」

「本当に関係ないと思っているのか？　カミーラが最初から自分は平民だと理解していたら、リーファは準王族だから自分たちとは身分が違うと言い聞かせていたら、人のものを奪うのは犯罪だと教育していたら、カミーラはそんなことをしなかったかもしれん」

両親が身分を無視し、結婚という契約を無視し、人のものを奪い続けてきた。それを見てきたカミーラは何が悪いのか理解できていない。どう考えても親の責任は重い。

「愛人なのに平気な顔をして貴族だと嘘をつき、リーファのために用意された金を自分のものにし、姉とはいえ、身分が違う妹に近寄るなと止めることもしなかった。全部、お前たちの責任だろう」

「……だって、こんなことになるなんて思わなかったのよ！」

「お前が何も考えず、人から奪い続けた結果だ。リチャードには正式な妻がいるとわかっていただろう。その時点で間違っていると、なぜわからないんだ」

「リチャードは父親が勝手に決めた婚約者だから、無視していいって」

今度はリチャードのせいだとでも言いたいのか。確かにリチャードの責任は大きい。

「無視してもかまわないさ」

「じゃあ、いいじゃない」

「その場合、侯爵家を継がなければよかったんだ。ただの平民になって二人で暮らしたい、そう願い出ればよかった。爵位は欲しい、家の金は使う、でも責任はとらない。領主の仕事はしない、でも領民の金は使う。そんなのが許されるわけがないだろう」

「……でも……でも」

泣き出したせいで汚れが流れ、ぐちゃぐちゃになった顔でまだ言い訳を続ける。ここまで説明したらもういいだろう。どちらにしても処罰は受けてもらうことになる。

「罪に関しての説明は終わりだ。処罰内容を説明する」

「……処刑されるのは嫌！」

「処刑ではない」

ぱぁっと明るい顔になったが、次の言葉で表情が抜け落ちた。

「本来なら処刑するほどの罪だが、金を返すためにも働いてもらう。高級娼婦は無理だから、普通の娼館に預けられることになる」

「……娼館？」

「リーファに与えられた支度金を横領《おうりょう》した分を三分割し、それぞれに働いて返してもらうことになった。おとなしく働けば十年もしないで解放されるだろう」

リーファに支給されるはずだった支度金、それも十二年分はかなりの金額になる。

本当は返済するのに十年以上かかるのだが、それ以上は娼館側から拒否された。監視付きの娼婦、しかも十年後には年老いて使いものにならない。それ以上は面倒を見られないと。つまり、かなり手加減された処罰になっている。

「嫌よ！　どうして私が娼婦なんかにならなくちゃいけないの！」

「……どうしても嫌なら」

「嫌よ！　他のにして！」

「その場合は処刑だ」

「は？」

聞いていなかったのだろうか。本来なら処刑するほどの罪だと言ったのを。

「働きたくない、というのなら処刑する。金は残りの二人で分割して返してもらうことになるから、十五年ずつか。処刑する日が決まったら迎えに来る」

「ちょっと、ちょっと待って！　ね、お願い、許して？」

「許すという意味がわからないんだが」

「だから、処刑と娼婦以外の処罰にしてって言ってるの！」

「それ以外だと、リチャードと同じ処罰になるな」

「それがいいわ！」

「鉱山のトロッコ押しだ。しかも魔力を吸い取られながらの作業になるから、腐っても高位貴族出身のリチャードと違って、魔力の少ないお前だと一年経たずに死ぬくらいきついぞ。本当にそれでいいのか？」

「じゃあ、違うので！」

嫌だと言えば、処刑されるような罪でもなんとかなると思っているのだろうか。どこまでも甘やかされてきたのだとわかる。

「……馬鹿だな。それ以外の仕事で金を返せるわけがないだろう。それだけ人のものを奪い続けていたんだ。豪華な食事、高価なドレスや宝石。社交するわけでもないのに無意味な」

「社交したくないわけじゃなかったわ。誰も呼んでくれなかったし、お茶会を開いても来てくれないのよ」

「それは、周りの者たちはお前が貴族じゃないと知っていたからだ。生家から縁を切られ、平民になっていたんだからな。わかっていないようだが、お前とリチャードの結婚も無効になっている」

「え？」

「侯爵家の当主が平民と結婚できるわけがないだろう。平民と結婚して許されるのは男爵家だけだ。前王妃が無理やり戸籍を変えたのは、もうすでに直されている。お前は一度も結婚せず、未婚でカミーラを産んだ、ただの平民だ」

「……そんな。そんなのひどい」

「今すぐ選べ。処刑か、娼婦か、鉱山か」

「……選べるわけない」

「では、処刑だ」

「待って、待ってよ！」

「俺は忙しいんだ。これからリチャードとカミーラにも説明しに行かなければならない。お前のわがままを聞く理由もない」

「わ、私を好きにしていいから！」

「お前を？」

いったい何を言い出すのかと思えば、自分を好きにしていい？　こんな発言が出てくるのは、それでわがままを聞いてくれる男ばかりを相手にしてきたからか。

呆れていると、自分の姿が汚いせいだと誤解したらしい。

「い、今は汚い格好しているけど、湯あみしてドレスを着たら、ちゃんと相手してあげるから！」

「……ふぅ。よっぽど自分というものを理解していないようだ。お前の相手をするくらいなら、そこにいる門番の相手をしたほうがマシだ」

「ご冗談を。殿下のお相手になりたい令嬢、婦人は山ほどおりますよ」

ミルアと比べられた牢番が苦笑いで答える。牢番もさっきまでミルアの言い分を聞いて呆れた顔をしていた。

「知ってるよ。そのくらいひどいって言いたいだけだ」

「そろそろお時間です。退出されますか？」

「そうだな。そうしよう」

もう時間が来たようだ。

他の二人にも説明しなければいけない以上、無駄なことはできない。踵《きびす》を返すと、後ろから叫び声が響く。

「申し訳ありません！　殿下だなんて知らなかったのです！　あの……娼婦でかまいません！　処刑だけは！　殿下！　殿下！」

牢番が殿下と言ったことで、俺の身分がわかって焦っているミルアを置いて部屋の外に出る。続いて出てきた牢番が扉を閉めた。

「お疲れさまです。あれはどういたしましょうか」

「娼婦でいいって言っていただろう。娼館に送って、ちゃんと監視をつけろ。抵抗するようなら処刑に変えてもいい」

「わかりました。では、そのようにいたします」

一人目で疲れてしまったが、ここに何度も来るのは勘弁願いたい。続いて、同じ地下牢にいるリチャードの部屋へと案内してもらう。

リチャードの部屋はミルアの部屋と離されていた。万が一、声でも聞こえたら面倒だと思ったのかもしれない。

中に入ると、先ほどの牢と同じ造りだった。リチャードも質素な寝台に座り、反対側の壁をぼうっと見ている。捕まった時に引きずられたのか服は泥にまみれ、薄汚れた顔はげっそりとしていた。

「リチャード・フェルディアン」

声をかけると、生気が感じられない表情のままゆっくりとこちらを向く。俺が誰なのか認識すると、飛び上がるように立った。

「王弟殿下！」

「ようやくお前たちの処罰が決まったので説明しに来た」

「……は、はい」

こちらは妻と違って、罪の重さを理解しているようだ。処刑されると覚悟しているのかもしれない。説明が早く終わりそうで少し安心する。

「リーファに用意された支度金の横領《おうりょう》、領主としての仕事の放棄、妻子への虐待、王族の子だと偽証、どれも重大な罪だな。あとは学園への不法侵入もあったか」

「……申し訳――」

「謝る必要はない。俺に謝罪されても意味がないからな。処罰内容は、鉱山でのトロッコ押し。期間は十年間だそうだ」

「鉱山のトロッコ押し⁉　そんなの十年もできるわけが……」

「なくてもやってもらう。それが処罰だからな」

鉱山のトロッコ押しはトロッコに鉱石を積んで、地下の発掘場から地上まで長くて細い坂を押して上がる。自分の体重の三倍もの鉱石を積んで運ぶトロッコは、魔力を吸い取って動くようになっている。

ただの力仕事とは違う。純粋な力作業よりもはるかに疲れるのは間違いない。

「……それは、実質的な処刑ということですか」

「処刑されておかしくない罪だからな。だが、ここで三人を処刑しても金は戻ってこないから働かせることになった。あぁ、ちなみに自殺しようとは思うな。お前が払う分の借金が他の二人に加算されることになる。ただでさえ十年かけて払うような借金だ。二人だと十五年ずつ……死んでも恨まれるな」

「私だけでなく、二人も働くというのですか？」

処罰によって働かされるのは自分だけだと思っていたのか、目を見開いて驚いている。

自分のせいだと責任を感じているだけならいいが、あの二人に罪がないと思い込んでいそうな気がする。こんな考えだから、あの女たちがつけ上がったのかもしれない。

「当たり前だ。横領《おうりょう》した金はあの二人も使っていた。ドレスや宝石、どう考えてもあの二人のものだろう」

「ですが、それは全部、私がそうしていいと言ったからで！」

「言ったからといって、それでいいと思うと？　どちらも学園を出ているし、国法の授業は必修だっただろう。それ以前に、人のものを奪っていいと考えること自体おかしい」

「……ですが、あの二人は馬鹿ですし」

「馬鹿だったら何をしてもいいわけないだろう。お前はそれでいいと思ったのかもしれんが、この国の法はそうなっていない。奪ったら罪になる。被害は補償されなければならない。子どもでもわかることだ。お前も両親にそう教わって育ったのではないか？」

「……はい」

前侯爵が厳しい人だったのは知っている。理不尽な人ではなかったけれど、正しくない行いには厳しかった。父親が厳しいから歪《ゆが》んだとも言えるかもしれないが、それに巻き込まれた者たちのほうがかわいそうだ。

「一応言っておく。お前の妻子は娼館に預けられる。十年、真面目に働けば解放されるだろう」

「は？　……娼館？」

「甘やかされて育った平民の女が、それ以外のどこで働けると？」

「……どこか貴族の使用人とか、王宮の侍女とか」

「あの二人は馬鹿だって自分で言わなかったか？　王宮の侍女はすべて優秀だぞ。貴族の使用人なんて、王家の金を横領《おうりょう》するような女を屋敷に置くわけがない」

「ですが、他にも……」

「まだわからないのか。あの二人も犯罪者なんだ。娼館ですら嫌がられている。王家が責任を持つといって、ようやく承諾してもらった」

「……そこまでして働かせなくても」

そこまでして働かせなくてもというが、では奪った金を返しもせず、どうやって罪を償《つぐな》う気なのか。返したところで罪がなくなるわけでもないが、最初から償《つぐな》おうという気が感じられない。

疲れてため息が出る。処刑したほうがこちらは楽なのだが。

「では、すぐに処刑してかまわないな？」

「え、いや、そういうことでは」

「働いて金を返すというなら処刑は許してやってもいいという寛大な決定だ。そうでなければ三人ともすぐにでも処刑される予定だった。もちろん、王都のど真ん中で一週間ほど見せしめに磔《はりつけ》にした後でだ。そのほうがいいというのなら変更しよう。騎士たちも忙しい。ずっと監視させるのも大変なんだ」

「……申し訳ありません。処刑だけはお許しください」

「では、問題ないな」

これで帰ろうと思ったが、なぜか床にひれ伏して訴えてくる。額をこすりつけるように頭を下げ、叫ぶように。

「私の話を聞いてもらえませんか！」

「話？」

「どうしてこうなったのかを聞いてください！　私は侯爵家の二男として生まれました。三つ上の兄上は優秀で美男で、誰からも愛されていました。私は父上には見向きもされず、母上には愛されましたが、使用人たちも私には何も期待していませんでした。それが、兄上が十一歳の時に急に亡くなり、私が家を継ぐことになりました」

「それがどうした」

「リーファの母親、レミーリアは私ではなく兄上の婚約者でした。レミーリアが知識の加護持ちだから父上が婚約者にしたと聞いています」

「そうだな。レミーリア夫人のことは知っている。知識の加護だけではなく、美しい令嬢だと知られていたはずだ。それになんの不満があったと言うんだ」

リーファを産んだレミーリア夫人は有名な才女だった。

学園を優秀な成績で卒業しながらも、結婚後は社交界に出ることはなく、家に閉じ込められているのではと噂《うわさ》されていた。実際にはドレス一つまともに作れずにいたため、外出を控えていたようだが。

「確かに美しい令嬢だったかもしれません。ですが、兄上と比べられるのは嫌で嫌で仕方がなかった。レミーリアだってがっかりしたはずです。優秀だった兄上ではなく、結婚相手がこんな私で」

「だから侯爵家に帰らなかったとでも言うのか？」

「レミーリアと結婚する気なんてありませんでした。ずっと俺にこっそり援助してくれていた母上が亡くなって、葬儀のために侯爵家に帰ったら父上に閉じ込められたんです。レミーリアとの間に子ができるまで外に出さないと……」

「結婚したのにもかかわらず愛人と暮らしていたらそうなるだろう」

前侯爵から見れば、愛人と暮らし続けている息子に業《ごう》を煮やした結果だと思う。

「無理やりですよ！　これは、カミーラがフレディ王子を襲ったのと何が違うんですか！」

自分が被害者だと言わんばかりのリチャードだが、決定的なことが違う。

「カミーラはフレディの婚約者ではないぞ」

「そ、それは」

「フレディはリーファの婚約者だった。義妹の婚約者を、しかも毒を盛って襲うのが同じだと？」

「え……毒？」

カミーラの所行を知っていてそんな愚かなことを言うのかと思ったら、何を言われたのかわからないという表情になる。

母親だけでなく父親のほうも知らなかったか。フレディに毒を使ったのはカミーラの独断なのかもしれない。

「それは知らなかったのか。フレディはその時の毒の後遺症で今も学園に通えていない。今後も治る見込みはないそうだ」

「いや、それは、確かに違うかもしれませんけど……でも、私だって」

「お前は間違っている」

「え？」

「無理やりに子を作るように言われたかもしれないが、それが嫌だったのなら、愛人と暮らし始めた時に貴族籍から抜ければよかったんだ」

「いや、それはだって、継ぐのは私しかいなくて」

「そんなことはない。お前には従兄弟《いとこ》がいるだろう。前侯爵はお前が継がないのなら、伯爵家に嫁《とつ》いだ妹の子を養子にもらおうと考えていた。実際に言われたはずだ。侯爵家から抜けるか、子どもを作るか、選べと」

「ど、どうしてそれを」

俺が何も知らないと思って同情を誘うような話をしたのだろうが、侯爵家で何が起きていたのかはすでに知っている。

「レミーリア夫人が書いた日記を預かっている。その日、前侯爵とお前の会話をレミーリア夫人が書き残していた」

「レミーリアが……日記を……」

「貴族としての責任を取るつもりがないなら、平民として生きればよかったのだ。侯爵家の名前と金は使う、それなのに義務は放棄するでは話にならない」

「……」

「ついでに言えば、レミーリア夫人はどちらとも結婚したくなかったそうだ」

「は？」

「生家の借金のかたに売られた。そう思っていたようだ。結婚相手がどちらであれ、自分には何一つ意見はできないと。あきらめて嫁《とつ》いでみれば、放置されるだけでなく領主の仕事を押し付けられ搾取《さくしゅ》された。なぁ、お前とレミーリア夫人、どちらが被害者だと思う？」

「……それは」

レミーリア夫人があれだけ苦しい生活の中でも生家に頼らなかったのは、頼りたくなかったからだ。自分を売り飛ばした家族に頼れば、今度はリーファが利用されることになる。一時的に助かったとしても、また別の人間に搾取《さくしゅ》されるだけだと考えていたらしい。

「明日には鉱山に向かわせる。生きて出られたら妻子に会うこともできるかもしれん」

「……」

深く沈み込んだまま動かないリチャードには、もう何も聞こえていない様子だった。

牢番に退出すると告げると扉が開かれる。

部屋の中のひどい臭《にお》いが自分にも染みついたような気がする。帰って湯あみしたくなるが、最後に一人残っている。

地下ではなく、王宮の一室に幽閉されているカミーラが。


カミーラが幽閉されているのは、最初に入れた貴族牢ではなかった。

騎士や兵たちが生活している宿舎の近く、使用人たちが使っている部屋の一つを改装したものだ。

産褥《さんじょく》期が終わるまで貴族牢にいさせるつもりだったのだが、警備の問題もあって移動させざるを得なかった。

新しく作られた牢は、もとは使用人の部屋なのでそれほど広くはない。その上、後から部屋の中に鉄格子がつけられたため、より狭く感じる。窓にも鉄格子がはめられて、部屋と窓の外には牢番が常時立って監視している。

出産から一か月が過ぎた頃、診察した医術師からは問題ないと診察された。三人の処罰を実行するのが遅れたのはカミーラの回復を待っていたからだ。

部屋に入ると寝台に括《くく》りつけられるようにカミーラが寝かされていた。鉄格子内でも自由にすると暴れたり、家具を投げつけてきたりするために、右手と左足が鎖でつながれている。

見張りを部屋の中に置かないのは、カミーラが牢番に絡むからだ。一か月経っても、ここから出すように怒鳴ったり、色仕掛けしようとしたり、少しも静かにしないらしい。

俺が入ってきても動かないカミーラに、寝ているかもしれないと思ったが声をかける。

「カミーラ。お前の処罰が決まった。明日ここから出される」

「……やっとここから出られるの？　明日じゃなくて今すぐ出してよ」

「なんだ、起きてたのか」

「寝ていると思ったのに声かけたの？」

「一応は本人に処罰内容を告げてから送り出すことになっているからな」

どのような罪であっても、本人に罪を告げ、それから刑の執行になる。本来は俺の仕事ではないのだが、他の者に任せる気にはならなかった。少しでも罪を認めさせたい。いや、この場で認めなくても、後で理解できるようにと。

「それで、私は家に帰されるの？　お父様も一緒に出るのでしょう？」

「父親どころか母親も牢に入っていたのは知らなかったのか？」

「え？　お母様が？　なんで？」

なんでって、そういえばカミーラを牢に入れる時には立ち会っていなかった。自分の罪をちゃんと知っているのだろうか。

「お前、どうしてここに入れられたと思ってるんだ？」

「え？　学園でむかついて暴れたからでしょう？　なんだっけ、あの女。うるさい公爵令嬢に怪我させたから反省するまで牢に入れられたんでしょ？　なのに、なんで学園に来てなかったお母様まで牢にいるの？」

「なるほどな。お前は罪になるのはそれだけだと思ってるんだな？」

「だって、ここに入れられた時にそう言われたけど？」

確かにここに入れられた直接的な原因はそうだろう。だが、その前にもいろいろやっていることに気がついてないのか？

「まず、リーファに渡されるはずだった支度金を使って暮らしていたのは知っているな？」

「知ってるわ。お父様がけっこうもらえるんだなって喜んでたもの。私たちにもこれで好きなものを買っていいぞって」

「その金はリーファのものなのにか？」

「リーファもお父様の娘でしょ？　お父様が使い道を決めて何が悪いの？」

「あぁ、悪い。あれはリーファのために使われるものだ。他の者が使えば横領《おうりょう》罪となる」

「何それ、知らないわよ」

鼻で笑われ、今までまずいことは全部これで逃げてきたのだろうと思った。知らないから仕方ない、知らなかったんだから悪くない。子どもの考えのまま行動するからたちが悪い。

「次にフレディ王子を襲ったな？」

「恋人とそうなるのは自然な流れでしょ？」

「一度も会ったことがなかったのに？　そんなわけない。毒を盛って襲ったのに恋人だとは呆れる」

「毒じゃないわ。軽い媚薬よ。そのくらい恋人なら使うでしょう？」

「媚薬？」

フレディを診《み》た医師の診断は神経毒、しかもかなり質の悪いものということだった。娼館で使われているような媚薬ならまた違う症状が出たはずだと。

「そう媚薬よ。男友達と酒場で飲んでたら隣にいた客に売りつけられたの。その時は使わなかったんだけど、お父様がフレディ王子と結婚しなさいって言うから」

先ほど自分でフレディとは恋人だったと言ったのにもかかわらず、お父様に言われたからフレディに媚薬を盛ったという。

整合性のない受け答えは、何も考えていないからか。

「お前に薬を盛られたフレディは、高熱で三日間意識をなくしていたし、後遺症で歩くこともままならない。お前が媚薬だと思ったのは毒だったんだよ。わかるか？　王族に毒を盛ったんだ」

「そんなの知らないわよ！　売りつけてきたやつは媚薬だって言ったんだもの！　そいつを捕まえ

てきたらいいじゃない」

「王都内で媚薬を飲んでおかしくなったという通報はない。おそらくお前か連れの男を狙ったものだ。それだけ恨みを買っているんだろう」

「私たちを狙って？」

王子が大変だったという話には顔色一つ変えなかったくせに、狙われたのは自分だったかもしれないとわかると途端に顔色が悪くなる。どれだけ自分本位で生きてきたのか……

「それに腹の子は赤髪だった。もう父親は特定している。相手は男爵家の二男だな。王族の子を騙《かた》るのは重罪だと知らなかったのか？」

「そんなの産まれてくるまでわからないじゃない！　フレディ王子の子かもしれなかったんだから！」

「だが、お前たちはフレディ王子の子を身ごもった、私はフレディ王子と結婚するんだと言いふらしていただろう」

「何よ。可能性があったんだからそれくらいいいじゃない」

「何を言っても無駄か。まぁそうだろうな。罪の意識があったらここまでやってないよな」

これ以上話しても俺が疲れるだけだと気がついて、話す気がなくなった。罪を理解できたら、おとなしく処罰を受けるかと思ったが。

「お前は明日移送される。移送先は鉱山に付設されている娼館だ」

「は？」

「学園を卒業しているとはいえ、高級娼館からは断られた。礼儀作法も満足にできない上、純潔でもない、子どもを未婚で産んだような令嬢は使えないと」

「何それ、そんなのこっちからお断り。娼館なんて行くわけないじゃない」

「お前に拒否権はない。拘束《こうそく》されたまま連れていかれ、鉄格子がある部屋で客を取らされる」

「はぁ？　嫌よ」

どれだけ嫌がろうと鉱山の娼館は優しくしてはくれない。カミーラが嫌がったら手足を縛ってでも客を取らせるだろう。

素直に従うなら、それほどひどい対応にはならない場所だが、カミーラが素直に従うとは思っていない。今まで嫌と言えば許されてきたカミーラにとって、処刑よりもつらい日々が待っている。

「拒否権はないって言っただろう。明日は早くから連れ出される。今のうちに寝ておけ」

「ちょ、ちょっと！　私は嫌だって言ってるでしょう。なんで私の話を聞かないのよ」

「お前はリーファの話を聞いたか？　嫌がったフレディの話を聞いたのか？」

「今、そんなの関係ないじゃない！」

「あるから、今こうなっているんだろう。お前がしてきたことの結果だ。誰も許してはくれない。王家の支度金、侯爵家の税、公爵令嬢への慰謝料、学園の器物を損壊した賠償金。これらを返すまで自由にはなれない。軽く十年はかかるはずだ」

「……嘘よね？」

言われたことが信じられないのか、表情の抜け落ちた顔で呟く。そろそろ逃げられないと気がついたのかもしれない。

「嘘じゃない。俺は暇じゃないんだ。わざわざ嘘を言いに来るわけないだろう」

「リーファを呼んで！　リーファに払わせるわよ！」

「まだそんなことを言ってるのか。お前が払う金をリーファが払う理由はない」

「あるわよ！　姉妹だもの！」

「戸籍ではお前たちは姉妹にはなっていない。お前の両親の結婚は取り消された。つまり、お前は平民なんだよ。王族のリーファと姉妹なわけないだろう」

「……平民？　私が？　……嘘だわ、そんなの」

認められないのか、認めたくないのかはわからないが、そこからは一言も話さなくなった。

もういいだろうと思い、牢番には逃走させないように気をつけて移送するようにと指示をする。

国営の鉱山に付設された娼館は騎士団が管理している。荒くれ者が多い鉱山の働き手をおとなしくさせるためにも娼館は必要であり、うっかり娼婦を死なせたりしないように騎士が監視している。

そういえば娼館を管理している騎士団にアベルの兄がいたことを思い出す。

フレディを大事に守り続けていたアベルは、自分が油断したせいでフレディをあんな目に遭わせてしまったと思っている。

フレディが毒を盛られた件はフレディの願いで公《おおやけ》になっていない。公《おおやけ》にすればフレディを守り切れなかったアベルが辞めさせられてしまうからだ。それを聞いてアベルは泣き崩れた。自分のせいでカミーラのしたことを罪に問えないなんてと。

フレディのそばにいるためにも無謀な真似はしないだろうが、そうでなければカミーラを殺したいくらいの恨みを持っている。俺が何かしなくてもカミーラの移送先が鉱山の娼館だと知ったら、アベルが手を回すかもしれない。

でも、それも仕方ないだろう。すべてカミーラが引き起こしたことの結果なのだから。

13

思い返せば五年間の学園生活はあっという間だったと思う。魔力なしなのに特例で入学許可が出た時は怖くて、卒業まで通い続けられるのか不安になっていた。

ここで先生に出会って、雑用係として研究室に通って……今思えば毎日が楽しかった気がする。

「あちらでの生活が落ち着いたら手紙を送りますね」

「ええ。楽しみに待っていますわ」

学園の卒業式の後、フェミリア様と手を取り合って別れを惜しむ。

お義姉《ねえ》様の事件でフェミリア様に怪我をさせてしまったこともあり、最初はお詫びを兼ねてお茶に誘った。その後は親しい友人として話すようになれたのだが、学園を卒業してしまえばフェミリア様は隣国へと行ってしまう。

次に会えるのはいつになるかわからないため、なかなか別れることができずにいた。ようやく決心して手を振って見送り、校舎の中に戻る。

時間を確認したら一時間も過ぎていて、先生を待たせていたことに気がつき、小走りで学園長室へと向かう。

「おかえり、もういいのか？」

「待たせてしまってごめんなさい」

「いいよ。せっかくできた友人と離れるのはつらいだろう。もう少し時間がかかるかもと思っていたよ。ちゃんと話してお別れできたか？」

「はい。向こうでの生活が落ち着いたら手紙をくれるそうです」

「そうか。それは楽しみだな。よし、帰ろうか」

屋敷まで帰る馬車の中、いつもならリリアも一緒に乗っているのに、今日はなぜかリリアは私たちとは別の馬車に乗っていた。ユランたちも移動する用事があるからと、もう一台王宮の馬車が用意されている。

先生と二人きりで馬車に乗るのは久しぶりだった。先生の手を借りて馬車に乗ると、そのまま引き寄せられて隣に座らされる。腰を抱くように支えられ、先生の胸に顔を寄せるように固定された。

「っ！　先生？」

「せっかく二人きりで馬車に乗れるんだから、このくらいはいいだろう？　それとも俺のひざの上に乗るか？」

「いえっ！　このままでいいです！」

腰に回された手とは逆の手で髪や頬を撫でられ、少しも落ち着かない。馬車の中とはいえ、外でこれほど近づくのはめずらしかった。顔に熱が集まるのがわかって、きっと真っ赤になっているに違いないと思うと余計に恥ずかしい。

「リーファ。学園卒業おめでとう」

「ありがとうございます」

「覚えてる？　卒業と同時にリーファのすべてを俺のものにするって」

「あっ！」

「ユランたちは一度屋敷に行くが、その後王宮へと書類を提出に行く。そうしたらリーファは俺の妻になる。それでいいか？」

「はい。もちろんです！」

「ということは、今日が初夜になるんだが……。どうする？　まだ早いと思うなら、俺は待てる。リーファに無理強いはしたくない」

初夜！　忘れていた……結婚するってことはそういうこと。結婚して初めての夜。今日の夜が先生とそういう関係になる日なんだ。

ドキドキしながら見上げたら、先生が不安そうな顔で私を見ている。私が先生にされて嫌がることなんてないのに。

私の頬を撫でる先生の手を両手で包み込むように握って、少しの迷いもないことを伝える。先生にそんな不安そうな顔をしないでほしくて。

「……今日でお願いします。大丈夫です。あの時、カフェテリアで口づけを受けた時に、私は先生のものになったと思っています。これ以上待たなくていいです」

ほっとしたように微笑んで抱きしめてくれた先生に、もう離れないように私からもぎゅっと抱き着く。子どもみたいだと思われてもいい。

このままずっとくっついていたら、先生と同じ匂いになれるだろうか。

「そうか。じゃあ、今日は早めの夕食にしよう。リリアや使用人たちが準備に張り切っていたからな……」

「え？　リリアたちが？」

準備に張り切るって何かと思ったけれど、リリアが私のためにならないことをするはずがない。そう思ったら準備も必要なことなんだろう。

この数時間後、リリアと言い合いになることも知らずに、先生の腕の中の温かさに幸せな気分で馬車の揺れを感じていた。


「何これ。こんなの服じゃないわ！」

「いいえ！　これが初夜に着る正式な服です！」

「だって、ただの薄い布じゃない！　こんなの着たら透けて見えるわよ？　下着のほうだって、どうしてひもが付いてるの！」

「いいですか？　これはこうしてこう結んで着るものです」

湯あみでこれでもかと侍女たちに全身を磨き上げられた後、用意された服に納得いかず、リリアと言い合いになっていた。

実際に着てみたらわかりますと言われ、されるがままになっていると、両肩と胸元のところでリボンを結ばれる。

先ほどまで一枚の薄い布にしか見えなかったが、確かにこうしてみれば夜着だった。

三角の布にひもが付いているようにしか見えなかったものも、腰の両側でリボンが結ばれると下着に見える。

だけど、あくまで形はそうというだけで、すべての布が薄すぎて肌が透けて見えている。むしろほとんど隠せていない……

「ねぇ、絶対におかしいわ！　布が透けて見えちゃってるもの！」

「おかしくはありません。初夜の夜着とはこういうものなのですから。そうですよね？」

リリアがそう言って他の侍女たちを見ると、全員が深くうなずいている。その顔は真剣で、私を騙《だま》そうとしているようには見えない。

透けているけれど肌にしっとりとなじむ柔らかな布は高級品で、絹で編まれた繊細なレースが細部まで縫い込んであり、とても丁寧に作られたものなのがわかる。

でも本当に？　これを着るのが正しいの？

「ねぇ、リリア。本当にこれが正しいの？」

「本当です！　リーファ様を騙《だま》すようなことはありませんっ」

「……わかったわ。リリアを信じる。でも、上にガウンを着てもいい？　落ち着かないし」

「仕方ないですね……着てもすぐに脱がされると思いますけどね」

「え？」

何か今すごいことをさらっと言わなかった？

そう聞き返そうとした時にはリリアも侍女たちも部屋から出ていくところで、ぺこりと礼をして去っていくリリアにそれ以上声をかけられなかった。

……脱がされるって、そうか。夜着も脱ぐんだ。というか、先生に脱がされるの？

想像したら恥ずかしくなってガウンは着ずに寝台の中にもぐり込んだ。

先生が来たのはそれからすぐだった。もしかしたら私がリリアと言い合いしてた時間、先生を待たせてしまっていた？

「機嫌は直ったか？」

「……リリアと喧嘩《けんか》していたわけじゃありません」

「じゃあ、どうした？　めずらしく言い合いしていたようだったが」

「リリアが用意したのがいつもと違う夜着だったから……こんなの着るのはおかしいと思って」

「あぁ、そういうことか。俺はリーファが着ているなら色っぽい夜着じゃなくてもいいんだけど。リリアたちが張り切って用意してくれたのだろうな」

期待してほしいわけではないけれど、先生にそう言われてしまうと面白くない。私が着ても色っぽくないだろうし、仕方ないかもしれないけど。

「あ、何か誤解したな？　頬がふくらんでる」

「誤解はしていません。どうせ私は色っぽくないとは思いましたけど」

「ほら、それが誤解だ。見せてごらん」

嫌がる間もなくかけ布をめくられて、隠すこともできなかった。というか、透けているのでどこを隠していいのかわからない。驚いて動けずにいるうちに全身をくまなく見られる。

「思ったよりも色っぽいものを着せられたな。白い肌が透けて見えて、とてもよく似合ってる。うん、綺麗だよ。でも、きっと脱がせたほうが綺麗だと思う。リーファにふれてもいいか？」

「……はい、先生」

ずっと見られていて、もうどうにかしてほしい。これ以上は恥ずかしすぎて、主導権をすべて明け渡してしまいたい。

「あぁ、今日からはもう先生じゃない。やっと卒業したんだからな。名前で呼んでくれるか？」

「ラーシュ様？」

もう先生じゃない……五年も先生と呼んでいたのに、その言葉がすっと胸に落ちた。

そうなんだ。もう先生じゃない、私の旦那様になるんだ……

「うん、それでいい」

私に覆いかぶさったラーシュ様に口づけされ、それに応《こた》えているうちに夜着はいつの間にか脱がされていた。

本当にすぐ脱がされた……と思うような余裕は最初のうちだけで、そこからもう何も考えられなくなる。

ただ必死にしがみついて、ラーシュ様の名を呼ぶだけになっていた。

疲れ切って知らない間に眠っていたらしい。浮上するように目が覚めたら、ラーシュ様に髪や背中を撫でられる。

優しく温かく、包み込まれるような気持ちよさで、またうとうとと目を閉じる。

「大丈夫だ。もう安心していい。俺がずっとそばで守るから、ゆっくり眠っていい」

深く低くささやくラーシュ様の声に心から安心して、眠りに吸い込まれていった。

◆　◆　◆

「あ、目が開きました！　ジークハルト王子はジョージル様と同じ緑目なんですね！　あぁもう、小さくて可愛いです〜」

「ふふふ。そうなの、ジークハルトも緑目なのよね。陛下にもジョージル様にも似ていて、二人とも喜んでくれているの」

「あ、そうですね。陛下も緑目でした。金髪緑目で一緒ですね！」

ジョージル様とリリアーナ様の第一子、ジークハルト王子が誕生したのは二週間前のことだった。

お披露目《ひろめ》目前ではあるが、私はリリアーナ様のお見舞いで王宮へと来ていた。

さすがに王妃派と呼ばれていた貴族たちは勢力を失っているけれど、それでも邪魔が入らないようにとリリアーナ様の懐妊は臨月まで隠されていた。

予定通りの頃、金髪緑目でとても王族らしい色を持った王子が誕生し、お披露目《ひろめ》はまだながら国中で喜びの声が聞こえていた。

王族として生まれた者はすぐに鑑定を受けることになっている。

ジークハルト王子は間違いなく王族の血を引き、その上魔力も豊富、守護の加護を持っていることが判明した。守護の加護は国や人を守り補強する加護で、次期王太子として喜ばしい加護だ。

それを聞いたラーシュ様が「これでまた一つ、ジョージルが国王になるのにふさわしい理由が増えたな」と喜んでいた。

ジョージル様に不安を感じていた貴族たちも、守護の加護を持つジークハルト王子が産まれたことにより、ジョージル様が王太子で間違いないと言い出しているという。

ふっくらとした頬や小さい手を眺めていたら、また眠ってしまったようだ。ふすふすと小さな寝息が聞こえている。

「あぁ、眠ってしまいました」

「ふふ。まだ眠るのが仕事だもの。すぐに大きくなってその辺を走り回るようになるわ。大きくなる前にまた会いに来てね」

「はい。お披露目《ひろめ》の前に来ますね」

産褥期《さんじょく》ということもあり、リリアーナ様の私室に入って見舞えるのは女性の王族だけ。

そのため私がリリアーナ様のお見舞いをしている間は、ラーシュ様は謁見室《えっけんしつ》で陛下と話をしている。

謁見室《えっけんしつ》へ入ると、まだ陛下との話は終わっていなかった。

「あぁ、リーファ。戻ってきたのか。ジークハルトは起きていたか？」

「はい。ちょうど起きている時間でしたから、しっかりとジークハルト様のお顔を見られました。陛下やジョージル様にそっくりですね」

「そうだろう！」

ジークハルト王子が自分に似ていることがうれしいのか、陛下が見たことのないほどの満面の笑みを返してくれる。陛下の孫が誕生したことで王宮内はお祭り騒ぎになっているようだった。

「あ、すまない。報告の途中だったな。リーファも聞いておくといい。一応は関係するからな」

「はい？」

どうやら宰相からの報告を聞いている途中だったらしい。

ラーシュ様の隣に行くと席を用意され、座ると宰相からの報告が再開された。

「リーファ様、義姉だったカミーラが産んだ子ですが、男爵家に引き取られることに決まりました」

「そうですか……決まったのですね」

二か月前、お義姉《ねえ》様の産んだ子は赤髪だった。

私の生家の侯爵家、お義母《かあ》様の生家の男爵家は数代遡《さかのぼ》っても赤髪はいない。

その子の父親はお義姉様《ねえ》が学園時代に恋人関係にあった、男爵家の二男だそうだ。男爵家は長男夫婦が継いでいるが、結婚して八年でまだ子供がいなかった。子の存在を告げると、長男夫婦はぜひ引き取らせてくれと言ってきたのだとか。養子を引き取ろうと思っていたが、弟の子であれば血も近いからと。

子どもの身体に問題ないかの検査もした上で、ようやく引き取られることが決まったらしい。

お義姉様《ねえ》は、平民となって王宮から出された。

お腹の子を王族の子だと偽《いつわ》っていた罪、王女である私への不敬罪、公爵令嬢への暴行と傷害、支度金などを横領《おうりょう》していた罪……それらを償《つぐな》うために働かされているらしい。

あのお義姉様《ねえ》がおとなしく働くのかしらと疑問だったが、詳しくは聞かないことにした。

これ以上は知らなくていいのだと思う。同じように罪に問われているお父様とお義母様にも、もう二度と会うことはないだろう。

それを考えていたら心配させるような顔をしていたのかもしれない。隣にいるラーシュ様にそっと手を握られる。その手の温かさにほっとして、両手できゅっと握り返した。

私はもう大丈夫です、そんな思いを込めて。

◆　◆　◆

学園を卒業して二年もすると、ラーシュ様に任された屋敷の仕事にもずいぶんと慣れた。

家令のジャックに助けてもらいながらではあるが、二年も続けていればなんとか様になってきたように思う。

昼過ぎ、いくつかの仕事を終えた後、フェミリア様から届いた手紙を読んですぐに返事を書く。

書き終えた手紙を封筒に入れたところで、部屋にリリアが入ってきた。

「リーファ様、今日のお茶はテラスでいかがですか？　久しぶりに晴れて、中庭の薔薇《ばら》が綺麗に見えますよ」

「いいわね、そうするわ。あ、この手紙を出すようにお願いしていい？」

「はい。あぁ、フェミリア様へのお手紙ですね。かしこまりました」

学園の卒業後、隣国へ行ったフェミリア様とはずっと手紙のやり取りをしている。

フェミリア様が隣国に行ってみたら、想像していた以上に社交界は荒れていて、婚約破棄された令息たちがたくさんいる状況だったそうだ。フェミリア様は侯爵家を継ぐことが決まっていたので、そういう令息たちに囲まれてしまうことも多く困っていた様子だった。今回の手紙はようやく婚約が決まったというられしい内容で、すぐさまお祝いする返事を書いた。

お相手は伯爵家の長男だそうだ。長男ということで少々揉めたけれど、伯爵家は弟が継ぐことになり、無事に婚約が調《ととの》ったという。

出会いはフェミリア様が令息に囲まれて困っていたところを助けられ、お互いに一目ぼれに近かったと書かれていた。フェミリア様の綺麗な文字から喜びがあふれているように感じ、こちらもうれしい気持ちでいっぱいになった。

テラスに行くと、中庭が見える位置にソファが置かれていた。ゆったりとしたソファに座ると、リリアがひざかけを持ってきてくれる。

「まだ少し肌寒いですからね。かけておいてください。……今日も顔色が悪いですね。無理はしていませんか？」

「うーん。ちょっと身体がだるいくらいで、なんともないのだけど。そんなに顔色が悪いかしら。でも大丈夫よ、心配しないで？」

「何かあったらすぐに言ってくださいね？」

「ええ、ありがとう」

出されたお茶を飲むと、蜂蜜がたっぷり入ったミルクティーだった。しっかりとした甘さが身体に染みるように美味《おい》しい。最近、食欲も落ちているから、少しでも栄養を取ってほしいのかもしれない。

「……美味《おい》しい」

テラスから見える中庭の花たちを眺めながらお茶を飲んでいると、眠くなってきた。

最近眠りが浅いのか、日中に眠くなることが多かった。ちょっとだけ……そう思って目を閉じるとあっという間に夢の中にいた。

「リーファ？　起きた？」

「……先生？」

目を開けたら目の前に先生の顔があった。ソファで寝ていたところを抱き寄せられたようだ。寝起きでぼんやりしていると、先生にくすっと笑われる。

「久しぶりに先生って呼ばれたな」

「あ。……夢を見ていたの。学園時代だったわ。だからつい先生って。おかえりなさい、ラーシュ」

「うん、ただいま。こんなところでうたた寝していたら風邪を引くぞ？　まだ顔色が悪い。体調はどう？」

「体調が悪いわけじゃないのだけど。眠りが浅いみたいで、なんだかすぐに眠くなるの」

額や頬に手を当てられ、顔色を確認される。覗き込むようなラーシュの目は不安げで、私のことを心配しているのがわかる。

「王宮の医術師を呼んだ。もうすぐ来ると思うから診察を受けよう」

「え？　医術師の診察？　おおげさよ？」

「ダメだ。……リーファの母親も俺の母親も病気で早くに亡くなった。あれはすぐに気がついて治療していれば治る病気だった」

「え？　ラーシュのお母様も病気で？」

「ああ。母は側妃だったんだが、控えめな人だった。加護持ちの俺を産んだことで余計に王妃や兄さんに気を遣って……ひっそりと目立たないように生きていた。周りが異変に気がついた時にはもう手遅れだった。あんな思いをするのは嫌なんだ。だから、診察を受けてくれ。俺も診察に立ち会うから」

「……わかったわ」

ラーシュのお母様がそんな亡くなり方だったなんて知らなかった。それでは私の体調を心配するのも無理はない。医術師の診察は少し怖いけど、おとなしく受けることにした。


「それでは手を取らせてください」

王宮から来た医術師は若い女性だった。いくつかの質問を受けた後、私の手首を取って目を閉じた。疑問に思ってラーシュを見ると小声で説明してくれる。

「魔力を身体に流して異変がないかどうか診《み》ているんだ。痛くないし、すぐに終わるから大丈夫だよ」

わかったとうなずいて、診察が終わるのをじっと待つ。それから少しして、医術師が目を開けると笑顔になった。

「王弟殿下、リーファ様、おめでとうございます」

「え？」

「お子ができていますよ。もう少しで三か月といったところでしょうか」

「……え？　お子、って。子ども⁇」

「はい。あぁ、少し席を外しますね」

医術師が笑顔のまま部屋から出ていくのを見届ける前に、後ろから抱き上げられていた。

「えぇ⁇」

「……リーファ」

ラーシュのひざの上に乗せられて、ふわっと抱きしめられる。

腕の力は入っていないように感じるのに、いつも以上に抱きしめられている気がして見ると、ラーシュが私の肩に頭を当てて……静かに泣いている。

「え？　泣いているの？」

「……悪い。安心したのとうれしいので混乱して。よかった……ここのところリーファがいなくなるんじゃないかって不安で」

「心配させてごめんなさい」

「いや、リーファのせいじゃないよ。そうか……子どもがいるんだな。ここに」

まだ何も変わっていないように見えるお腹を撫でられて、不思議な感じになる。

「私の中に子どもがいるのね。今はまだまったくわからないけど、これから大きくなっていく……ユランとリリアにも早く報告しなきゃ」

「二人とも喜ぶだろうな。あぁ、ユランは泣くかもしれないぞ」

「ふふ。泣くかしら。どんな顔をするか楽しみだわ」

その後すぐにリリアに報告すると、どうやったら乳母になれるのかと真剣に悩んでいた。まずは結婚相手を探すところからよと教えてあげたら、それは嫌そうな顔をしていたけれど。リリアはこのまま結婚する気がないのかもしれない。

ユランはラーシュの言った通り、泣いて喜んでくれた。ラーシュが泣いたのにも驚いたけど、ユ

ランはそれよりも大泣きしていた。奥様の出産に立ち会ったこともあるそうで、これからラーシュにいろいろと教えてくれるらしい。さっそくラーシュがユランに真剣に話を聞いていて、なんだかうれしくなった。

ユランお父さんにリリア姉さん、そして夫のラーシュ。

その家族の形に、もう一人増える。

「みんなが楽しみに待ってくれているわ。あなたは産まれる前から幸せね？」

そうして季節が二つ過ぎた頃、ふわふわの金の髪に碧《あお》い目の女の子が産まれた。

王弟殿下にそっくりな子はアンジェラと名付けられた。

産まれたことは公表されたが、王弟夫妻は社交しないために、その令嬢は噂《うわさ》だけが広まっていった。どうやら加護持ちであるらしいということが伝わると、国内外から婚約の申し込みが殺到した。

王弟殿下は幼いうちに婚約させる気はないとそのすべてを断ったのだが、噂《うわさ》の令嬢の価値はどこまでも高くなっていった。

14

「ジークハルト様、また中庭に行かれるのですか？」

「こんなに天気がいいんだ。外で本を読みたい」

「はぁ……わかりました」

私室ではなく、中庭で本を読むと言ったら侍従たちに変な顔をされた。

こんな天気のいい日にずっと部屋の中で勉強しているのなんて嫌だ。やることはやっているし、本を読むなら中庭だって別にいいと思うんだが。

そういえば家庭教師からもいい顔をされなかったのを思い出した。今頃、また変わり者だなんて言われているのかもしれない。

そんなことをぼんやりと思っているのは、今日の課題だと渡された本を読み終えてしまったからだ。まだ昼を過ぎたばかりなのに、今日やることがなくなってしまった。明日から二冊ずつ渡してくれないかな。そのほうが早く王子教育が終わるし。

王宮の中庭は警備が厳しくて、許可された者以外は入ってこない。だからここで本を読んでいる間は一人にしてもらえる。いつも誰かがそばにいるというのは安心するけれど、窮屈にも思える。

かと言って、午後もずっとここにいるわけにもいかない。

「もう、その本は読まないの？」

急に後ろから話しかけられて驚いた。振り向いたらそこには小さな女の子がいて、俺の座っているソファにもたれかかるようにして覗き込んでいる。

ふわふわの金の髪。まっすぐ俺を見るはっきりとした碧《あお》い瞳。すべすべの陶器のような白い肌に桃色の小さな唇。母上に献上された人形よりも整った顔立ち。

誰だ、この子。こんなに綺麗な女の子、見たことないぞ？

「……この本を読みたいのか？」

「ううん。本を読まないなら、遊んでくれないかと思って」

ソファから立ち上がってみたら、女の子は俺よりもずいぶんと小さい。

それなりの身分の子だとは思うが、王族以外でここに立ち入るのを許されるような家にこんな小さな令嬢がいたか？　どこの家の子だろう。

「遊ぶのはかまわないが、俺に名前を教えてくれるか？」

「アンジェラ！」

「アンジェラ。可愛い名前だが、家名はないのか？」

このくらい小さい子は家名を言えるだろうかと思いつつ聞いてみる。

「家名……？　えっと、ハイドニア？」

「それは国名だな……」

家名さえわかればどこの令嬢なのかわかると思って聞いたのだが、返ってきたのは国名だった。

家名はわからないのに国名はわかるって、めずらしいな。

そう考えた次の瞬間、ハイドニアと名乗る令嬢がいたことを思い出す。

「あれ？　アンジェラって、もしかしてラーシュ様の子か？」

「ラーシュ！　お父様の名前！」

「あぁ、ラーシュ様とリーファ様の子か。それなら綺麗なはずだ」

アンジェラ・ハイドニア、この子が噂《うわさ》の令嬢か。確かに綺麗な子だ。噂《うわさ》以上かもしれない。この子が俺と同じように加護を持っている王族なのか。

お祖父《じい》様の弟のラーシュ様はめったに王宮へ来ない。だから、同じ王族とはいえ、アンジェラと会うのは初めてなはずだ。

「アンジェラ。俺はジークハルトだ。この国の第一王子だが、知らなそうだな？」

「王子様？」

「んーそうだな。ジークハルトと呼んでかまわない。アンジェラとは王族同士だからな」

「うん、同じだね！　ジークハルトは私と同じ色の光だもの！」

「光？　なんのことだ？」

「お父様とお母様は金色の光なの。それで、私とジークハルトは白い光を持っているの。ここのところに」

アンジェラが俺の胸のあたりを指さした。

俺とアンジェラは白い光を持っているって、胸のあたりが光って見えるってことか？　そしてラーシュ様たちとは色が違う？

……もしかして、アンジェラは加護が見えるのか？

「アンジェラ、そのことは誰かに話したか？」

「お父様は知っているわ。だけど、誰にも言っちゃダメだって言ってた……あ」

「うん、俺にも言っちゃダメだったな。さて、どうするか」

自分の失敗に気がついたのか、アンジェラは泣きそうな顔になった。大きな目が潤《うる》んだと思ったら、涙がこぼれそうになっている。まずい、泣かせてしまう。

「おい、ちょっと待て。大丈夫だ」

「ふえっ」

「泣くなって……大丈夫だよ。ラーシュ様には言わないから。俺とアンジェラの秘密にすればいい」

「秘密？　大丈夫なの？　怒られない？」

ちょっとだけ涙で濡れた目で見上げてくるアンジェラを抱き上げた。小さいとは思っていたが、予想よりも軽いな。そのままソファに座って、慰《なぐさ》めるように頭を撫でる。

「ああ、大丈夫だ。安心していいぞ。ところで、アンジェラは何歳なんだ？」

「もうすぐ七歳になるの」

「俺の三つ下か。それにしては小さいな」

俺には四つ下の弟がいるが、アンジェラはそれよりも小さい。

少し生意気な弟を抱っこする気になんてならないが、アンジェラはいつまでもこのままでいていいくらいだ。

「アンジェラは危ないからって、あまり外に出してもらえないの。だから大きくならないんだと思う」

「外出と大きさは関係ないと思うぞ。まぁ、いいや。今日はラーシュ様と来たのか？」

「うん。お父様は陛下とお話があるから、その間は中庭で遊んでなさいって」

「あーなるほど」

確かに中庭は警備もしっかりしている。ここにあやしい者が入ってくることはない。それでもアンジェラを一人にするなよ。俺はいたけど、それは危なくないのか？

そういえば母上が「父親に子育てさせるとすぐに目を離すのよ！」って怒っていたな。さすがに国王になった後は父上に子育てさせることはしなくなったようだが……

そうか、ラーシュ様も目を離したのか。リーファ様に会う機会があれば伝えてみよう。こんなことがまたあったらアンジェラが危ない。

「どうする？　ラーシュ様のところに行くか？」

「うん！」

抱っこしたまま立ち上がると、アンジェラが首に腕を回して抱き着いてきた。運びやすくはなったけど、いいのかな、このままで。

歩くたびにアンジェラのふわふわな髪が揺れる。甘い菓子のような匂いがふわっとして、なんだかくすぐったい気持ちになった。

近衛騎士にお願いして謁見室《えっけんしつ》の扉を開けてもらったら、奥のほうからお祖父様《じい》の声が聞こえた。

宰相はどこかに行っているのか見当たらない。もしかして人払いしている？　俺たちが近づいても怒られないかな。

「そうは言ってもなぁ、リーファの加護を公表したらまずいだろう」

「それはそうなんだけど、俺はもうリーファが魔力なしだからと否定されるのは耐えられない。平民の血が混じってるなんて陰口を言われているんだぞ」

「だからって、神の加護だって言ってみろ。お前と結婚しているリーファはいいとしても、すぐさまアンジェラが狙われるぞ」

「噂《うわさ》だけでもう狙われているよ。リーファのことがなくたってアンジェラは加護持ちだと噂《うわさ》になっているんだから。国内外から婚約の申し込みがきて、きりがない」

「どっちにしてもそうか……ラーシュの加護はバレてしまっているし、娘が加護持ちでもおかしくないと思われたんだろう。でもな、アンジェラは豊穣《ほうじょう》の加護だろう？　そこまで知られてしまったら、本格的に他国の王族に狙われることになるぞ？」

奥のソファにお祖父《じい》様と父上、手前にラーシュ様が座っている。三人で話し合っていたようだ。

ふうん……アンジェラは豊穣《ほうじょう》の加護なのか。それじゃあ、間違いなくどこの国からも求められるな。豊穣《ほうじょう》の加護があれば食料不足に悩まされることはなくなるんだから。

話し合いに夢中になっている三人は、俺たちがすぐそばまで近づいてようやく気がついた。

「ジークハルト、どうしたんだ？　ん？　誰を連れてきた？」

「アンジェラ!?」

ラーシュ様が慌てて立ち上がる。そんなに慌てるくらいなら中庭に置いていかなきゃいいのに。あのまま俺と会わないでいたら、誰かにさらわれてしまったかもしれないんだぞ。

「アンジェラ、お父様のところにおいで？」

「ううん、今はジークハルトがいい」

「‼」

アンジェラに拒否されたラーシュ様が目を見開いて固まった。娘に拒否された衝撃で動けなくなったんだろう。アンジェラはそんなこと気にしないで、俺にしがみついているけど。

「アンジェラは俺と一緒にいたいのか？」

「うん。アンジェラはジークハルトがいいの。お父様にはお母様がいるけど、私にはいないからジークハルトがいい」

その言い方だと、俺が結婚相手のように聞こえるな……って、そうか。血筋も身分も問題ないんだし、アンジェラが俺の結婚相手になるかもしれないのか。

アンジェラが俺の妃か……悪くないな。むしろ、いいんじゃないか？

「アンジェラ、俺と結婚するか？」

「「「……‼」」」

俺が突然言い出したことで、ラーシュ様をはじめ大人三人が慌てている。

あぁ、後でまた父上に怒られるかな。もう少し考えてから話せって。でもなぁ、今言わなかったら誰かに取られるかもしれないんだろ？　この容姿だけでも目立つのに、豊穣《ほうじょう》の加護なんて持っていたら誰もが欲しがるはずだ。他国の王族から正式に婚約を申し込まれたら断りにくい。そうなってからじゃ遅い。

アンジェラは俺が言ったことの意味がわからなかったみたいで、大きな目を瞬《しばた》かせて首をかしげた。

　うん、そういう仕草も可愛いな。

「ジークハルト、結婚って何？」

「ずっと一緒にいるってこと。アンジェラのお父様とお母様みたいに」

「アンジェラのことを一番好きって、言ってくれる？　お父様もお母様もアンジェラは二番目だって言うの」

「いいよ。俺はアンジェラを一番好きっていくらでも言う。ずっとだ。だから、俺と結婚してくれるか？」

「うん！」

　よし、これでアンジェラは俺のものにしていいだろう。

「おいこら、ちょっと待て！　何を勝手に求婚しているんだ！」

　あぁ、まだダメか。アンジェラさえ承諾してくれたらいいと思ったけど、さすがにラーシュ様は説得しておかなきゃいけないよな。でも、俺にはとっておきがある。

「ラーシュ様、正式な申し込みは後できちんとします。俺、いいと思いますよ？　自分で言うのもあれですけど、守護の加護持ちです。アンジェラを守るのに、これ以上ない適任でしょう？　だから、リーファ様の加護を公表してもいいですよ」

「っ!!　話を聞いていたのか」

　ラーシュ様が何よりもリーファ様のことを大事にしているのは知っている。とても愛情深い人なんだろうけれど、だからこそアンジェラがさみしがっている。アンジェラが一番好きだと言われたくて。いつも二番目じゃ嫌だ、そう子どもに思わせてしまったのはよくないと思う。

嘘でもアンジェラが一番好きだと言ってあげられないのなら、俺に任せてくれないかな。

「俺ならアンジェラを守れます。他の者に任せたら、他国に連れていかれるかもしれない。そんなこと許せるわけがない。アンジェラを守りたいなら、俺と結婚させてください」

「……アンジェラが成人するまでは保留だ」

「じゃあ、婚約はいいですよね？　俺と婚約すれば、他国の王族から婚約を申し込まれることはなくなります。将来の王妃を奪うなんて愚かなことはしないでしょうから。もし、アンジェラが成人して他の者と結婚したいというなら白紙にします。それなら問題ないでしょう？」

「……わかった。兄さん、陛下、それで問題はないか？」

展開の早さについていけなかったのか、口を開いたままだったお祖父《じい》様と父上はラーシュ様に聞かれて我に返った。

顔を見合わせた後、まず賛成したのはお祖父《じい》様だった。

「俺はいいと思うぞ。ジョージル、お前はどう思う？」

「俺も賛成です。アンジェラが娘になるなんて……リリアーナも喜ぶでしょう」

お祖父《じい》様と父上が賛成したことで、ラーシュ様は渋々だけどうなずいてくれた。

「あくまで仮の婚約だからな。アンジェラが大きくなって、それから正式に結ぶ。それでいいな？ジークハルト」

「はい。ありがとうございます。じゃあ、アンジェラ遊びに行こうか」

「いいの？」

「俺が一緒なら大丈夫だよ。行こう！」

後ろから止める声が聞こえた気がするけど、聞かなかったことにする。

耳元でアンジェラが楽しそうに笑う声が聞こえる。ふわふわした髪が揺れて、まるで光を抱いて走っているように感じた。

この国の未来は第一王子の俺にかかっている、らしいけど、アンジェラのためならいい国にしたいと思える。

俺の守護の加護って、アンジェラを守るためにあるんじゃないかな。きっと、多分そう。

だってアンジェラの笑顔を見ると、こんなにも幸せだ。

◆◆◆

めずらしく寝台に寝かせた途端、アンジェラはすぅっと眠り始めた。顔にかかる髪をよけると、にぱっと笑顔になった。夢の中でも遊んでいるのかもしれない。

アンジェラの部屋から私室に戻ると、書類を読んでいたラーシュが驚いたように顔を上げた。

「リーファ、早いな。アンジェラはもう寝たのか？」

「ええ。一瞬で寝ちゃったわ。よっぽど遊び疲れていたのね」

「……連れて帰ってくるのも大変だったぞ。ジークハルトにくっついて離れなくて。またすぐに遊びに行く約束をして、無理やり連れて帰ってきたんだ」

「ふふふ。だから帰ってきた時、ちょっと機嫌が悪かったのね。でもよかったわ」

「何がだ？」

「ずっとアンジェラに避けられていたのに、帰ってきた時には私に抱き着いてきたのよ。ジークハルト王子のおかげで気持ちが落ち着いたんだと思うわ」

「ああ。そういえばそうだな。しばらくリーファを避けていたようだったが、あれはなんだったんだろう？　おかげで王宮まで連れていくはめになった」

ここのところアンジェラに避けられていた。理由も言わず、私が抱っこしようとすると逃げられてしまう。今日も本当は私と屋敷で待っているはずだったのに、駄々をこねて王宮に行くラーシュに無理やりついていったのだ。

そこまでして私を避ける理由がわからず困っていたのだけど……

「さっき、寝る前に教えてくれたの。私のお腹の中に金色の光があるって……」

「は？　それって、リーファ、二人目がお腹の中にいるってことか？　しかも金色の光って！」

「ええ。どうやら次の子は神の加護を持っているようよ。……だからアンジェラに避けられていたんだわ」

「そういうことか」

アンジェラは加護を持っている人を見分けることができる。それも神の加護と、加護持ちの違いもわかるようで、私とラーシュは胸のあたりが金色に光って見えるらしい。

……神の加護ではないアンジェラは自分の光が白いことをずっと気にしていた。

私の光はどうしてお父様たちと色が違うの？　と。

そんな状況で次の子が神の加護持ち、金色の光だとわかってしまった。小さなアンジェラの心は耐えられなかったのだろう。いつもなら聞き分けがいいアンジェラが幼児退行した。何をするにも私を避け、ラーシュにべったりになっていた。

「自分だけ色が違うことを認めたくなかったのね」

「ああ、いや、俺が言ったそういうことっていうのはジークハルトのことだ。中庭に置いていこうとした時、最初は一人にされるのを嫌がっていたんだ。それが遠くを見て、光ってるって言って走っていった。あれはジークハルトを見つけたからだ。……どうりでジークハルトから離れないわけだ」

中庭に置いていこうって……あの状態のアンジェラを一人にしようとしたの？　そのことにも驚いたけど、そうだったんだ。アンジェラはジークハルト王子を見つけたのね。

「婚約したと聞いた時には驚いたけれど、王族である以上、相手は好きに選べるものではないわ。それがお互いに望んで婚約するのであればこれ以上の幸せはないと思う。……いろいろ心配したけど、こうなってよかったわ」

お腹の子のことは産まれてからまた揉めるかもしれない。でも、今のアンジェラにはジークハルト王子がいる。

ずっと一緒にいさせてあげることはできないけれど、婚約者になれば王太子妃教育も始まるだろうし、王宮で過ごす時間が増える。そうなればジークハルト王子と休憩時間に会うことくらいはできる。

ここ最近は幼児退行で少しわがままになっているかもしれないが、元は賢い子だ。アンジェラが王太子妃になったとしても大丈夫だと思う。

そんなことを考えていたら、なぜかラーシュが拗《す》ねたような顔をしていた。

「どうかした？」

「いや、やはり王子様のほうがいいのかと思って」

「やはり？　アンジェラが？」

アンジェラが王子様のほうがいいなんて言ったことがあっただろうか？　心当たりはないけれど。

「……アンジェラはもう仕方ないからあきらめたよ。リーファも王子の婚約者だっただろう？　俺で本当によかったのかなって」

そう呟いたラーシュに驚いた。まさかそんなことを言うなんて。

もう結婚して十年目になるのに、今さらフレディ様のことを思い出したの？

「どうしてそんなことを言うのかわからないわ。私は王子様がいいなんて一度も思ったことがないわよ？　私があの頃つらかったことに気がついていた人は意外と多かったと思うの。きっとフレディ様も気がついていたと思う。だけど、助けてはくれなかった」

「……リーファ」

ラーシュに寄りそうようにもたれかかると抱きしめられる。抱きしめ返して顔を寄せると、ラーシュの胸の音が聞こえそうだった。

「私を助け出してくれたのは王子様じゃない、先生だったわ。うれしかったの。ずっと好きだった先生が私を望んでくれたって。私を幸せにしてくれたのは王子様じゃなくあなたよ、ラーシュ」

「うん……そうか。いや、助けられたのは俺のほうだよ」

「え？」

髪やこめかみに優しく口づけされながら、ラーシュの低く甘い声が降ってくる。

「誰も愛せないと思っていた。母上を亡くして、王族としてひっそりと生きて。リーファを見つけたから、俺は幸せになれたんだ。あの時、リーファを助け出したつもりで、俺自身が助けられていたんだと思う。そっか……また一人子どもが増えるのか。楽しみだな……俺を幸せにしてくれてありがとう、リーファ」

お互いに一人だったから、つらい思いをしていたから、たまたま魅《ひ》かれ合ったのかもしれない。それでも、今これほどの幸せを感じているのなら、それが運命じゃなくただの偶然だったとしてもかまわなかった。

「今、とても幸せだわ」

「ああ、俺もだよ」

この幸せがずっと続けばいい。

あのうたた寝から目が覚めたこの世界が、たとえ夢だったとしても。

ラーシュの隣にいられるのなら、ずっと夢の中でもかまわない。

この作品に対する皆様のご意見・ご感想をお待ちしております。

おハガキ・お手紙は以下の宛先にお送りください。

【宛先】

〒150-6008 東京都渋谷区恵比寿4-20-3 恵比寿ｶﾞｰﾃﾞﾝﾌﾟﾚｲｽﾀﾜｰ 8F
(株) アルファポリス　書籍感想係

メールフォームでのご意見・ご感想は右のＱＲコードから、
あるいは以下のワードで検索をかけてください。

アルファポリス　書籍の感想　検索

ご感想はこちらから

本書は、Webサイト「アルファポリス」(https://www.alphapolis.co.jp/) に掲載されていたものを、改稿、加筆のうえ、書籍化したものです。

うたた寝《ね》している間《あいだ》に運命《うんめい》が変《か》わりました。

gacchi (ガッチ)

2023年 11月 5日初版発行

編集－反田理美・森 順子
編集長－倉持真理
発行者－梶本雄介
発行所－株式会社アルファポリス
〒150-6008 東京都渋谷区恵比寿4-20-3 恵比寿ｶﾞｰﾃﾞﾝﾌﾟﾚｲｽﾀﾜｰ8F
TEL 03-6277-1601 (営業) 03-6277-1602 (編集)
URL https://www.alphapolis.co.jp/
発売元－株式会社星雲社 (共同出版社・流通責任出版社)
〒112-0005 東京都文京区水道1-3-30
TEL 03-3868-3275
装丁・本文イラスト－シースー
装丁デザイン－AFTERGLOW
(レーベルフォーマットデザイン―ansyyqdesign)
印刷－図書印刷株式会社

価格はカバーに表示されてあります。

落丁乱丁の場合はアルファポリスまでご連絡ください。

送料は小社負担でお取り替えします。


ISBN978-4-434-32678-3 C0093